アメリカ文学との邂逅

Charles Bukowski

チャールズ・ブコウスキー

スタイルとしての無防備

三修社

Charles
Bukowski

AMERICAN
LITERATURE

チャールズ・ブコウスキー

スタイルとしての無防備

三修社

アメリカ文学との邂逅

目次

序章　スタイルとしての無防備

第1章　開かれ――ブコウスキーの詩における動物

第2章

序章　スタイルとしての無防備

裸の感覚

一九四六年、二〇代のチャールズ・ブコウスキーが発表した、最初期の作品、「理由の背後にある理由」は、チェラスキーという野球選手の精神が崩壊するさまを描いた、四ページほどの短篇である。センターを守るチェラスキーが、試合中に、ある違和感にとらわれる。太陽は「病んで」見え、フェンスの緑は「あまりに緑」に、空は「あまりに高く」感じられ、他の外野手のグローブへと打球がアーチを描いて吸い込まれていく様子は、「何にも関係のない」出来事のように目に映る。[1] 観衆を眺めながら、「彼らはいったい何をしてほしいのか」、と思うと、ふと恐怖に襲われ、めまいを覚える（一―二）。自分のところに飛んできたフライをとって二塁に投げるが、そのボールの動きは、自分の意志から切り離されているように感じる（二）。

相手の攻撃が終わり、ベンチに下がると、そこでチェラスキーは自分が「なんだか無防備なような、見つかってしまったような（somehow naked, or spotted）」感覚を抱く（二）。打席に立つ彼はヒットを放つが、その場に立ちすくみ、観客席からはクッションを投げられ、他の選手に腕をつかまれ、ベンチに引き戻される（三―四）。外では観衆が叫び続け、記者たちが取材に来るところで、物語は終わる（四）。

それが臨床的にどのような病名を与えられるにせよ、ここでチェラスキーを襲う感覚を、さしあたり、実存的な違和感、と呼ぶことは許されるだろう。そこに「いる」ことの必然性や「理由」が不明瞭になり、まわりの世界は、過剰な意味を帯びると同時に、意味を失い、そのとき、「走る」という基本的な「動作＝する」が、不可能となる。

しかしここで注目したいのは、実存的な違和感そのものではなく、その違和感の延長上にある、チェラスキーの「無防備（裸）になってしまったような」という、過剰な自意識の感覚である。フィールド上、つまり観客の視線にさらされているところではなく、「ダッグアウト（dugout）」（この語にはシェルターや塹壕という意味もある）という、比較的奥まった、私的ともいえる隠れ場ですら、いやむしろそのような空間においてこそ、「裸になった」ように、「見つかってしまった」ように感じること。その逆説的な感覚は、「ダッグアウト」という、「内部」を示す語が、「アウト」という「外部」を指す語を内包していることと無縁ではあるまい。

さらにこの場面で興味深いのは、そのような無防備の感覚を抱くチェラスキーが、「あたかも自分は大丈夫だといいきかせるように」、不調のためスタメンから外されているチームメイトに、「キスしてほしいか？　忘れさせてやるよ」と話しかけることである（二）。「裸」の感覚に続くことで際だつ、この発言のホモエロティックなニュアンスもさることながら、より重要なのは、これがこの作品におけるチェラスキーの唯一の発言であり、他者に語りかける唯一の瞬間である、ということだ。声をかけた相手に彼は無視され、そのコミュニケーションは不発に終わる。彼はもう誰にも話しかけない。打席に立って、そこで彼の精神的な崩壊が決定的となる。

つまり、裸になったという感覚は、チェラスキーが他者へと開かれる最後のきっかけであると同時に、狂気へと至る最終的な段階でもあるという、両義的な感覚として、意識的に描かれている。この場面においてのみ、チェラスキーに発言させる、という作者のふるまいが、その意識を物語っている。

実存的な違和感の延長上にありながら、なおかつ、内部と外部、私的領域と公的領域、隠れることとさらされることの反転を伴い、正気と狂気、他者への接近と他者からの疎隔の分水嶺をなすともいえる、無防備の感覚。

本書が試みるのは、このような無防備の感覚から、ブコウスキー作品の全体を捉え返すこと、より厳密には、彼の作品は、無防備という主題と方法によって全体的に貫かれている、という仮説を検証しながら、ブコウスキー作品の諸特徴を概観することである。

無防備の位相

無防備という概念は、文学作品を解釈するのに用いるには曖昧で、批評的な厳密さを欠くと思われるかもしれない。実際、本書は日常的にわたしたちが使うときの「無防備」という言葉が持つ概念的曖昧さに依存しながら、ブコウスキーの作品自体がそのような曖昧さを主題化するのだと論を進めることになる。だがそれでも、本書で検討する無防備という概念の輪郭を、この段階で可能な限りつまびらかにしておく必要はあるだろう。

本書で無防備というとき、それはたとえば、『新明解国語辞典』で「無防備」の定義として出てくる、「(敵などを防ぐ)備えが無くて、すきだらけである様子だ」という意味を中心に持つものの、より拡大解釈的に、「無防備」という語でわたしたちが連想する、外延的な意味を念頭に置いている。『日本語大シソーラス』で「無防備」の類義語として挙げられる、「無警戒、不用心、隙だらけ、手薄、開けっ放し、丸明き、油断、丸腰、素手、丸裸、剥き出し、赤裸、裸、晒される、不用意、孤立無援」といった語で、「無防備」のおよその外延的な意味は尽くされるだろう。

だが無防備という概念がややこしくなるのは、ここからである。ある文学作品が、無防備を主題にした、というとき、その言明は、無防備をどの位相に定めるかによって、大きく異なる意味を持ちうる。

まず、ある主体が置かれた客観的な事実としての、無防備がある。「敵」を防ぐ「備え」を持たない人間、軍隊、都市、家、コンピュータなどは、現実的、客観的に無防備だといえる。服を身につけずに薄着や裸でいる人間、接近して窃取や攻撃、接触することが可能な物、人、人の身体の部位もまた、無防備といえよう。こういった文字どおりの意味だけではなく、比喩的な意味で無防備な、客観的状態もあるだろう。すなわち、「備え」を比喩的に、お金や資産、社会的地位、身分、経験、権力として捉えたとき、そういったものを「持たざる者」や子供、女性や、その他の社会的弱者もまた、客観的に無防備だということになる。

他方でわたしたちは日常的に、率直で、「無用」な自意識を持たない（と感じられる）他者や、その言動を、無防備だと表現する。無防備な話し方、無防備な人格、無防備な表情、無防備な生き方……。この無防備は「自然」や「天然」といった言葉に置きかえることもできよう。この用法の背後には、他者や世界とかかわる際に、わたしたちは一般的に何かしら「備え」を講じている、という思いが前提としてあるのだろう。他者の視線を気にする自意識、相手の反応や場の空気を読もうとする注意や警戒心、過去への執着や未来への不安、社会的なコードを的確に読みとり、うまく世間を渡ろうとする戦略、そのために必要な、嘘。そういったものが全体として、生きるために必要な「武装」としてわたしたちには直観されていて、それを持たないように見える人、武装せずに危険にさらされているように見える人を、無防備と呼ぶ。

このときの「無防備」には多くの場合、最初に述べたような意味での無防備に比べて、そう判断する者の主観が、すなわち、その無防備な対象を見る自分は「無防備では（いられ）ない」、という自意識が色濃く投影されている。これは後述するように重要なポイントなのだが、それでも、無防備な生き方をしている人とそうではない人を、わたしたちはある程度の一般的妥当性のもとに区別しながら日常を送ってもいるので、この無防備もひとまずは、客観的な状態を指すということができる。

無防備に着目することの難しさは、最後に述べたような意味で、わたしたちがある人を無防備だと思うとき、その人が自意識から解放されていることを含意するのに対し、主観的な自己認識として、「わたしは無防備だ」と感じるとき、それは自分が危険にさらされている、という強い自意識を示す、というところにある。客観的に無防備に生きている人は、「自分が無防備である」という意識から自由である人を指すとすれば、もちろん、そこに不思議なところはないのだろう。無防備な人は、自分を無防備だとは思っていない。それを意識した瞬間に、その人は、もはや無防備ではなくなる。主観的な位相における無防備であるという感覚は、客観的な無防備の不可能性を含意する。「備え」を「自意識」として同定する以上、当然の帰結かもしれないが、どの位相で捉えるかで、無防備の意味が大きく反転する印象を受ける。この反転こそが、無防備という概念の魅力でもあるのだが、それが著しい概念的曖昧さの印象をもたらすことは避けられない。

「剥き出し」の存在

　以上のように無防備という概念について検討したのは、こういった無防備の異なる位相が、ブコウスキーを読む上で、重要な意味合いを帯びてくるからにほかならない。前節で検討した、「理由の背後にある理由」における無防備の感覚は、いうまでもなく、チェラスキーという登場人物の、客観的な状態というよりは、自己意識を指す。裸ではないのに、「ダッグアウト」のなかで、ふと「裸で」、「見つかった」ように感じること。

　しかし、ブコウスキーと無防備、というとき、読者がまず思い浮かべるのはむしろ、「無防備な生き方」、というときの「無防備」であり、防御的な自意識を持たない、自然体としてのブコウスキー、他者の視線を気にせずに、すべてをさらけ出す作家、といったイメージではないだろうか。それはチェラスキーの自意識的な、「裸の感覚」とは、かけ離れているようにも思える。

　ブコウスキーを無防備という概念をとおして読むという着想は、本書の独創ではなく、ブコウスキーについて書かれた最良の文章の多くは、直接的にせよ間接的にせよ、無防備について書かれているといえる。だが、それらが捉えるのは多くの場合、（本書がいうところの）客観的に無防備な存在としてのブコウスキーである。

　たとえば柴田元幸は、『ハム・オン・ライ』（一九八二）についての評で、『ライ麦畑でつかまえて』（一九五一）のホールデンが、「大人やクラスメートたちについてのその辛辣な物言いによって、時に自分の劣等感を隠蔽し、自分を不器用に武装しようと」し、結果的に、彼の魅力でもある、「ギクシャクした喋り方」を生み出すのに対し、「そういうギクシャクぶりのない無防備な率直さがヘンリーの強みである」と喝破する。[2]

『ハム・オン・ライ』に限らず、「無防備な率直さ」とは、ブコウスキー作品全体についてわたしたちが感じる核心的な特質だといえるだろう。金持ちに対する嫌悪や劣等感、だが自分は金持ちになりたいという欲望、父親への憎しみ、女性への性的欲望、女性への恐怖、過去への感傷的なノスタルジー、働くことへの嫌悪、雇用者への憎しみ、認めない作家への嫉妬と口汚い罵り、酒や競馬やクラシック音楽への愛……。それらを、あけすけに、ときに露悪的に、世間の空気や評価など気にせずに、正直にさらけ出し、平易な文体で語るブコウスキーというのは、必ずしもわたしたちがブコウスキーに押しつけるイメージではなく、ブコウスキー文学のまぎれもない特質の一つである。さらにここに、犯罪者や飲んだくれ、労働者やホームレスといった、「持たざる者」への共感と同一化を加えれば、ブコウスキーと、客観的状態としての無防備とのつながりはいっそう強くなる。

もっとも、このような「露出」という意味での率直さは表層的なもので、柴田がいうところの「無防備な率直さ」は、むしろ小説家である角田光代の次のような評によってこそ注釈されるべきかもしれない。角田はブコウスキーについて、「私が彼の作品のなかで最も好きなのは短編小説なのだが、ごく短い、事件という事件のない、ときにはめちゃくちゃなその作品を読んでいると、心のなかが奇妙にざわざわする感覚、普段あまり外にはさらしていない、自分のなかの最も柔らかい部分を直接触られる感触を抱」くといい、[3] さらに、次のように述べる。

剥き出しの本質、ということばはブコウスキーの作品すべてに共通すると私は思っている。魂といっていいのか分からないが、人には何かしら核《コア》がある。記憶にも残っていないほど幼いころから抱えつづけているものので、経験や年月ではけっして変えることができない。普段、人はそのコアめいた部分を隠して暮らしてい

> る。そうしなければ正気で生きていくことが不可能だからだ。その部分をあまりに長いこと無防備にさらし続けていると非常にやばい。それほどその核は柔らかく、傷を受けやすく、もろいものだ。だから人は、知識や、イデオロギーや、経験や、もしくは履歴、地位があれば地位、金があれば金、そんなもので頑丈にその部分を武装している。そうした武装をいっさい拒んだ作家が、ブコウスキーなのである。[4]

角田は、無防備を主題とも、方法とも、語り手や登場人物のあり方としても捉えていない。作品にはいっさい触れずに、純粋に印象批評的に、作家その人が無防備なのだと書いているのは、原理的につきつめれば、無防備は作家にいきつくほかないからだ。剥き出し、さらけ出されている、という意味での無防備は、語り手（作品）と作者の乖離や距離、という概念を許さない。作者が語り手という「ペルソナ＝仮面」の背後に隠れることが見てとれるならば、もはやそこで無防備の感覚は失われている。無防備を貫徹するならば、そこには裸の作者がいなければならない。無防備なのは、ブコウスキーその人なのだ。

その過激なブコウスキー論で、澤野雅樹もまた、角田と同様に「剥き出し」という言葉を用いているのは示唆深い。ブコウスキー的存在＝「あること」とは、「無為の底辺」への落下であり、「最底辺における存在」だとした上で、[5] 澤野は次のように論じる。

> 存在の耐えがたい苦しみ。それはまさに「ある」の露呈である。時のない空間のなかに素っ裸の存在がさらけ出されることである。なすべきこともないまま、無為のあることが剥き出しになることである。

彼は待つ——時間を。待ちながら、「ある」は彼であることに持ちこたえている。剥き出しの存在はひどく脆弱なのだ。裸体の存在は代名詞以下である。存在論的な差異のうちにある者たちは、必死に、忍耐強く時間を待っている。「ある」は「する」を待ち、「する」は「なる」を待望するのである。[6]

本書で何度も言及するように、澤野の議論は、ブコウスキー作品を読む上で、このうえなく有益な手助けとなる。「剥き出しの存在」、あるいは「裸体の存在」。それはまさに、自意識などという「不純物」を取り除いたところに残る無防備の謂いでもあるだろう。いわば澤野は、柴田や角田が指摘するような無防備に、思想的、哲学的根拠を与えるといえるかもしれない。

解釈の不可能性

前節で言及した角田の印象批評は、「剥き出しの本質」を、すなわち無防備な存在を「読む＝解釈する」ことの原理的な不可能性を示しているように思える。「魂といっていいのか分からないが」、「何かしら」、「記憶にも残っていないほど幼いころから抱えつづけているもの」、「コアめいた部分」——こういった言語的ためらいは、「剥き出しの本質」が、言葉による説明や解釈を拒むものだという角田の直観を物語っていよう。

この直観は、柴田や澤野にも等しく共有されている。柴田は、『女たち』（一九七八）について、「決して抽象化しないこと、意味づけないこと、それをほとんどモラルのように貫いているところがブコウスキーの個性である」とし、「ストーリーらしいストーリーもなく、女と寝たり喧嘩したりのくり返しの話を二巻本で一気に読ませてしまうのも、そうした「意味づけないことの倫理」に支えられていればこそである」と述べる。[7] さらに柴田は本作を、「もっともらしい意味づけを本能的に避ける天性をもった」作家による、「「潔癖な軽さ」に貫かれた、読んでいてとても気持いい小説」だと評する。[8] いわば、「意味」という「武装」をブコウスキーは拒むのであり、そこに柴田は、ブコウスキーの、方法としての無防備とでも呼ぶべきものを、見出している。

それは到底、分析的に論じることなど不可能な方法だろう。それを説明することは、作品を見渡しながら、そのすべてについて、「意味がありそうだが、やっぱり深い意味はなく、そこに描かれているままである」というものになるはずだ。それはもはや批評ではないだろう。その意味で方法的な無防備とは、「文学研究」的な言語に対する、このうえなく強力な武装だともいえる。

澤野は、柴田の評をさらに押し進めたような議論を展開する。澤野によれば、ブコウスキーが書いたのは、「文字どおりの意味のほかには何もない」、「ガラクタ」としての「文」であり、それは「いかに下劣であろうとも、純粋なまでに文でしかな」く、「文というものが本性において無駄であるなら、ブコウスキーの作品は他のどんな作家にもまして文の可能性を体現しているといえる」。[9] ブコウスキーにおいては、「すべてが文脈の手前にある。地底の文は、文脈やら脈絡が出現する以前、それらが欠落している段階において書かれるのである」。[10] その帰結として、澤野において、このような「文」を書いたブコウスキーとは、詩人でも小説家でもなく、ただ文を書いた「作家（writer）」、ということになる。[11] そのような作家にとって、「書くことは、あることの次にある。つまり、作家に転身することとは、存在の次の段階に移行すること、すなわち、あることになることなのである」。[12]

ブコウスキーによって書かれた「ガラクタ」としての「文」は、「読む」ことを拒絶する。あるいは、「ただ読むこと」だけを受けいれ、そこに意味を読み込み、文脈化し、解釈することを拒む。

「無防備」に言及しているわけではないが、『ハリウッド』（一九八九）について論じる若島正も、同様の認識を示している。若島は、「ブコウスキーの世界は、要するに酒場で飲んだくれが毎晩くりひろげる他愛のない与太話であり、便所の落書きじみたものである」と指摘して、「コレハ文学デハナイ」とし、「彼の作品を分析したり解釈したりするのは、ほとんど烏滸の沙汰である」と述べる。[13] 澤野からすれば、それこそがブコウスキーの魅力だということになろう。「文に学は要らないのではないか」、という文で澤野の論は始まる。「せっかくの文が「文学」になった途端に腐りかけのネタにみえてくる。たぶん学はなく、学を身にまとった文さえもなく、ただ単に文があるだけなのである」。[14]

「文学」という制度を忘れることによってのみ見えてくる、ブコウスキーの本質としての「文」。ブコウスキーの文章を論じようとすると、こちらが想定している「文学」という概念が、いかに制度的で、恣意的で、偏狭なものかを痛感させられる。「コレハ文学デハナイ」という若島の言は、ブコウスキーの「めちゃくちゃ」さを指摘するだけではなく、そのようなブコウスキーの文章の挑戦的な資質をいい当てている。

「スタイル」としての無防備

以上が、ブコウスキーにおける「無防備」を、その客観的な相において捉えた、ブコウスキーについての最良の文章の概観である。それらがいずれも、「解釈＝意味づけ」の不可能性、という過激な地点まで行くのは、それくらいブコウスキーの作品が「めちゃくちゃ」だからだともいえようが、あえて本論の文脈に照らしていえば、こういうことになるだろう。つまり、自意識から解放されている、という意味での無防備とは、あくまで自意識を持つ「こちら側」の人間が、「あちら側」にいる（と感じる）他者を示すために使う表現であるので、そもそも「こちら側」の語彙では語りえない。無防備なブコウスキーについて、無防備でないわたしたちは、少なくとも分析的には、語りえない。その作家は解釈の彼岸にある。

しかし先述したように、誰かを無防備だと思うのは、すぐれて主観的な判断でもあるので、ブコウスキーを無防備だと同定した瞬間、彼は解釈の「こちら側」になかば回収されているともいえる。そのことは、ここまで紹介した評において指摘される、ブコウスキーの倫理性に集約されているように思われる。「意味づけないことの倫理」、「潔癖な軽さ」、「純粋なまでに文でしかない」、「武装をいっさい拒んだ作家」。武装を拒むこと、それ自体の倫理性に加えて、無防備とは徹底しなければ「無」防備とはいえない、という、やはり無防備という概念に内在的な性質がここには介在していると思われる。そういった倫理性は必然的に、作家の、無防備についての自意識と呼んでいい、方法的な意識を前提としている。武装を「いっさい」拒むとき、あるいは「すべて」が文脈の手前にあるとき、それはすでに、あるレベルでは、自然さ、天然さを、失っている。柴田が一方では、「もっともらしい意味づけを本能的に避ける天性」という、いわばブコウスキーの「天然＝客観的無防備」を措定するのと同じ評において、意味づけないことを「ほとんどモラルのように」貫くブコウスキー、という、深く倫理的な主体を見出すのは、逆説ではない。解釈の彼岸にある無防備は、無防備として同定された瞬間、解釈の此岸において、倫理性としてあらわれる。文脈は異なるものの、「一人の地下生活者・のんだくれ・クズとしての倫理《エシックス》を清教徒のような潔癖さで守りとおした」と、やはりブコウスキーに底辺の倫理とでも呼ぶべき特質を見る越川芳明の論もまた、以上の系譜に連ねていいだろう。[15]

このような事情について考えるのは、ほかでもなく、ブコウスキー自身が、「スタイル（文体）」を無防備の倫理として定義しているからだ。

スタイルとは何の盾もないことだ。（Style means no shield at all.）
スタイルとは何の見せかけもないことだ。（Style means no front at all.）
スタイルとは究極の自然らしさだ。（Style means ultimate naturalness.）
スタイルとは無数の人間がいるなかでたった一人でいるということだ。（Style means one man alone with billions of men about.）[16]

無防備（「何の盾もない」）、率直さ（「何の見せかけもない」）、「自然らしさ」、孤立。まさに日本語の「無防備」という概念の輪郭を正確になぞるかのように、[17]ブコウスキーは「スタイル」を定義した。ここで無防備は、（no や ultimate といった語によって示されるように）徹底されるべき倫理として提示されている。無防備への強固な意志は、自分が十分に無防備ではない、という自覚を前提としている。「究極の自然らしさ」という語は、無防備と倫理をめぐる逆説を想起させる。「究極」であることと、「自然らしさ」は、どのように両立しうるのだろうか。また、孤立は、これまでの議論では前景化されてこなかった要素である。どうして「究極の自然らしさ」は、ただ「一人でいる」だけではなくて、「無数の人間」がまわりにいることを必要とするのだろうか。このような問いについて考えるとき、ブコウスキーの無防備は、すでに解釈へと開かれているのではないだろうか。

ブコウスキーは、客観的に無防備な作家であり、それが彼の作品の魅力の中心にあることは間違いない。その無防備は、「見せかけ」でも、演出でもない。だが、それと同時に、ブコウスキーは、「こちら側」の作家として、無防備という倫理を「スタイル」として意識的に方法化し主題化した。その二人のブコウスキーは、異なる位相にあるようにも見えるが、倫理性を介して接続しており、そこに、ブコウスキーにおける無防備の一つの特徴があるといえそうだ。

本書が着目するのは、無防備を意識するブコウスキーであり、それはおのずと、現実に無防備であることの不可能性に焦点を当てることに帰結し、そうしながら、本書はブコウスキーを真面目に精読し、解釈して分析し、彼の作品に意味を与えていく。そのような行為は、多くの読者にとって、ブコウスキーの魅力の中心を、その「核《コア》」を、隠してしまうような、不毛な愚挙に見えるだろうし、ある意味ではそのとおりかもしれない。だがその解釈は、「客観的に無防備なブコウスキー」を否定するわけではなく、むしろ最終的には、「解釈不可能なブコウスキーの無防備」へと導かれていく。これは手のこんだ屁理屈ではなく、そのような事態に、本書の最終章で検討する『パルプ』(一九九四)において、わたしたちは直面することになる。なぜブコウスキーの遺作が『パルプ』でなければならなかったか、その答えの一つが、ここにある。「無防備を意識する作家」が、その徹底性ゆえに、「客観的に無防備な作家」でもある、というブコウスキー的逆説を、『パルプ』は鮮やかに体現するだろう。

サギ・きみ・読者

ではどのように、そして、どのような、解釈へと無防備は開かれているだろうか。その一端は、冒頭の「理由の背後にある理由」について検討した際に示したつもりである。ここでは、ブコウスキーが無防備を「スタイル」と同視した、という事実に着目しながら、冒頭で検討したのと同様の問題を、別の方向から考えてみたい。

先ほど引用した、ブコウスキーによる「スタイル」の定義は、ウィリアム・ウォントリングという詩人の作品への、追悼を兼ねた（未発表の）序文の最後に出てくるものである。ウォントリングが他界したのが一九七四年。追悼文が書かれたのは、それからまもないと考えられる。一九七二年に出版された詩集で、「スタイル」という詩をブコウスキーは発表している。

スタイルはすべての答えだ――
退屈なことや危険なことに接近するための
新鮮な流儀。
退屈なことをスタイルをもってすることは
それをなしに

危険なことをするのより好ましい。

ジャンヌ・ダルクにはスタイルがあった
バプテスマのヨハネ
キリスト
ソクラテス
カエサル、
ガルシア・ロルカにも。

スタイルとは差異であり、
することの流儀であり、
されることの流儀だ。

水たまりに静かにたたずむ六羽のサギ（6 herons standing quietly in a pool of water）
浴室から裸で出てきて（or you walking out of the bathroom naked）
わたしを見ない（without seeing）
きみ。[18]（me.）

本論の文脈において興味深いのは、「浴室から裸で出てきて／わたしを見ない／きみ」という、無防備を連想させるイメージとともに詩が終わることだ。「きみ」が「わたし」に気づいていないのか、その視線を感じているのかは、わからない。わかるのは、「わたし」はたしかに「裸」の「きみ」を見ているということ。そこから遡及的に、「きみ」と並列される「六羽のサギ」についても、それを観察する「わたし」の視点が定められる。ここで無防備なのは他者であり、「わたし」は、「きみ」に見られることなく、隠れてすらいる。しかしだからといって「わたし」が無防備でないとはいいきれない。「わたしを見ない」という発話によって、読者の前に、ふと最後の行で「わたし（me）」をさらけ出しているようにも思える。隠れるというまさにそのふるまいによって、語り手はさらけ出されているようにも思える。

「サギ」と「きみ」だけではなく、その観察者である「わたし」にもまた「スタイル」があるかどうかは、この「スタイル」という詩の読者の判断にかかっている。語り手がいう「きみ」は、読者でもあるだろう。読者は、「わたし」によって「きみ」と呼ばれる存在に同化しつつ、しかし同時に「わたし」にも同化していて、宙ぶらりんの状態に置かれている。見るのか、見られるのか、「する」のか、「される」のか、どっちつかずに主体と客体のあいだを、読者は語り手と同様に行き来する。その行き来こそを詩人は「スタイル」と呼んでいるようにも思える。

ブコウスキーの作品において、なるほど、ブコウスキーは、無防備で率直で、その「核《コア》」をさらけ出しているのだろう。だが同時に、ブコウスキーの「無防備＝スタイル」は、（動物を含む）無防備な他者を見る観察の流儀でもあるようだ。そして彼は読者に、見られもする。その複雑な構造に、読者は気がつけば、不用意に巻き込まれている。

ここで思い出されるのが、先に検討した角田光代による評である。彼女の評において、「無防備」なのは、ブコウスキーであると同程度に、普段は「さらしていない」部分を「直接触られる」、読者であるともいえるだろう。角田に従うならば、「剥き出し」の対象を見る者こそが、無防備になり相手にさらされていく、という相互反応が、ブコウスキーの作品と読者のあいだには生じるらしい。

これはおそらく、先述した、誰かを無防備だとわたしたちが感じるとき、「自分は無防備ではなく武装して生きている」、という自意識をすでに前提としている、という事情と通底している。その自意識は、「無防備でありうる自分」、さらには、「自分が武装によって守っている本当の自分」を喚起するだろう。そういった「本当の自分」が現実に存するのかどうかは、実は問題ではなく、そういった「柔らかい部分」が自分にもあるような気がしてくる、というところが、無防備な他者を見る、ということの要点なのだろう。

また、「無防備な者を見る自分は、その人のように無防備ではない」という感覚は、自分がその人の「敵」でありうる、という感覚を含意する。わたしたちが誰かを無防備だと感じるとき、わたしたちはその誰かを傷つけうる、危険な存在であることを、みずからの暴力性を、すでに引き受けている。それは十分に、「ざわざわ」する感覚をもたらしうるだろう。角田のいう、自分が「外にはさらしていない」、「自分のなかの最も柔らかい部分」とは、できることなら忘れていたい、みずからの暴力性の謂いだともいえる。

このような暴力性の問題を孕んだ緊張関係、あるいは、間主観的ともいえる、「見る者」と「さらされる者」の絶え間ない反転が、「スタイル」という詩における「わたし」と「きみ／サギ」と「読者」のあいだに、生じているというべきだろう。つまり角田がいうところの「無防備なブコウスキー／（それを見る）読者」という関係は、「無防備な存在（きみ／サギ）／（それを見る）ブコウスキー（語り手＝わたし）」というかたちで、作品内部で構造化され、さらにその関係を見る「読者＝わたしたち」がある。このような間主観的な緊張関係が、ブコウスキー作品をとおしてどのように展開していくのか。ブコウスキーにおける無防備を検討することは、第一に、それを見きわめる作業となるだろう。

無防備な書き手

ブコウスキーが、「スタイル」を無防備として定義したことの、もう一つの要点は、無防備を書くことと結びつけたことにある。「スタイル」という詩が示すのは、スタイルとは「文体」に限らず「することの流儀」として広く解釈できるということだが、そうして多様な意味を孕んだ「スタイル」は、ブコウスキーにおいて、再度ひるがえって、文体と書くことの問題へと収斂するというべきだ。要するに彼は、無防備に書くことを目指した。実際にブコウスキーが書いたものを見たとき、やはり、二つの異なる相において、彼は「無防備な書き手」であったといえるように思える。つまりは、客観的に無防備な書き手としてのブコウスキーと、無防備を意識する書き手としてのブコウスキーである。

客観的に無防備なブコウスキーとは、すべてを「さらけ出す」書き手（角田）であり、「意味」のない「無駄」な文章を書く書き手（澤野）であり、「ズルくて、チャチで、いい加減」な書き手（柴田）としてのブコウスキーだが、それはその書き手が「書きまくる」ということと対になっている。小説と短篇については、彼はそれほどの量を書いたわけではないが、詩については、五千近くの作品を書いたとされる。[19]「ブコウスキーを読んでいて不思議に思うのは、自分の書くものがくだらないことはおそらく本人にもわかっていながら、これほど多数の作品を書いてしまうだけの奇妙な情熱がどこから生まれてくるのかという点だ」、と若島は述べている。[20]「これほど多数の作品を書いてしまう」からこそ、作品の「くだらなさ」が前景化され、「くだらなさ」はさらに、「書く」という行為それ自体を前景化する。「百のヘボ詩と一編のすぐれた詩を書く」という決心をしたブコウスキーは、「どの詩が悪くてどの詩がいいのか、知らなかったし気にもしていなかっただろう」という、ローレンス・ゴールドスタインの推察は、おそらく正しい。[21]

その圧倒的な量によって言葉と文の意味をなくし、澤野がいうところの「ガラクタ」にする、という手法は、ブコウスキーが書いた「列挙＝カタログ」の詩に凝縮されているといえる。「彼らは、みんな、知っている」（一九六五）という初期に書かれた詩が典型的な例で、そこでは、おそらくはジョン・ファンテの『塵に訊け』（一九三九）を意識して、冒頭から、「パリの大道絵師に訊け／眠る犬に降りそそぐ陽光に訊け／三匹の豚に訊け」といった具合に、「～に訊け」という文が、百ほどくり返される。[22]そして最後は、「訊け訊け訊けそうすると／彼らはみんなこたえるだろう／手すりにもたれてがみがみいう妻は／男には耐えがたい」と終わる。[23]

ホイットマンやギンズバーグの列挙の手法が、有機的な全体性のようなものの創出を感じさせるとすれば、ブコウスキーにおいては、列挙が続けば続くほど、脈絡と主題性は曖昧になり、言葉の意味は失われていく。その感覚は、澤野がいう、「すべてが文脈の手前にある」という感覚とも通じるだろう。阿部公彦は、詩における

「列挙はほんとうに乱暴」だと述べ、それを「詩人の支配力と暴力性のあらわれ」とし、「下手な列挙を行えば、言葉はほんとうに意味をなくし、虚無に陥ってしまう」と説く。[24]「虚無すれすれのところから、こちらに戻ってくる列挙こそが圧倒的」だと阿部は続けるわけだが、[25]ブコウスキーの場合、あからさまに「下手な列挙」によって意味をなくした言葉が、それでも虚無を感じさせないのは、虚無の手前で戻るのではなく、平然と虚無に飛び込み、それを突き破るようなかたちで、言葉をくり出すことへの圧倒的な意志のようなものが残るからだろう。

ブコウスキーはしばしばタイプライターを「マシンガン」にたとえ、「マシーン」とも呼んだが、彼の書いた「くだらない」詩の圧倒的な量は、ひたすらマシンガンで言葉をくり出す姿、あるいは「無用」な製品を、消費不可能なところまで大量生産し続ける機械をイメージさせる。過剰生産するから無用になる。無用になっても生み続ける。無防備なマシンガン、とは語義矛盾でもあるが、その自動的な性質が、あるレベルでは、自意識の欠落を感じさせるのだ。

けれども、言葉をくり出すことへの圧倒的な意志を確認したとき、量は質に転化している。その圧倒的な量は、「奇妙な情熱」、さらには、ひたすら書き続けるという倫理を感じさせる。「ブコウスキーの隠れた魅力は、酒や女性や競馬を満載したかれの生活の中に、それなりに見いだされる規律と道徳のごときものである」とする平石貴樹が、その規律を、「書くことをやめない強靭な意志」と、「孤独をおそれないドロップアウトの自覚」として説明していることがここで思い出される。[26]ブコウスキーにおいては、「規律と道徳」という倫理性のもとに、「書くこと」と「孤独」への意志が、相互に依存している。

「ヘミングウェイの行動主義、ハードボイルドの精神に通底する」と、平石が明快に読み解く、ブコウスキーの「孤独をおそれない覚悟」は、ひるがえって、ブコウスキーの定義する「スタイル」としての無防備を説明する。[27] いわば荒野としての敵対的な世界に、「盾」を持たずに立ち向かい、「究極の自然らしさ」をめざす孤立無援の存在とは、アメリカ文学ではしばしば目にする典型的な、個人主義的、男性的、ロマンティックな人物像でもある。このとき無防備な書き手とは、自意識を持たない、客観的に無防備な書き手ではなく、主観的に、無防備の美学を貫こうとする人となる。「ブコウスキーにはひとりの自己とそれに敵対的に接してくる人間社会（世界）という対立の構図が常に存在する」と看破し、ブコウスキーの自己は「自我」と呼ばれるべき「強さ」を備えていると論じる堀内正規は、ブコウスキー的な無防備のスタイルの一つの核心をついているといえる。[28]

敵対的な「社会」や「世界」というよりは、もっと具体的な、書き手を知る人物の集団として、「無数の人間」が認知され、彼らの視線を書き手が意識するとき、彼は「さらけ出された」書き手となる。その「無数の人間」は「読者」かもしれないし、いまや「有名人」であるその書き手を現実に取り巻く人々かもしれない。冒頭で検討した、「理由の背後にある理由」のチェラスキーが、プロ野球選手という設定で描かれていることを想起しよう。「有名人」である彼が、フェンスの向こうの「観衆（crowd）」について抱く意識、彼らがなぜそこにいて何を求めているのかわからない、という意識が、チェラスキーの「めまい」のきっかけであった。「さらけ出されている」、という恥の感覚に襲われる無防備な作家は、マッチョな「見せかけ（front）」をも失う書き手となるだろう。無防備というロマンティックなスタイルは、無防備であるがゆえに、ロマンティックであることを許されない、戸惑いと恥のスタイルに転化しうる。まわりに「無数の人間」がいることを自覚する人は、原理的に「一人（alone）」ではありえない、といってもいい。「無防備な書き手」の位相は、ブコウスキー作品でどのように定まり、揺れるのか。その検討が、本書の二つ目の中心的な課題となるだろう。

以上のように整理した場合、本書はつまるところ、ブコウスキーにおける自意識あるいは自己のあり方を考察する試みだといってしまっていいかもしれない。ゴールドスタインは、ブコウスキーほど「わたし」という代名詞を酷使した詩人は歴史上一人もいないのではないかと述べているが、それはあながち誇張ともいえない真実を含んでいよう。[29] ポストモダンの作家と異なり、ブコウスキーは執拗に、「伝統的な「自己」の概念の脱構築に失敗する」のであり、「自己の探求」は彼の「レゾンデートル（存在理由）」であったと述べるアンドルー・J・マディガンの認識を、本書は原則として共有する。[30] 共有するからこそ、主観／客観という、思想的には古いと主張する人もいるかもしれない二分法に、本書は依存する。ブコウスキーの自己への執着の基底には、「持たざる者」に対してとりわけ敵対的な環境として現前し、個人主義的思考を要請するアメリカ社会特有の事情もあろうが、それ以上に、ブコウスキーが、わたしたちが現実に生きる日常にとどまりながら作品を書いた、という事実があるだろう。「近代的自我」なるものが虚構であり構築物だとどれだけ認識していても、わたしたちは日常において、「わたし」が「わたし」であることを自明視して生きているし、そうしなければ生きていけない。その生の実感に、ブコウスキーは忠実であろうとしたといえる。

ただし改めて強調されるべきは、無防備の感覚が含意する、他者の視線の意義である。ブコウスキーの「強力」な自己は、たしかに解体されることもなければ、他者との連帯を志向することもなく、個人主義的な孤独を標榜するだろう。しかしそうでありながら、同時に彼の自己は「無防備＝オープン」であり、他者や社会へとつねにすでに開かれてしまっていて、それを認識してもいる。その無防備は、一方では、自己が社会による規律に開かれている、さらにはその規律によってこそ自己が形成されうる、という危うい可能性を含意する。「『監獄の誕生』でフーコーが語ったように、ブコウスキーの世界でも人びとはいつも監視されている」という都甲幸治の指摘の射程は広く、そこで無防備な自己とは、社会的に構造化された人間への暴力の帰結として立ちあらわれる。[31]だが「無防備＝オープン」である自己は、そのような危うさを意味しうると同時に、孤立、単独性、閉鎖性によって規定されるようなモナド的自我の原理的不可能性も示唆する。孤独でしかありえない自己と、孤独ではありえない自己、どちらが幻想や真実というのではなく、その拮抗、より正しくは、その奇妙な両立こそがブコウスキー的自己を特徴づけることを、本書は幾度となく確認するだろう。

ブコウスキーと伝記の問題

さて、本論に入る前に、ブコウスキーの伝記的事実について、概観しておきたい。[32]

ヘンリー・チャールズ・ブコウスキー・ジュニアは、一九二〇年、ドイツ西部のアンデルナッハという小都市にアメリカ駐留軍の一員として滞在していた同名の父と、彼がそこで出会ったドイツ人の母親カタリナ（キャサリン）のもとに生まれる。ブコウスキーの父親は、ドイツからの移民を両親に持つ、ロサンゼルス近郊のパサデナ出身のアメリカ人である。第一次世界大戦後のドイツにおける不況がひどくなるとブコウスキー一家は、一九二三年に渡米し、ロサンゼルスに居を構えた。

ブコウスキーの少年時代については、すべての伝記が、多くを『ハム・オン・ライ』をはじめとする彼の作品に依拠している。牛乳配達の仕事をしていた父親によるたび重なる体罰、大不況の一九三〇年代を背景に、タフであることを要求される過酷な環境、思春期のブコウスキーを襲う、顔や胸や背中を覆う異常に大きな痤瘡と病院通い、そういった厳しい苦しみの経験のなかで、図書館に行くことで出会う文学と、書くことの喜び。

これらは、ほとんどが事実だろうが、やはりブコウスキー自身によって描かれた過去だ、という点を差し引いて考えるべきだろう。この事情があてはまるのは、少年時代だけではない。作家として本格的に活動を始める一九五〇年代後半あたりまでの、ブコウスキーの人生の軌跡を裏付ける客観的な資料は乏しく、伝記作者は、その時期の説明を、『ファクトウタム』（一九七五）や『ハム・オン・ライ』、短篇、詩、手紙やエッセイなど、要するにブコウスキー自身が書いた文章や、インタヴューで話したことに依存しているのが実情であり、それはどうしても「面白く」なってしまう。ブコウスキーの作品を伝記的に読むとは、彼の作品をもとに構築された伝記をとおして彼の作品を読む、という倒錯的な行為になりうる以上、読者は極力そのような誘惑には禁欲的であるべきだ。

彼の小説はあくまで「小説＝虚構」であって、自伝ではなく、作家ブコウスキーは、主人公（語り手）のチナスキーではないのだが、ブコウスキーを語る場合、そのような主張は、制度としての文学にとらわれた、屁理屈に聞こえてしまう、というのはやはり、私小説云々ということよりも、彼の作品に通底する無防備の主題と方法に起因するというべきだろう。

ともあれ、高校時代のブコウスキーを覚えている数少ない同級生にとって彼は、ひどくシャイで会話にも参加せずガールフレンドもいない、皮膚のトラブルを抱えた哀れな存在として映っていたようだ。高校を卒業した彼は、ロサンゼルス・シティ・カレッジに入学して英文学（創作）とジャーナリズムを専攻するものの、一九四一年に退学し、一九四七年にロサンゼルスに恒久的に戻るまで、放浪の時期が続く。ブコウスキーが最もロマンティックに美化し、彼のアウトロー、放浪者としてのイメージを形成するのに決定的となった時期だが、現実にはロサンゼルスを離れていたのは長く見積もっても合わせて二年間ほどで、職がないときは、両親とともに暮らしていたらしい。

たしかにいえるのは、ニューヨークや、フィラデルフィア、ニューオーリンズなどを放浪し、職を転々としていたこの時期も、ブコウスキーは書いていた、ということだ。一九四四年、「長ったらしい断り状が引き起こした出来事の顛末」という短篇が『ストーリー』という文芸雑誌に掲載され、これがブコウスキーのいわゆるデビュー作となる。彼は「チャールズ・ブコウスキー」という筆名を採用する。「ヘンリー」は父を想起させるから、という理由からのようだが、のちに彼のペルソナである「ヘンリー・チナスキー」に、その名は回帰することになる。

ブコウスキー自身は、一九四五年あたりからの一〇年間ほど、酒を飲んで何も書かなかった、とくり返し公言したが、スティーヴン・デイヴィッド・カロンも指摘しているように、現実にはそうではなく、詩や短篇を書いてはさまざまな雑誌に投稿し、いくつかは採用されて、その一つが、冒頭で紹介した「理由の背後にある理由」ということになる。[33]

放浪生活ののちロサンゼルスに戻ったブコウスキーは、一九四七年頃に（正確な年については諸説がある）、ジェイン・クーニー・ベイカーという一〇歳ほど年上の（アル中の）女性と出会う。一九六二年に過度の飲酒のために五一歳で他界してから、ブコウスキーの作品に何度も出てくる女性であるが、彼が最もロマン化した女性であり、彼女の客観的な像についてはわからない。本書では主に『ハリウッド』をめぐる考察において、ブコウスキーにおけるジェインの意義について考える。

一九五二年から約二年半、ブコウスキーは郵便配達人として働いた。一九五四年（一九五五年という説もある）には長年の飲酒がたたって出血性潰瘍で入院する。そこで生死のあいだをさまよったブコウスキーは、退院すると、取り憑かれたように詩を書き始めた、というブコウスキーの説明にはやはり誇張が混じっているかもしれない。ジェインとの関係が悪化するなか、『ハーレクィン』という文芸雑誌を編集していたテキサスに住むバーバラ・フライという女性と書簡のやりとりをとおして知り合い、一九五五年に結婚し、『ハーレクィン』を共同で編集したり、バーバラにすすめられて、ロサンゼルス・シティ・カレッジで夜間の芸術のクラスを受けたりもするものの、一九五八年には離婚し、郵便局で手紙を選別する職に就き、一九七〇年の初頭まで、一二年ほど続けることになる。

一九六〇年に、ブコウスキーは最初の詩集『花、拳、そして獣のようなうめき声』を発表する。これは「チャップブック」と呼ばれる、わずか三〇頁足らずの小冊子で、二〇〇部程度しか刷られなかったものの、これを機に彼は同様の詩集を立て続けに発表し、徐々にアンダーグラウンドの詩人として、その存在を認められ始める。『アウトサイダー』という、ギンズバーグやバロウズの作品を載せたことでも知られる雑誌にも、ブコウスキーの詩は多く掲載された。『アウトサイダー』を発行していたのは、（元窃盗犯でもある）ジョン・ウェッブとその妻が経営する、ルージョン・プレスというニューオーリンズを拠点とする小出版社だが、その夫妻と彼は親交を深め、一九六五年に同出版社から発表された詩集『死の手の中の十字架像』は三千部以上を売り上げた。

一九六四年には、フランシス・エリザベス・ディーン（のちにフランクアイと改名）という詩人でもある女性とのあいだに娘が生まれるが、フランシスとは結婚せず、養育費を払い続けながら、娘とも良好な関係を保った。父と幼い娘が出てくるブコウスキーの短篇は、どれも、娘の生き生きした姿が荒涼とした日常に光をさす、という構成で、ストレートな愛情と感傷を隠さない、好作となっている。

一九六六年、ブコウスキーはジョン・マーティンと出会う。オフィス用品を扱う会社を経営していたマーティンは、文芸雑誌で目にしたブコウスキーの詩に魅せられて詩人に接触し、ブコウスキーの作品を出版することを唯一の目的として私財を投げうって、いまや伝説と化した、ブラック・スパロウ・プレスを立ち上げる。一九六九年の暮れ、郵便局での仕事を休みがちになり、職を失いかけていたブコウスキーに対し、生涯一定の金を払い続けることを約束して、専業作家への道を開いたのも、マーティンである。その後、有名になってからもブコウスキーはブラック・スパロウ・プレスとマーティンへの恩義と忠誠を失わなかった。ここで示した二人の関係は、現実以上にロマン化された関係ではなく、彼らが現実にロマンティックな関係を結び、それを維持し続けた、ということだ。

そうして長年勤めた郵便局を辞め、五〇歳近くにして職業作家に転じ、『ポスト・オフィス』（一九七一）の発表により、小説家としてもデビューしたブコウスキーは、生活のために『ハスラー』などのポルノ雑誌にも短篇を寄稿する一方で、それまでは拒んでいたポエトリー・リーディングにも参加するようになり、その過程で、彼は多くの女性読者と知り合い、関係を持った。一九七〇年から五年間ほど関係を持続した、リンダ・キングという二〇歳年下の彫刻家、また、二三歳年下で、一九七六年に出会い、のちに結婚することになる、リンダ・リー・ベイルとの関係をはじめとする、彼の奔放な女性遍歴は、『女たち』において小説化された。

一九七〇年代、アメリカではまだマイナーな作家にとどまっていたブコウスキーは、ヨーロッパでメジャーな作家として見出される。フランスやイタリアでも彼の作品は好評だったが、故郷でもあるドイツでの人気が圧倒的で、一九七四年に出版された詩集は、詩集としては異例の五万部を、さらに三年後に出版された小説や短篇を含むアンソロジーは一〇万部近くを売り上げた。ある批評家はブコウスキーのドイツにおける人気の理由を、彼がドイツに生まれたという事実に加えて、「勝者」であるアメリカ人でありながら、アメリカ的な近代性を否定する彼の仕草が、「敗者」であるドイツ人に深く訴えたと分析している。[34] ブコウスキー自身、みずからのドイツでの人気が彼らの「敗者」の文化にあることを直観していたと思われる。彼は一九七八年にドイツを訪れ、翌年に旅行記（『ブコウスキーの酔いどれ紀行』）を発表したが、ハンブルクで千人を超える聴衆を前に開いた朗読会を回想しつつ、こう述べている。「ハンブルクの聴衆は奇妙だった。笑える詩をわたしが読むと、彼らも笑うのだが、シリアスな詩を読むと、彼らはより熱烈に拍手喝采した。文化がまるで違うのだ。もしかすると二度の大戦に続けて負けたからかもしれないし、自分たちの親の街が爆弾ですっかり焼け野原にされてしまったからかもしれない」。[35] ブコウスキーの「敗者」への敏感な想像力は、日本におけるブコウスキーの受容とも無関係ではないのかもしれない。

ヨーロッパでの人気によって経済的な余裕を得たブコウスキーは、一九七八年にロサンゼルス近郊の港町サンペドロに家を購入し、翌年にはＢＭＷを現金で購入し、ビールの代わりに高価なワインを飲み始め、「成功者」

としての生活を素直に満喫した。一九七〇年代末には、ブコウスキーの作品に魅せられた映画監督バーベット・シュローダーとのあいだに、のちに『バーフライ』（一九八七）という題名で公開されることになる映画の脚本を執筆する契約を結び、その執筆の過程で、デニス・ホッパーや、ショーン・ペン、当時ペンの妻であったマドンナらと知り合い、「セレブリティ」への仲間入りを果たした。

こうして「成功者」になってからのブコウスキーの人生は、はたから見ると、ある種の退屈さを伴う。一九八五年にリンダ・リー・ベイルと結婚したことを除けば、一九八〇年代はほとんど事件らしい事件もなかったといえる。その退屈や平凡さを補填するかのように、彼は詩ではしきりに、一九三〇年代や、放浪の時代を回顧して自分が作家になる前の人生、特に、郵便局で働き始める前の自分の人生を、ロマンティックに再構成した。この時期に『ハム・オン・ライ』という、少年・青年時代を振り返る、率直に懐古的な小説が書かれたのは必然の流れだったといえる。

しかしいかなるかたちにせよ、ブコウスキーはとにかく書き続けた。一九九〇年には執筆の媒体をこれまでのタイプライターから、妻から贈られたコンピュータに変更し、彼は詩、エッセイ、小説を書き続けた。一九九二年に彼は『パルプ』の執筆を開始するが、翌年早々に白血病の診断を受け、酒も煙草もやめて闘病生活を送るなか、『パルプ』を完成させ、一九九四年三月九日、七三歳で死去した。

本書の構成

以上が、本書の文脈を考慮して描いた、ブコウスキーについての簡単な伝記である。最後に、本書の大まかな見取り図を提示しておきたい。

まず基本的な構成として、本書は、ブコウスキーの作品を、詩、短篇、小説の順に扱う。作品の量という観点からすれば、ブコウスキーは間違いなく、「詩人」である。希少本などを除いてわたしたちが簡単に手に入れられるだけでも、二〇冊以上の分厚い詩集があり、いまだに未発表の作品が出版され続けている。したがって、量的観点からすれば、ブコウスキーの全体像を伝えるには、本書のほとんどの章を詩に割かなければならないが、九章のうち詩を論じるのは最初の（長めの）二章のみである。

これは、無防備という主題を、もっぱら主観の相において扱う本書の議論の、帰結でもある。「くだらない」作品が量産された詩は、ある意味ではブコウスキーが最も客観的に無防備に、ひたすら書き続けたジャンルであり、それは全体像をつかむことなど到底不可能な、語りえないジャンルである。それに比べて小説は、ブコウスキーが明確に、主観の相において無防備を追求したジャンルである。彼の小説はすべて一人称の語り手（＝ペルソナ）を採用している。彼の小説家としての方法意識を物語るこの方法は、「わたしの主観から世界を語る」という、作品の現実認識のあり方を決定せざるをえない。その語りは、ある批評家が整理するように、「内向きに、自己に対して向けられる喜劇的アイロニー」、「自嘲」、「自己非難を伴う自己の誇張」を特質とし[36]、つまりは、「自己」の焦点化によって規定されている。

小説で描かれる主観的無防備の観点から捉え直したとき、ほとんど語りえない対象に見えていた詩が、無防備という自意識をめぐる作品群として立ちあらわれてくる。これはむろん錯覚にはちがいなく、本書で扱うのは、ほんの一握りの詩にすぎないが、マディガンやゴールドスタインのいうように、ブコウスキーの作品がつねに「自己」の問題を扱うのだとすれば、その詩の多くが無防備について書かれているのは、実は当然なのかもしれない。

第1章で論じるのは、ブコウスキーの詩における、動物の意義である。すでに「スタイル」という詩における「サギ」を見たわたしたちにとって、動物という主題はそれほど唐突に響かないだろう。人間は原理的に無防備ではありえない、ということを体現する存在であると同時に、それを前にすると、人間は原理的に無防備であることを思い知らされる、きわめて複雑であると同時に、おそろしくシンプルで美しい存在。ブコウスキーにおける動物を理解することは、いわば、彼の作品を貫く無防備の主題を、地下で支える基礎について考えることだといえる。

第2章では、第1章で浮き彫りになる無防備をめぐる問題系を前提としながら、より俯瞰的に特に前期のブコウスキーの詩の諸特徴について、彼の作品における「観察」に着目しながら論じる。前述したように、「主観的」無防備の主題とは、みずからが無防備だと感じる意識の問題であると同程度に、無防備な他者を観察する流儀の問題でもある。第1章ですでに前景化されるともいえる、動物を見るわたしし、という観察の問題は、部屋の窓から外を見る、というブコウスキーの詩に頻出する行為において、どのように掘り下げられているかを検討する。

第3章は、短篇を扱う。角田の評も示唆するとおり、ブコウスキーの本領が最もいかんなく発揮されるのは、短篇かもしれない。初期ヘミングウェイを崇敬していたブコウスキーは、場面を中心に作品を構成する作家だったし、プロットを排することで現実らしさを生み出す、というその手法にも、短篇というジャンルがかなっている。ブコウスキー的な「めちゃくちゃ」の感覚は、長編小説になると、「めちゃくちゃ」という意味での一貫性を生み出してしまうので、主題と方法のあいだに齟齬が生じてしまう。それを逆からいうと、ブコウスキーの短篇は、かなり純粋に「めちゃくちゃ」の美学を体現しているので、論じるのが非常に困難なジャンルでもある。論じられるものはすでに「めちゃくちゃ」ではなくなっているからだ。さらにその「めちゃくちゃ」さは、扱う主題の卑俗さ、低俗さと連動して、強固な「客観的無防備」を創出する。労働者、放浪者、酔いどれ、変質者、スカトロジスト、強姦者、殺人者――そういった「底辺」の人物を描いた作家としてブコウスキーが認知されているとすれば、それは短篇の影響以外には考えられない。本書のように「主観的」無防備や自意識の問題に焦点を当てる立場からは、そのような「卑俗」な作品群について基本的には分析するすべを持たない。それは本書の、そしておそらくこういってよければ、ブコウスキーを精読し解釈しようという試みが必然的に抱える、限界であることを認めつつ、本書の他の章で扱う、自己意識や観察、身体や「無用な細部」のリアリズムといった問題が、短篇ではどのように表出されているかを論じる。

第4章から、一章ごとに一冊の小説を取り上げる。ここからは、無防備がどのようにそれぞれの小説で主題化されていくか、という方向に議論が進むので、話題としては雑多な印象を受けるかもしれないが、それはブコウスキーの小説の意外な多様性を映し出すだろうし、また同時に、それら多様な作品が、無防備の探求において一貫していることを明るみに出すはずである。

第4章と第5章では、それぞれ『ポスト・オフィス』と『ファクトウタム』を、ともに労働と小説、という観点から読む。郵便局での仕事を辞めて職業作家に転じたブコウスキーが、まずは「小説」を書き、第一作では郵便局での労働について、次作では、さまざまな一時的労働について、自伝的な小説を書く。なぜ彼の「小説」の主題は、労働でなければならなかったか。ブコウスキーのジャンルへの意識にも目を配りながら、ブコウスキー的な労働批判の意義を、無防備の主題との関連で考察する。

第6章は『女たち』を扱う。本作において、無防備は、作家であることについての自意識の問題としてあらわれ、「女」という作品の主題と絡められながら、複雑に小説化されている。ジェンダー、パフォーマンス、オーサーシップといった要素に着目しながら、ブコウスキーにとっての女性を描くことの意義を考える。

第7章で扱う『ハム・オン・ライ』は、ブコウスキーの小説では最も「普通」の小説だといえるかもしれない。それまでの小説に共通する、ブコウスキーなりの実験性は影をひそめ、みずからの少年時代から青年時代までを朴訥と描いていて、そこに無理に実験性を読みとる必要はない。本書もここはストレートに内容に着目し、作品が一貫して明示的に前景化する、身体の問題を、無防備と関連させて論じる。

無防備という観点からブコウスキーの小説を読むとき、第8章で論じる『ハリウッド』は、重要な転換点、あるいは一つの終着点として位置づけられる。これまでの小説で作家のペルソナとして機能してきた語り手のチナスキーは、みずからが無防備ではないことを自覚し、その地点から、自己ではなく、無防備な他者を描く。そのようなベクトルはこれまでの小説にも内在しているが、それが意識的にテーマ化されたのが『ハリウッド』だといえる。この小説をもってチナスキーが語り手としての役割を終えるのは、偶然ではない。

最終章で扱う『パルプ』は、ブコウスキー的な「めちゃくちゃ」さを凝縮した、ブコウスキーの小説では最も「くだらない」傑作である。無防備を中心とするブコウスキー的なテーマの、「めちゃくちゃ」な大団円をわたしたちはこの小説で目撃する。いわば本書は、『パルプ』についての最終章へと至るための、長い前置きのようなものだといってもいいかもしれない。

ブコウスキーの作品は、どれもシンプルである。しかしそれは「単純」を意味しない。シンプルさは、きわめて複雑な力学によって稼働している。その力学を、無防備という観点から検討するのが、本書の目標である。

註

1 Charles Bukowski, *Absence of the Hero: Uncollected Stories and Essays, Volume 2: 1946-1992*, ed. David Stephen Calonne (San Francisco: City Lights Books, 2010) 1. 以下、「理由の背後にある理由」からの引用はこの版に依拠し、本文中に頁数を括弧に入れて記す。

2 柴田元幸『愛の見切り発車』（新潮文庫、二〇〇〇年）一六一。

3 角田光代「ダーティ・オールドマンの巨大な影」『しゃぶりつくせ！　ブコウスキー・ブック』（ジム・クリスティ、山西治男訳、メディアファクトリー、一九九九年）一六四。

4 角田　一六七―六八。

5 澤野雅樹『不毛論――役に立つことのみじめさ』（青土社、二〇〇一年）九〇。

6 澤野　九〇。

7 柴田元幸「チャールズ・ブコウスキー／中川五郎訳『詩人と女たち』――「潔癖な軽さ」に貫かれた、読んでいて気持のいい小説」『リテレール』（一九九二年冬号）一八一。

8 柴田「チャールズ・ブコウスキー／中川五郎訳『詩人と女たち』」一八一。

9 澤野　八三。

10 澤野　九九―一〇〇。

11 澤野　七九。

12 澤野　八七。

13 若島正「コレハ文学デハナイ――『ハリウッド』を読む」『ユリイカ』（一九九五年五月号）二四五―四六。

14 澤野　七七。

15 越川芳明『周縁から生まれる――ボーダー文学論』（彩流社、二〇一八年）四九一。

16 Charles Bukowski, "Unpublished Foreword to William Wantling's *7 on Style*," *Portions from a Wine-Stained Notebook: Uncollected Stories and Essays, 1944-1990*, ed. David Stephen Calonne (San Francisco: City Lights Books, 2008) 155.

17 あたかもここでブコウスキーは日本語の無防備を定義しているように感じられるが、それは換言すると、英語には日本語の「無防備」に対応する語が存在しない、ということでもある。「無防備」の訳語としては、open, naked, exposed, defenseless, unprotected, unguarded, vulnerable などが考えられ、語の構成だけをとれば defenseless, unguarded, unprotected といった語が近いはずだが、それらの英語は「無防備」ほどの日常的汎用性がなく、堅苦しい。「無防備」はこれらすべてを含みながら、日常的に用いられてわたしたちの生活の実感に馴染むと同時に、無防備な生き方というときのような、自然さや率直さまでカバーしている。その包括性ゆえの曖昧さもあるわけだが、その曖昧さをわたしたちは日常的に受けいれながら、曖昧だと感じることもなくこの語を難なく駆使している。おそらく曖昧さは分析的に考えたときに感じられるものであって、概念そのものが曖昧なのではなく、わたしたちが日常的に行っている複雑な言語的概念的プロセスに、認識がなかなか追いつかない、ということなのかもしれない。

18 Charles Bukowski, *Essential Bukowski: Poetry*, ed. Abel Debritto (New York: Ecco, 2016) 68. ここで、本書がブコウスキーの詩について主に *Essential Bukowski* を参照する理由を記しておきたい。ブコウスキーの死後に出版されたブコウスキーの詩は、編集者のジョン・マーティンによって大幅に修正されていることが近年明らかになっており、研究対象として扱うのは危ういのが現状である。もっとも、生前からブコウスキーは、マーティンに編集を委ね、詩の題名の決定すら編集者に任せることも多かったようであり、いわば彼の詩は編集者との共同的な執筆によって成り立っていたともいえる。しかしそれでも生前に出版されたものについてはブコウスキー自身が確認をしているはずなので、死後の詩におけるマーティンの修正は越権行為だといわねばならない。そのような事情があり、本書でも、一部を除いて、死後に出版された詩については、考察の対象に含めないようにしている。そのようななか、エイベル・デブリットはブコウスキーの草稿とつき合わせて、オリジナル版の詩を編纂する信頼できる研究者かつ編集者として近年は認識されており、彼によって編纂された詩選集 *Essential Bukowski* は、目次がないなどの欠点はあるものの、今後のブコウスキー研究のスタンダードになると予想される。以上の理由により、本書が扱う詩がそこに含まれる場合は、*Essential Bukowski* を底本として参照したい。

19 Abel Debritto, Introduction, *Essential Bukowski* vii.

20 若島 二四六。

21 Laurence Goldstein, *Poetry Los Angeles: Reading the Essential Poems of the City* (Ann Arbor: U of Michigan P, 2014) 120.

22 Charles Bukowski, *Burning in Water, Drowning in Flame: Selected Poems 1955-1973* (New York: Ecco, 2003) 89.

23 Bukowski, *Burning in Water, Drowning in Flame* 92.

24 阿部公彦『詩的思考のめざめ——心と言葉にほんとうは起きていること』（東京大学出版会、二〇一四年）七四–七五。

25 阿部 七五。

26 平石貴樹『アメリカ文学史』（松柏社、二〇一〇年）五七九。

27 平石 五七九。

28 堀内正規「北村太郎とブコウスキーの死のかわし方——〈半〉と〈二〉の過激な気晴らし」『比較文学年誌』五一号（二〇一五年）八四-八五。

29 Goldstein 103.

30 Andrew J. Madigan, "Bukowski's 'I Met a Genius'" *The Explicator* 55.4 (1997) 233.

31 都甲幸治『偽アメリカ文学の誕生』（水声社、二〇〇九年）六六。

32 以下、ブコウスキーの人生に関する記述は、主にスーンズによる伝記（Howard Sounes, *Charles Bukowski: Locked in the Arms of a Crazy Life* [Edinburgh: Canongate Books, 2010]）に依拠している。

33 David Stephen Calonne, *Charles Bukowski* (London: Reaktion Books, 2012) 36.

34 William Marling, *Gatekeepers: The Emergence of World Literature and the 1960s* (New York: Oxford UP, 2016) 58.

35 Charles Bukowski, *Shakespeare Never Did This* (Santa Rosa, CA: Black Sparrow Press, 1995) sec. 16.

36 David Fine, *Imagining Los Angeles: A City in Fiction* (Reno: U of Nevada P, 2004) 192.

第1章　開かれ——ブコウスキーの詩における動物

一九八九年に発表された猫についての文章でブコウスキーは次のように述べている。

動物はインスピレーションをもたらす。動物は嘘のつきかたを知らない。動物は自然の力だ。テレビは五分も見ていれば気分が悪くなるが、動物は何時間でも見ていられる。そこにあるのは優雅さと栄光だけであり、あるべき生の姿そのものだ。[1]

小説や短篇においても、ブコウスキーはときに動物を登場させたが、彼にとって動物とは何よりも詩にふさわしい存在だった。猫、犬、鳥はもちろんのこと、ライオンや（闘牛の）雄牛、馬、猿、象、キリン、豚、鼠など、さまざまな動物が彼の詩では言及され、それと連なるかたちで、アリやハエやクモ、爬虫類といった生物が頻出する。ゲイ・ブルーアーは、「一貫性、直接性、自発性、そして「自然な」正直さ」という相における動物の把握が、ブコウスキーの後期の作品の一つの主題だとしながら、それはロビンソン・ジェファーズの「非-人間（動物）主義（inhumanism）」の影響だとしている。[2] ジェファーズに限らず、動物は東西の詩人に好まれてきた主題であり、その意味ではブコウスキーに独自の主題とはいえないが、主題との向き合い方、その表現方法と、動物への関心の強度において、ブコウスキーの詩はたしかに独自の視座を打ち立てていると思われる。

比喩、形象、アレゴリーとしての動物と、文字どおりの、わたしたちが「動物」と一括りに呼ぶ存在、その差異と連続性の両方にブコウスキーは気を配りながら、慎重に、この難しい主題を詩の上で展開する。その展開を追うことは、ともすればひたすら無目的に書きなぐっているかに見える彼の詩の、意外な繊細さを確認することでもある。動物という主題が、ブコウスキーという「乱暴な」書き手に、注意深さを要請した、ということでもあるのだろう。何よりも重要なのは、ブコウスキーは動物をめぐる詩において、無防備という主題を追求した、ということだ。次章でも論じるように、無防備は全体としてブコウスキーの詩を解釈する上での鍵となる概念ではあるけれども、動物についての詩のなかで、ブコウスキーは無防備について最も原理的な考察を行ったと考えられる。

言葉と動物の生

動物の生を、詩という言語形式によって表現することなどできるのだろうか。動物はブコウスキーという無骨な詩人をして、言葉について考えさせる、稀有な存在である。

ブコウスキーは、車に轢かれた動物の死骸に深い共感を寄せる人物だったが、前期のブコウスキーの感性に深く食い込んだのは、路上にさらされた死骸である以上に、猫にくわえられた鳥だった。それを何度かブコウスキーは詩で表現し、彼の詩のなかではよく知られたものの一つである、「マネシツグミ」(一九七二)が書かれた。

夏のあいだずっと
マネシツグミは猫のあとを追いかけていた
まねて、まねて、まねて
自信たっぷりにからかって。
尻尾をちらちらさせて
猫はポーチの揺り椅子の下にもぐり込み
マネシツグミに怒りの言葉を発したが
なんていったかわたしにはわからなかった。

昨日猫は車寄せを平然と歩いてきた
口にくわえたマネシツグミは生きていて、
翼は広がり、美しい翼は広がりバタバタしていて、
羽根は性交中の女の脚のように開いていた、
鳥はもうまねはせず、
訴えて、祈っていた
しかし猫は
何世紀ものあいだを闊歩して

聞こうともしない。
わたしはそれが黄色い車の下に
鳥をくわえてもぐり込むのを見た
それを他の場所に売りはらうために。

夏は終わった。[3]

一読するとこの詩は、動物的な捕食の風景に、人間を寄せつけない、仮借なき優美さを語り手が見出す詩、として理解されるにとどまるかもしれない。しかしこの詩が傑作である理由は、その主題の複層的な展開にあるというべきだろう。

この詩の重層性の核は、「まねをする」というモチーフの導入にある。鳥は猫の「まねをする（mocking）」。Mockという語は、からかう、という意味でもある。しかし「マネシツグミ」という和名からもわかるように、他の鳥のなき声をまねるこの動物と、「まね」は切り離せない。

鳥が猫をからかっている／まねをする、と考えるのはあくまで人間である語り手だ。つまり擬人化された動物が、人間のまねをする。そうさせるのは語り手自身である。「マネシツグミ」は猫だけではなく、いわば語り手のまねをしていて、それはいいかえれば、語り手が「マネシツグミ」のまねをしながら、猫をまねる、ということでもある。まねることで鳥は猫になろうとし、語り手もまた鳥として猫になろうとする。その模倣による同一化とは、鳥も猫も言葉によって理解可能だと捉えることだ。

ただし、そのようなメタフィクション的な、猫／鳥／語り手のあいだにある「まね」の相互関係が、この詩の要点であるといいたいわけではない。猫が「わたしには理解できない／怒りの言葉を発した（and said something very angry to the mockingbird / which I didn't understand）」という一節に注目したい。猫に発話させることで擬人化しながらも、その発話を語り手は理解しない。そこにあるのは、猫は言語を発しているという認識と、しかしその意味は（怒っているということを除いて）理解の彼方にある、という二重の事態である。この理解不能な猫による発話を境に、鳥は猫にとらえられ、猫のまねをできなくなる（と語り手が考える）。「鳥はもうまねはせず（the bird was no longer mocking）」というフレーズではじめて mockingbird という名（その名は固有名ではなくて一般名称であるが）は、bird と mocking に分離する。

ここで捕食とは、まねが断ち切られることであり、まねができなくなるとは、名を奪われること、あるいは鳥がみずからの名を実践（模倣）できなくなる、ということである。つまり、一方で捕食は、高度に言語的な出来事（名の分離）として捉えられながら、同時にそれは（mockingbird から bird への変容あるいは名の解体をもたらすという意味で）言語、そして模倣（mocking）が奪われることでもある。むろん、まねの停止は、語り手にそのままはね返ってきて、語り手自身による動物の擬人化の停止を示唆し、だからこそそれは、理解不能な発話として語り手に経験される。「マネシツグミ」はそもそも猫をからかわないのだとすれば、原理的に不可能な模倣を鳥に投影する語り手のふるまいこそが、中断させられるともいえる。

まねが不可能になったときに残るのは、「訴え（asking）」と「祈り（praying）」である。むろんそれも擬人化（まね）であり言葉にすぎない。しかしその前に鳥のまねが剥奪されることは、「訴え」と「祈り」が言語に先立つ原初的な行為であることを印象づける。マネシツグミはその生の最後においてそのような行為に立ち返る、そう語り手は想像する。そのような行為すらもが「聞かれない」、その途方もなさに、語り手は猫の生を、人間の時間を超えて「何世紀ものあいだ」を闊歩する動物的存在を見出しているようだ。かくして語り手の観察は、猫もマネシツグミも、「それ（it）」という匿名的な代名詞へと還元し、動物を前にした言語／擬人化／mocking の敗北を言語（it）によって認め、そこで詩も、人間の時間（summer）も終わる。言語によってしか動物の生は捕捉できないのに、それは言語の、人間の理解のはるか彼方にある。

修辞としてのスズメ

動物を言葉の外にあると考えるのはしかしながら、言葉についての甘い理解に依存しているかもしれない。むしろ動物とは言葉そのものかもしれず、あるいは言葉とは動物そのものかもしれず、そのとき言葉は、わたしたちの理解の此岸にありながら、彼方にある。

ブコウスキーは、明確なイメージを結ぶのをあえて拒むようなやり方で、動物を修辞的で抽象的な言葉として使う詩を多く残したが、とりわけそのような使い方を好んだのが、マネシツグミでも主題化されていた、鳥であったといえる。実際に彼が飼いもした猫はブコウスキーにとってあまりに現前していたし、犬をしばしば抽象的なイメージとして使用することはあったものの、それはあまりに人間的な意味へと引っぱられ、その意味で、身近な存在でありながら、わたしたちの個人的な空間的知覚の限界を超えて飛翔する鳥は、そもそも想像がうまく及ばないような面があって、明確な意味への収斂を拒む、言葉としての動物という問題を探る上では格好の素材であったのかもしれない。典型的な例として、やはりブコウスキーの詩のなかでは有名な、「スズメのように」（一九五七）という詩を見てみたい。

命を与えるには命を奪わなければならない、
悲嘆が無数の血にまみれた海に
ぱったりとむなしく倒れるとき
わたしは重苦しく内破する浅瀬の上を通りすぎる
そのまわりでは白い脚と、白い腹をもつ腐敗した生き物が
長ったらしく死んでいて、周囲の景色に暴動を起こしている。
子供よ、わたしはスズメがおまえにしたことを
おまえにやったにすぎない。若いことがはやりのときにわたしは
年老いている。笑うのがはやりのときにわたしは泣く。
愛することのほうが勇気を必要としないときにわたしはおまえを
憎んだ。[4]

「わたしがおまえにしたこと」がこの詩の中心であるとするならば、「スズメ」はこの詩の修辞的な核心であるといえる。しかしスズメという動物は、あるいは「スズメ」という語は、この詩が理解可能な意味に収斂することを、積極的に妨げる。それは、海のイメージやそこに死ぬ謎の生き物と、何ら接続することなく詩に亀裂を与える一方で、「わたし」が子供にしたことのヒントとなることもなく、「子供」の抽象性と連続した曖昧さを背負いながら、この詩の意味上のベクトルを拡散し、宙づりにする。それは読者にとっては空虚な記号でありながら、同時に語り手にとっては意味に満ちた語であることが感じられる。「わたし」はここで「スズメ」と同一化している。だがその一体化の内実は読者には知らされない。

この「スズメ」という語（あるいは動物）が読者を戸惑わせるのは、それが子供に対して何か決定的な「行為」をし、そうして語り手自身の行為をも決定する（かのように語り手がふるまう）にもかかわらず、その行為の内容が示されないからだろう。「した（did）」という動詞のたしからしさ、あるいは取り返しのつかなさとでも呼ぶべき事実性と、その内容の曖昧さ、あるいは内容の欠如の感覚が、齟齬するのだ。

しかしおそらく決定的に重要なのは、この齟齬にもかかわらず、いやおそらくはこの齟齬ゆえに、読者にとってこの詩は鋭利に研ぎ澄まされた詩として現前してくる、ということではないだろうか。詩の一貫的なイメージを断絶し、読者を拒んで遠ざけるこの「スズメ」という修辞がなければ、この詩の価値も説得力も失われるということを、読者はおよそ説明不可能なかたちで直観するのではないだろうか。それはもしかしたら、最後の三行に横溢する感傷性を、「スズメ」という語が相殺するからかもしれない。スズメという、場合によっては感傷の対象にもなる動物（語）が、むしろ攻撃らしき行為、憎しみらしき行為の主体となっているのだから。

しかし感傷の不在、というだけでは表現できない、奇妙な説得力を「スズメ」という修辞はここで有しているように思える。それはおそらく、「スズメ」という「言葉」が読者に、理解不可能であるが決定的な何かを「する（do）」、ということだといえよう。非‐意味の領域と接した危険な「浅瀬」の縁とも呼ぶべき場所で、「意味があるかもしれない」ということの重みだけがたしかに感じられる、そのような詩的体験を可能にするのが、スズメという、言葉としての動物にほかならない。

さらされる死骸

詩人にとって避けられない、動物と言葉という問題。ブコウスキーにおいてこの問題は、自己はどのように身近な他者へと開かれるか、という問題と密接に結びついている。だが、その連関にたどりつくためには、いくつかのステップを要する。わたしたちは言葉の問題へと帰ってくるだろう。しかしまずは、ブコウスキーが動物と無防備をどのように他者という主題へと開いたか、そのステップを確認しなければならない。そのようなステップを、ブコウスキーは詩というかたちで残した、ということでもある。動物を扱うときのブコウスキーは、ひどく緻密なのだ。

哲学者のジャック・デリダによる動物論についての考察で、宮﨑裕助は、デリダのエッセイ「詩とはなにか」に言及しながら、この難解な哲学者の詩論において、「詩とはハリネズミである」と解説する。[5] 宮﨑の説明によると、こういうことだ。「高速道路には、轢かれたハリネズミの死骸が打ち捨てられている」。[6] しかし、ハリネズミは、にもかかわらず、無謀にも道端に身を乗り出す。そして高速で行き交う自動車から身を守ろうとし、身を丸め、かえって盲目になり、いつでも轢かれる無防備そのものの存在になってしまう。ひとは、それを愛する――つまり「それを、その独特の形態において保持することを愛する（……）、言葉の、そのかけがえのない文字通りの厳密さにおいて」。だが、それを事故から守ろうとし、意味を解釈するように呑み込もうとして内面化しようとした瞬間、それは激しく刺を逆立て、ひとは傷つかずにおかないのである。「事故なくして詩はない。傷口のように裂開していないような詩というものはない。きみから私が心を通じて学びたいと欲望する無言の呪文、声なき傷口を詩と呼び給え」。[7]

デリダにとって詩は（身を守ろうとすることでかえって）「無防備」に「事故」にさらされる「ハリネズミ」だということになるが、宮﨑の解説に従うならば、ハリネズミだけではなく、それを「守ろう」とすることで「刺」によって傷つく「ひと」、つまり無防備な詩を「解釈」によって守ろうとする「読者」もまた、無防備だということになるだろう。

ブコウスキーは詩を無防備な動物であるとは書かなかったが、動物の無防備な死を多くの詩の主題にした。カロンも指摘するように、ブコウスキーはしばしば、ロサンゼルスの道端に横たわる動物の死を悲しんだ。[8]「白鳥」（一九六四）という詩で、語り手は死んだ白鳥が、水面に浮いているのを発見する。「死が／ネズミのように／わたしの喉を駆け下り」るが、「ピクニック」にやってきた人々の「笑い声」を聞く。その続きである詩の後半を引用しよう。

あたかも死が
恥ずべきことであるかのように
わたしは白鳥に
後ろめたさを感じ
そして馬鹿みたいに
歩き去り
わたしの美しい白鳥を
彼らのもとに置き去りにした。[9]

ブコウスキーの詩において、また少なからずわたしたちの日常においても同様、動物の死骸は、公の空間にさらされているということを、重要な特徴とする。それはほとんどつねに、わたしたちが「外」で遭遇する何かだ。誰にでもアクセス可能な場所で、人目にさらされながら白鳥の死骸は水面に揺れているが、それを見た語り手は、その死骸をきわめて個人的に経験する。この詩が伝えるのは、公の場にあるからこそ、死骸は私的な事物として浮かび上がる、という逆説であろう。白鳥の死骸を見つめる語り手は、接近する他者の笑い声によって自意識的になる。彼らの視線と同一化しながら、「動物の死骸を見つめる自分」を想像する語り手は、「恥ずかしさ」を感じ、おそらくそれが白鳥の死についての思考に投影される。恥ずべきものと化した「死」は、白鳥というよりもむしろ、語り手の側にある。無防備なのは語り手その人だといってもいい。

近づいてくる見知らぬ他人に死骸を残して歩き去る、その行為においてはじめて、白鳥の死骸は「わたしの美しい白鳥（my beautiful swan）」として、「わたし」に帰属する存在として表現される。その場所にとどまる限り、他者がやってくる以上、死骸は「わたしのもの」にはなりえない。対象から去ることによって、対象を「わたしのもの」にする、という欺瞞的な倒錯はそうして生じるが、その欺瞞性を、語り手は熟知しているというべきだろう。たとえ熟知していても、「わたしの」という感慨の信憑性が薄れるわけではない。他者の接近と、他者からの逃避、そしてそこに生じる恥と罪悪感に媒介されて、つまりは、無防備の意識と呼べる感覚に媒介されて、白鳥の死は「わたし」の経験として認識される。

これと似たような構造は、事故で傷ついた犬と運転中に遭遇する「冬」（一九七五）という詩にも見られる。傷ついた犬の身体からは血が噴き出しているが、「アルカディアの縁石の上で／死にそうな犬を／腕に抱え／血がわたしの／シャツやズボンや／下着や靴下や／靴に染み込んでいくのは／どんな風に見えるだろう？　きっと／馬鹿みたいだろう」と考えて「先に進む」。「その犬にはそこで／独りで死んでもらうしかなかった」。[10] 人目にさらされた死にゆく犬を見た「わたし」はここでも、他者の視線にさらされた自分の姿を想像して、その場を離れ去る。自分の服が血で染まると語り手が想像するとき、語り手は轢かれた犬と、奇妙にも一体化しているように思える。場合によっては自分が轢いたかもしれない、自分がその暴力の主体でありえたかもしれない、傷ついた犬。悲惨な動物の姿は、さらされているのは自分である、ということを語り手に意識させる。犬を「独り」にする身ぶりとは、自分を独りにしようとする身ぶりでもある。

つまり、くり返しになるが、これらの詩において、人目にさらされている動物の死（骸）と、通りすがりに遭遇する語り手は、それが公の場であることによって生じる、自分自身がさらされているという自意識ゆえに、私的にその死を経験することになる。より端的には、「人目にさらされる」という自意識を介した、動物との同一化がなされる。その同一化は、遭遇がただの「通りすがり」の出来事であるという瞬間性と偶然性、つまり彼と動物のあいだには何の関係もなく、動物は誰にも属さない、という事実を前提とする。直接的に、個人的に、「わたし」に向かって死骸が投げ出されている、という感覚と、死骸があらゆる人の目にさらされ、誰のものでもない、という意識とが表裏一体となっている。

運転中の道路、あるいは、公園。他者の予感が現実的であり、しかしなおかつ他者が他者として現実化せずに不可視にとどまる、つまりは他者からの逃避が可能な空間。動物と同じような無防備を可能性として有しながら、なおかつ隠れることが可能な空間。そのような空間にある、死んだ動物という、誰のものでもない、無防備な存在との同一化。「わたし」の経験、あるいは「わたし」の死は、そのような空間で醸成されることを、無防備な死骸は物語る。

さらされる読者

だが考えてみると、犬や白鳥が、そして詩の語り手がさらされているのは、道路を通りすぎる人々の視線に対してだけではないかもしれない。彼らはわたしたち読者の視線にも、さらされているのではないだろうか。ならば対象から目をそらし、そこから離れるとは、読者との関係にも影響を与えずにはいられないような身ぶりだといえるだろう。「非古典交響曲」（二〇〇二）という、猫についての短い作品は、おそらくそのような問いをめぐって書かれている。

道の真ん中で
死んだ猫

むなしくなどない栄光のなかで
タイヤに踏みつぶされて

それは何でもなかった（it was nothing）

わたしたちと（and neither were）
同じように（we）

目を（look）
背けろ。[11]（away.）

「どちらも…ではない（neither）」という否定をとおして、語り手は死んだ猫と同一化しているように見える。しかし「それ（it）」の指す内容は不明瞭で、事故や死を指すとも考えられ、むしろそこでは明確な同一化の対象そのものが「ない（nothing）」ともいえる。

さらにこの詩の解釈を難しくするのは、唐突にあらわれる、「わたしたち（we）」だ。And neither were we と、過去形を受ける「わたしたち」は、過去に具体的に存在した語り手と誰か、という印象を受けるが、より抽象的な、人間一般に近い「わたしたち」ともとれる。そこには読者も含まれるかもしれない、という予感は、最終スタンザで決定的になる。最後の「目を背けろ」というのはさしあたって命令形として読むしかなく、その命令は、語り手自身というよりは読者に向けられていると解される。しかもこの直接的な命令形は、（命令形である以上いやおうなく）現在形で語られ、過去の出来事を目にしていると思っていた読者を不意撃ちし、「いま」、まさにその詩を読んでいる時間に、わたしたち読者は猫の死（骸）を目撃していたのだと気づかされる。

いいかえれば、「目を背けろ」という命令は、この詩を読んでいる読者に向けて、詩から「目を背けろ」と伝えている。読むという行為が、猫の死を見るという行為と重ね合わせられている。そのとき、詩そのものが、読者の前に「さらされていた」ことが明らかになり、読者と詩とのあいだに広がる空間は「道（street）」にも似た公的な空間として立ち上がる。その空間は、そこから「目を背けろ」という、まさにその命令において立ち上がるというべきだ。その命令において、読者はいわば「あたかも死が恥ずかしいことであるかのような」罪悪感を担わされることになる。

それにしても、この命令は誰によって発せられているのだろう。それはたしかに、語り手によって発せられているように聞こえる。命令形とはある意味では、主語を明示せずに、命令という行為のうちに潜ませる方法でもある。だが、前のスタンザの「わたしたち（we）」という語に続くことで、それがこの命令形の主語であるかのような印象も残る。ブコウスキーが好んだ、文頭を大文字にしない方法が、そのような印象を助長する。（命令の暗黙の主体である）「わたし」と、「わたしたち＝読者」が、そこで重なり合う。「わたし」は「わたしたち」にまぎれ込むが、その「わたしたち」は、見てはいけない無防備な存在を見てしまった者として、（読むことによって開かれた）公の空間に、さらされている。猫の死骸と遭遇する語り手を、読者が「安全」な立場から傍観することを、この詩は許さない。

無防備と距離

しかし以上の詩において、無防備な動物の死骸に比べたとき、語り手や読者が感じる無防備さは、絶対的に「安全」な意識であり、そこには大きな落差があるといえる。そのような安全性そのものを問題化する詩に、「天のしるし」（一九八四）という作品がある。

ハヤブサが街へやってきて
さっと舞い降りて
鳩をさらう。

犬や猫が
振り返り
逃げ場を求めて走るあいだ
彼らと
太陽のあいだに
動く影が落ちる。

わたしも不安になって
ヤシの葉の下に立ち
たばこに火をつける。

わたしはハヤブサが
優美に
電話線の上を滑空するのを見る、
この距離から見る
ハヤブサは
美しい

ものでﾞ、
そして、もちろん、
死について
わたしは考える
死は完璧に
当たり前だ
しかしわたしは煙草を投げ
捨て
踏み消して、
鳥を見上げる
　「この野郎……」

わたしは背を向け
戸口を抜けて
家にはいる
電話が
鳴っている。[12]

「街」のなかに生じる捕食の風景、「電話線」の上を飛ぶハヤブサの姿、そして語り手が、殺されそうな動物と同様に身を隠す「ヤシの葉」は、人間が住む都市空間と動物的な自然の境界を無効化する。しかし、そこで揺らいだ人間と動物との境界線は同時に、ヤシの葉の下に身を隠す語り手自身のふるまいによって再設定されているようにも見える。

ハヤブサの美を鑑賞し、死について考え、死が「当たり前の／正しい（proper）」ものになるには、身を隠すことによって対象とのあいだに距離を作らなければならない。しかし安全な場所から動物を眺める観察者によって述べられた死についての感想は、空疎に響く。死を「当たり前」だとは思えないからこそ、語り手はハヤブサから身を隠したかもしれないのだから。死について、それが「当たり前」だと、言葉によって考える、そのような余裕を可能にする距離があるという時点においてすでに、死は鳩や犬や猫にとって「当たり前」であるようには、「当たり前」でなくなっている。

おそらく語り手の「この野郎」という、呼びかけにも独り言にも似た発話の背後にあるのは、このような認識だろう。あたかもそこに「距離」がないかのように、you と呼びかける語り手の発話は、その呼びかけが届かないことを、前提としている。死についての思考が、死への接近不可能性、死からの乖離に依存している、という皮肉。家に入るべく語り手が「背を向ける」のは、そのような死の遠さについての認識とともに、家のなかという人間の領域へと戻っていくことを示唆するのだろう。

この詩で決定的なのは、そこで鳴り響いている電話だ。それは、他者からの（一方的な）呼びかけを示すと同時に、その呼びかけに語り手が応答するまでの「間」を指す。ハヤブサに背を向けることがここでは、他者による呼びかけのほうへと向かうことを含意している。ハヤブサへ届かない呼びかけを発した語り手のもとには、他者からの呼びかけが届くのだ。しかしだからといって、電話による呼びかけが動物的な存在と対比されている、というわけではない。というのも、語り手が家の外でハヤブサの美を見出すとき、その視界には「電話線」がすでに含まれているからだ。それはハヤブサが「優美」に「滑空」するための土台・条件として機能しているようにも見える。「電話（telephone）」のteleとは「距離（distance）」の謂いであることを思い出そう。語り手によるハヤブサの距離を介した観察には、距離を超え、それを無効化してあたかも「間近」にいる他者と会話するかのような幻想を可能にする、「電話線」が含まれる。あるいは、電話線は、間近さなど幻想にすぎないことを視覚化し、自己と他者とのあいだにある距離を物理的に体現しているともいえるだろう。

いずれにしてもいえるのは、動物を審美化し、死についての思考を可能にする、自己と動物との距離をめぐる語り手の後ろめたさは、（電話というモチーフを介して）他者との距離をめぐる意識、さらには他者の呼びかけへの応答の義務とその遅延、という問題と相関的に描かれるということだ。

動物に「背を向ける」こと。それがここでは、公共的な空間に背を向け孤独な領域に回帰することを意味していない。自己が危険にさらされる外から家のなかへと彼は隠れるが、電話線をとおして家の外と内は連続しており、他者の呼びかけのほうへ彼は向かう。無防備から逃れる語り手は、もう一つの無防備へと向かうのだ。

金魚を追う、ゆえにわたしは（金魚で）ある

では、語り手と動物とのあいだの距離がなくなればどうなるか。動物を前にして隠れることができないとき、語り手はどうなるのか。ここではブコウスキーによる二つの興味深い回答を示しておこう。

一つの回答は、動物に見られることによって、彼は動物になってしまう、という危険なものだ。「金魚」（一九六二）という詩を見てみよう。金魚はわたしたちが一般に思い浮かべる動物ではないかもしれない。しかしその眼差しにおいて、金魚はブコウスキーにとって「動物」として立ちあらわれるといっていい。

わたしの金魚が涙ぐんだ眼で
わたしのかなしみの半球のなかを見つめる。
か細い糸に
わたしたちはともにぶらさがっている、
ぶらん、ぶらん、ぶらん
絞首刑執行人の首つり縄のなかで。
わたしは彼の場所を見つめる
彼はわたしの場所を……
彼には思考があるにちがいない、

それを否定できるか？
彼には眼があり飢えがあり
そして彼の恋人もまた
一月に死んだ。でも彼は
金色で、ほんとうに金色で、わたしは灰色だ
彼をさがし出すのは下品だ、
桃の燃焼のように
あるいは子供を犯すことのように下品だ、
だからわたしは顔を背けて他の場所を見るが、
彼がうしろにいるのを知っている、
ひとつの金の血杯、
たったひとつ孤独に、
煉獄の真っ赤な雲と
アパートの三〇三号室のあいだに
ぶらさがっている。

ああ、わたしたちが同じだなんて

ありうるのか？[13]

この詩はジェインが「一月」に死亡した一九六二年に発表されたことに鑑みても、語り手の「かなしみ」とは彼女の死によるものだと考えていい。実はこの詩に限らず、ブコウスキーがジェインの死を書いた詩は、修辞（比喩）としての動物を使用するものが多く、[14]いわばそこで動物は死者を追悼する装置として機能している。「金魚」はそのような詩の一つだ。

ここで金魚は詩人のかなしみを伝える比喩であると同時に、比喩ではない、まぎれもない「金魚」だといえる。その金魚の、文字どおりに「涙ぐんだ眼」が、「わたし」を貫いて、「わたし」のなかの「かなしみ」を捉える。そのかわりに金魚の「場所」のなかを見つめる語り手は、金魚の「思考」を発見する。

デリダの『動物を追う、ゆえにわたしは（動物で）ある』では、裸の自分を見つめるペットの猫の凝視についての思考を起点として、動物についてのめくるめく思想が展開する。再び宮﨑による解説を借りれば、「「私」は、どういうわけか、裸の羞恥を知らないはずの動物の眼差し前で、その必要もないはずなのに「恥じる」」。[15]そこで「恥ずかしい」と感じるのは、「人であること」そのものであり、「人間であるその存在が問い質され剥き出しにされるその露呈が恥ずかしいのである」。[16]デリダはそのような猫の眼差しを、「絶対的な他者の視点」と呼ぶ。[17]無防備な猫の眼差しは、「わたし」を無防備にする。

金魚の眼差しもまた、厳しいものだ。それは、首つり縄に一緒にぶらさがるような、処刑による死を語り手に想起させる。それは「細い」糸にぶらさがるように、存在の足場が危うくなる、危険な眼差しだ。ぶらさがる

「わたしたち」という、語り手による動物との連帯感は、死への接近と存在の危うさの認識を伴う。動物によって「かなしみ」を捉えられてしまうとは、そのような経験なのだ。

語り手は金魚の視線から目をそらすが、それはもはや遅く、その存在から、金魚の眼差しから、語り手は逃れられない。金魚を「追う＝さがし出す」という、「子供を犯す」ことにも似た暴力は、すでになされたのだ。「たったひとつ孤独に／煉獄の真っ赤な雲と／アパートの三〇三号室のあいだに」ぶらさがる金魚とはもちろん、語り手自身のことでもある。金魚に背を向けながらも金魚の「孤独」を感じ、そこに自分の孤独を見出すことで、結果的に孤独を介しながら語り手と金魚はどうしようもなく結びつけられる。

金魚と「わたし」は「同じ」であるという可能性への語り手の驚きは、文字どおりに受け取るべきだろう。「絶対的な他者」である動物を理解することは不可能だろう。だがそのことは、「わたし」は動物（金魚）と「同じ」である、と悟ってしまうことを妨げない。これは狂気の一歩手前の認識といえるだろう。恋人の喪失の先に、語り手は、みずからの「絶対的他者性」を見るような、メランコリックな認識に至る。動物の死骸と遭遇することで、語り手の、「わたしの経験」、「わたしの死」が幻想的に仮構されるとすれば、金魚の眼差しによって、「わたし」という幻想は崩壊に近づく。

動物に食べられること

では動物を前にして無防備なままの人は、つまり動物との距離がなくなったとき、人は狂気に陥り、他者から隔絶するほかないのか。その問いへの、ブコウスキーのより幻想的でコミカルな、しかし同時に文字どおりの回答は、動物との距離がなくなると、捕食の対象になる、つまり動物に食べられる、というものだ。

「晴れた日で世界は悪くない」（一九六六）という詩で、語り手は自分がライオンに食べられるのを夢想する。最初は「いつの日かライオンが／入り込んできて／腕を食べるだろう」と、未来についての妄想として始まるこの詩は、[18]ほどなくして現在形で語られるようになり、自分が食べられる様子を読者に実況中継する、という形式になる。

腕から始まりゆっくりとライオンに食べられる語り手のいる部屋には、「妻、ガールフレンド、不義の息子、／通りから来た見知らぬ人／そして／医者」といった人々が入ってくる。語り手は「助けて！」と叫ぶが、その人々は動かずに見ているだけだ。動物に食べられるとは語り手にとって、「間近にいるのに声の届かない他者」の視線にさらされることを含意する。動物との距離がゼロになるとは、目の前にいる人とのあいだに、はかりしれないほどの隔たりができることでもある。それは狂気の隔たりでもあるだろう。

だが彼が孤独であるわけではない。というのも、なぜライオンに食べられるのかわからない、それでも食べられ、誰にも救われない、そのような状況が一種のアレゴリーとして機能するという認識は、同時に、それが他人にあてはまる、という暗示的な連帯性を含意するからだ。詩は次のように終わる。

ライオンはわたしの心臓を食べて
医者はわたしの頭に覆いを

かぶせ
まだ朝
早く
とても朝
早く
まともな人間はまだ
ベッドの上で
多くは臭い息をしながら熟睡し
セックスを
しているものはほとんどおらず
たいていのものは
わたしのようではない
まだ

自分の状況が他者にもあてはまるという語り手の認識は、最後の「まだ（yet）」という語によって示される。間近にいてこちらを見る他者から隔絶されてはいるが、しかしその隔絶を他者もまた経験することで、「わたし」に似てくるだろう、というかたちで、未来＝現在において他者とつながろうとする。しかしその「わたし」はすでに死んでいてそのようなつながりは夢想でしかない……。この詩では、動物に食べられることは、およそ不可能な領域で他者に開かれていくこととして描かれているといえるかもしれない。

日常のなかへ

要言すれば、動物と無防備とは、自己は他者にいかに開かれうるか、というそのせめぎ合いの謂いでもある。しかしいまだに、他者は予感や潜在性、幻想、死、抽象の領域にとどまっている。他者とは原理的にそのような存在である、ということを動物は示しているともいえる。だが動物は、無防備な語り手を救い、ただそこにいる他者へと、つまりは日常的な他者へと、開きうる。「夢」（二〇一五）という詩に、ここでは注目したい。[19] 語り手は夢を見る。彼の部屋に小男が入ってきて、自分は「縄男」だと名乗り、「おまえはこれから／自分で自分を絞め殺す」と告げる。語り手は「自分の動きを止めようとしたが／できず」、縄で首を絞め始める。「そのときわたしは妻の声を聞いた、彼女がバガーに、叫んでいた」。

バガーは夫婦が飼う猫の一匹で、いつも早朝に他の猫を攻撃する。語り手は目を覚まし、バガーを他の猫から引き離す。それから語り手はベッドに入って、夢のことについては妻に伝えないと決める。妻はそのようなことを、「深刻にとりすぎる」から。語り手は、起こされていなければ夢がどのように終わったかと考える。「バガーが／わたしの命を救ったのかもしれない」。バガーを去勢するのを、春までは延ばしてやろうと決めるところで、詩は終わる。

強制された自殺という、夢のなかで語り手が経験する撞着的な事態が、言葉による拘束、というかたちをとっていることに注意したい。語り手は「縄男」の、命令というよりは予言に近い、「おまえはこれから／自分で自分を絞め殺す」という言明を、そのまま実行してしまう。縄男の言葉が語り手を殺す、そのような印象をこの詩は読者に強く与える。

その言葉は、「縄男」の言葉である必要すらない。語り手が、「いや、そんなことはしない」というと、縄男は、「いや、するさ」、「自然とそうなるんだ（it's automatic）」と答える。「自動的」とも「機械的」とも訳せるautomaticという語は、語り手の死に縄男は関与していないことを物語る。誰によって発せられたかも不明な、予言的な言葉を、語り手が遂行してしまうのだ。その意味でバガーは、語り手を死から救うだけではなく、言語による束縛から解放しているといえそうだ。動物という、言葉の「外部」にある存在が、彼を救うのだ。

しかし本当にそうだろうか。この詩で語り手を直接的に夢から現実へと引き戻すのは、どう読んでも猫ではなく、妻の「叫び」である。その何といっているか少なくとも読者にはわからない、内容が明示されない叫びが、語り手を縛る言葉と緊張関係にあるのは明白だ。首に縄を巻いて絞める語り手が、発することのできない叫びを代行するかのように、妻は叫ぶ。妻の叫びによって、語り手は言語という夢から解放されるのだ。

だが語り手は、その夢を妻と共有せず、バガーが彼を助けたかもしれないと考える。妻にあえて夢のことをいわない気づかいには、彼に「妻に助けられたとは思いたくない」という動機が働いているようには思われない。むしろ「バガーが／わたしの命を救ったのかもしれない」、という言明のうちに、「もちろんわたしを救ったのは妻だが」、という暗黙の言明が含まれている、と読むべきだろう。

妻による救いを語らずして語ること。断絶しながら、妻に接近すること。ここで「バガー」とは、そのような語りを可能にする存在として機能している。それは語り手の照れくささを物語るというだけではない。猫をとおしてのみ可能な、妻への接近の仕方がある、ということだ。

つまり、動物はいなくてもよいが、やはりいなければならない、という撞着的な事態が、ここでは起きているようだ。「茶色く厳粛な」（一九九九）という詩を最後に検討しよう。

　犬がベッドの上に跳び上がって
　わたしのうえを這う。
　「おまえは言《ことば》か?」わたしは訊く。
　犬は答えない。
　「おまえは言か?　わたしは言を探しているんだ。」
　その目は茶色く厳粛だ。
　「わたしは言を待っているんだ」わたしはいう、
　「わたしは大きくて熱い
　フライパンの上の男のように
　歩き回っているんだ。」
　犬は尻尾を振りわたしの顔を

舐めようとする。
「ねえ」彼女がバスルームからいう、
「さっさと起きて
犬に話しかけるのをやめたらどうなの?」

わたしの両親もわたしのことを
理解しなかった。[20]

犬を言葉として見出そうとする語り手のふるまいは興味深い。それはただの言葉ではない。大文字によって始まる、超越的な、単独の、代替不可能な、解釈を許さない言葉(the Word)。まねのできない言葉。「はじめに言があった。言は神とともにあった。言は神であった」とヨハネによる福音書でいわれるときの言葉。言葉を探し、言葉を待つとは、詩人の宿命にほかならない。だが動物は「厳粛」な目をして沈黙を守り、顔を舐めようとするだけだ。動物は言葉を持たない。しかしだからこそ動物はそれ自体が真の言葉、人間の存在に先行する言葉でありうる、という感覚が生まれる。ブコウスキーにとって動物の美しさとは、言葉を持たないことの美しさであると同時に、言葉の美しさでもあったのだろう。

ただしこの場面はいうまでもなく、滑稽でもある。この詩のポイントはやはり、後半にあるというべきだ。語り手の問いに犬が沈黙する一方で、言葉を発するのは、妻とおぼしき女性だ。犬に話しかけるのはやめたら、という彼女の声は、語り手の動物への問いを相対化し戯画化するだけではない。

ここで女性は、動物に代わって語り手に応答している。犬に語りかけることによって、語り手は女性からの応答を得る。ほとんど女性が聞こえることを承知で、彼女からの応答を得るために、語り手は犬に話しかけているようにすら見える。そして哲学めいた動物への問いかけは、彼女の言葉によって、女性との日常の風景へと、自然に、なめらかに、溶け込んでいく。

最後の二行において、「どちらも理解しない（not ... either）」という、もはやわたしたちには馴染みの深い構文が使われているが、その自嘲的な調子ゆえに、語り手と女性のあいだにある微かな断絶も、断絶としては表出しない。両親に理解されなかったという文章が示す孤独はおそらく深い。女性とのあいだにも同等の隔絶がそこにはあるのかもしれない。しかし他方で、自己と他者とのあいだにある断絶は、女性が言葉で応答したというその事実によって、すでに乗りこえられているともいえる。そして読者は、人が他者とともに生きる日常とは、このような断絶を確認し、それをそうと知りつつも乗りこえる、いや、むしろ気がつけば乗りこえられている、ということのくり返しであったと、気づかされる。

おそらくブコウスキーの動物をめぐる詩は、いや、ブコウスキーの詩全体が、「五匹の猫」（二〇一五）という詩のなかの、次の叙述に収斂する。

いずれにしても、この不思議な生き物はみな

わたしたちがどれだけ
永遠に孤独であり、しかし同時に
けっして
そうではないということを教えてくれる。[21]

註

1　Charles Bukowski, *On Cats*, ed. Abel Debritto (New York: Ecco, 2015) 53.
2　Gay Brewer, *Charles Bukowski* (New York: Twayne Publishers, 1997) 167.
3　Bukowski, *Essential Bukowski* 67.
4　Bukowski, *Essential Bukowski* 2.
5　宮﨑裕助「脱構築はいかにして生政治を開始するか——デリダの動物論における「理論的退行」について」『現代思想』（二〇〇九年七月号）一五二。
6　宮﨑　一五二。
7　宮﨑　一五二–五三。
8　Calonne, *Charles Bukowski* 108.
9　Bukowski, *Essential Bukowski* 24.
10　Bukowski, *Love Is a Dog from Hell: Poems 1974-1977* (New York: Ecco, 2003) 81.
11　Bukowski, *On Cats* 96.
12　Charles Bukowski, *War All the Time: Poems 1981-1984* (New York: Ecco, 2003) 188.
13　Charles Bukowski, *The Roominghouse Madrigals: Early Selected Poems 1946-1966* (New York: Ecco, 2002) 84.
14　例として、「トラ」が中心的イメージとして機能する、「ジェインに」（一九六二）（Bukowski, *Essential Bukowski* 31）、「ハチドリ」と「鼠」が言及される、「ジェインに——十分ではなかった、わたしのすべての愛を込めて」（一九六九）（Bukowski, *Essential Bukowski* 29）が挙げられる。
15　宮﨑　一五一。
16　宮﨑　一五一。
17　宮﨑　一五一。
18　以下、「晴れた日で世界は悪くない」からの引用は、Charles Bukowski, *Mockingbird Wish Me Luck* (New York: Ecco, 2002) 73-75 による。
19　以下、「夢」からの引用は、Bukowski, *On Cats* 90-91 による。
20　Charles Bukowski, *What Matters Most Is How Well You Walk through the Fire* (New York: Ecco, 2002) 263.
21　Bukowski, *On Cats* 86.

第2章　遠い間近さ――ブコウスキーの詩における観察の系譜

第1章では、動物の表象と無防備の主題に着目しながら、ブコウスキーのいくつかの詩の精読を試みた。そこで浮かび上がってきたのは、無防備とは少なからず、距離の問題である、ということだ。自己と他者、自己と世界、語り手と読者、そして人間と動物のあいだにある距離、あるいは自己の内部に生じる距離。

ある人を無防備だと感じるとき、わたしたちはその人を、たとえ遠くにいても「間近」にいると感じる。自分を無防備だと感じるとき、わたしたちは世界が「間近」に迫っていると感じる。わたしたちの日常を支えている距離感の乱れを感じる。しかしその「間近」さは、距離の存在を前提にしている。距離がなくなったとき、狂気が生まれる。

ブコウスキーの詩における、距離や間近さを考えるときに、看過できないのは、彼が書いた多くの、「観察」についての詩である。語り手が、ある対象を、一定の距離から、観察する。みずからが観察している、という事実そのものも前景化しながら、対象についての詩を書く。動物についての詩も、大まかにはそのような詩の一つだといえる。

本章では、ブコウスキーにおける観察の詩を主要な軸としつつ、距離の問題を考えながら、ブコウスキーの詩について、前章より多少なりとも俯瞰的な視野を得るべく考察を進める。本章における考察はある意味では、前章における動物についての議論を、別の角度からいいかえたものにすぎない。それは本書の関心の狭さを露呈しつつも、ブコウスキーという詩人の、ある一貫性を物語ることにもなると思われる。

部屋のなかの存在論

第1章では、語り手が他者の視線にさらされているという感覚が、無防備な動物への共感と連動していることを確認した。つまり無防備の意識は、公の空間を前提とする。公園、高速道路、家の外……。だがそれは、誰もいない部屋のなかで、彼が無防備ではない、ということを意味しない。ブコウスキーは、特に前期において、外出を拒絶し、狭い部屋のなか、ベッドに寝ころがって無為に過ごす自己という、いわば「引きこもり」の詩とでも呼べる作品を多く書いた。彼の「観察」をめぐる詩は、そのような部屋のなかの詩を経由しなければ、理解できない。

ブコウスキー的な「引きこもり」の特徴は、それが少なくとも一見したところ、社会や他者からの疎外、「外」の世界からの孤立を余儀なくされて「内（面）」の空間に入っていく、といった現代的な孤独を示すのではなく、ベッドから起きて外に出て働くのはイヤだ、という怠惰への決意のあらわれであって、そこにはいささかの悲壮感も喪失感もないことだ。たとえば、「気力」（一九七二）という詩。語り手はシーツにくるまりながら、「人類の最も重大な関心事は／日光に再び面と向かうのに／どれだけの勇気を必要とするかだ」と考え、「日々と街と年月にくらくらして／わたしは首元までシーツを引っぱる。／わたしは尻を壁に向ける。／わたしは朝が嫌いだ／誰よりも」と、詩は終わる。[1]「わたしの四三歳の誕生日のための詩」（一九六三）では、朝、人々が「外で／金を稼いでいる」あいだ、「おまえ＝語り手」は、「左に／寝返りをうち／太陽に／背を向けて／眼から／追い払う」。[2] あるいは、「下の」（一九七七）という詩。語り手は床の上の「古い靴下も／下着も／シャツも／新聞も／手紙も」拾えないまま、「ベッドの上に／裸で寝ている」。[3] 後半部を引用すると、

電話が鳴ると
誰かが戸口にやってくると
わたしは怒る

わたしは石の下の虫みたいなものだ
同じくらい怖がっている

わたしはベッドにいて
化粧台の上の鏡に気づく
自分のかゆいところを掻ければ
それで勝利だ。

さらに、短い詩をもう一つ挙げよう。「夢見て」（二〇〇七）という四行の詩。

わたしは狭い部屋にひとりで暮らし
新聞を読み
暗いなかひとり眠る
人ごみを夢見て。[4]

このようなタイプの詩は、澤野がいうところの「最底辺における存在」、ただ「ある」という「剥き出しの存在」を直接的に描いているといえそうだ。また、「ある」の次に、「文における無為の反復」としての「書くこと」がある、[5]という澤野の見解、さらには、そのようなブコウスキー的存在には、「今」という刹那だけがある、[6]という論もこの文脈において理解できるだろう。

本論の文脈でいいかえると、次のようになる。現在形で「眠る」や、シーツにくるまる、といったミニマルな動作だけが書かれ、そのリアリティを深めるような描写もないとき、読者はいやがおうでも、語り手は「現在」において、ベッドに横たわっているのでも、夢を見ているわけでもなく、起きて「書いている」のだということを意識してしまう。そう意識するように、現在形が用いられている。しかしその書いている動作は、あくまで潜在的なものなので、書かれている動作のリアリティをこわしてしまうところまではいかない。結果的にわたしたちは、「寝る」や「ベッドのなかにいる」、「夢見る」といった動詞の背後に透けて見える動作として「書く」を見出すような、奇妙な読み方を強いられることになる。澤野のいう「文における無為の反復」としての書くこととは、このような二重視として捉えることができる。寝ることと書くことが、両立するのだ。

「身体を掻く」というときの「掻く（scratch）」とは、ブコウスキーがたとえば「蝶に食べられて」（一九六五）という詩において、みずからの詩を、「檻」という閉じられた空間の「床」の上の、「なぐり書き＝引っ掻き傷（scratchings）」として表現するのに用いた語でもあった。[7]「鏡」を見ながら、身体を「掻く」ことが詩を「書く」ことであるならば、詩の執筆は閉じられた自意識の賜物であり、部屋の狭さは、そのような閉鎖的な内面を示しているようにも見える。

だが引用した詩を見てわかるのは、語り手の無為と、ベッドで寝ることへの志向が、いかに「外部」への意識を前提としているか、ということだ。「気力」では、「街」が想像され、「誰よりも」というかたちで他者との比較がなされる。「下の」では、電話が鳴り、他者が訪問する可能性が示唆される。これは外から内へと引きこもるのだから、当然だと思われるかもしれない。だがおそらく事情は、もう少し複雑である。「夢見て」において、「読む」という私的な行為の対象は「新聞」であり、そこから「人ごみ」という夢が導かれると考えられる。「ひとり」を含むフレーズと、外の他者へと向かうフレーズが交互に並ぶことによって、部屋のなかの孤独と、部屋の外の社会あるいは他者についての意識が、対になっているということが印象づけられる。さらに、新聞を「読む」という行為は、当然のことながら、この詩を「読む」わたしたちにはね返ってくる。この「詩」は「新聞」ほどに「パブリック」ではないので、わたしたち読者は「人ごみ」を夢見ることはないのだろうか。読者はこの「人ごみ」の一部なのだろうか。そのような問いを読者が抱いたとき、「書く＝寝る」という重なりは、「書く＝

寝る＝群衆を夢見る（＝読む）」と敷衍されうる。そのときの「書く」とは、どこまで「孤独」な作業といえるのだろうか。

このような性質は、部屋に入ってこようとする他者を牽制する、ユーモラスな詩においてさらに際だってくる。「来るんじゃない、でももし来たなら……」（一九六五）という詩は、もし自分の家に来ても、ノックをせずに去れと、「おまえ」に対して語り手が命令する詩である。後半部分を引用したい。

もしノックにわたしがこたえなかったら
ただこたえないんだ、なぜなら
まだおまえを殺す準備も
愛する準備も、受けいれる準備すらできていないから、
つまりは話したくないんだ
わたしは忙しく、狂っていて、嬉しくて
もしかしたら縄を結んでいるかもしれない。
だからもし明かりがついていて
呼吸や祈りや歌声や
ラジオの音やサイコロが転がる音や
タイプライターを打つ音が

聞こえてきたとしても――
去るんだ、いまはその日でも、
その夜でも、その時間でもない。
無礼を知らないってわけじゃないんだ、
わたしは誰も傷つけたくない、虫すらも
でもときおりちょっとした分類の必要な
証拠を集めるんだ、
そしておまえの青い目は、それが青かったらだけど
おまえの髪の毛は、髪の毛があればの話だけど
おまえの心は――どれも入っちゃだめなんだ
縄が切られるか結ばれるまでは
新しい鏡で
ひげをそるまでは、世界が
　永遠に
止まるか、開かれるまでは。[8]

この詩を読んでまず感じるのは、この語り手がどれだけ「おまえ」を必要としているかだろう。そうでなければ、

「縄を結んでいる」とは書かないだろうし、「殺し、愛し、受けいれる」という言葉の激しさもまた、冗談交じりとはいえ、「おまえ」との全人格的な関係への志向を前提としている。何よりもこの詩そのものが、他者の接近なしには書き始められない。入ってくるな、というかたちで語り手は、その他者に語りかける。

他方で読者は、語り手が語りかける「おまえ」に、無理やり含まれてしまう。まったく彼の部屋に入ろうともしていないはずの読者は、「入るな」と唐突にいわれることで、「自分は入りたかったのだ」と突然気づかされるのではないだろうか。禁止は欲望を、事後的に生み出すといってもいい。

その認識はまた、「読むこと」は、彼の部屋に入ろうとすることだったと、気づくことでもある。「呼吸」の音すらも聞こえるかもしれないほど、間近にいながら、ドアの向こうにいる他者＝読者。そのような存在があってはじめて、語り手は書き始めることができると同時に、彼にとって部屋のなかに引きこもるとは、そのような他者＝読者を「作り上げる」ことでもあるようだ。

読者という他者を欲望し、拒絶し、創造する。そのせめぎ合いのなかで、引きこもる語り手、あるいは部屋のなかという空間が、形成される。「ノック」こそが「書くこと」を始動させると同時に、「書くこと」が「ノック」を生み出しもする。ありていにいってしまえば、「剥き出しの存在」は、その存在がそれに向かってさらけ出されているところの、他者を必要とし、前提とする。部屋に一人で寝て、夢を見て、身体を掻いているあいだすらも、書くことをやめない詩人は、つねにすでに他者に開かれてしまっており、部屋のなかにいても無防備であらざるをえない。詩が書かれ始めたときから、世界は「永遠に」開かれてしまっている。

遠い間近さ

ブコウスキーの詩のなかで、最も有名なのは、初期に書かれた、「葉っぱの悲劇」（一九六〇）と「部屋で死んでいる、老いた男」（一九六一）だというのが、ブコウスキー研究者の共通了解といっていいが、そのうちの後者（前者についてはのちに触れる）は、いわば前節で示したような「引きこもりの詩学」を絶妙にズラすことで、その力を得ている作品だといえる。

部屋で無為に過ごす語り手によるモノローグである、という点において、この詩は、これまで見てきた詩と変わるところはないが、大きな違いはその饒舌な、哲学的抽象的思弁性だといえる。実は、ブコウスキーの前期の詩を特徴づけるのは、あえて読者の理解を拒むような、散漫な抽象性と思弁性とも呼べる性質なのだが、それは、部屋のなかで思考にひたる語り手の孤独と、他者の不在に端を発し、それを前景化しもする。基本的にはこれもそのような詩の一つである。冒頭を見てみよう。

わたしの上にあるこれは死ではないが
死のようにリアルで、
蛆虫でいっぱいの大家どもが、
家賃を求めてドアを叩くあいだ
わたしはプライヴァシーというさやのなかで

クルミを食べながら
もっと大事なドラム奏者の音に
耳をすます。[9]

情景は、滑稽だ。家賃を払いたくない男が、部屋のなかで、哲学的思弁にふける。彼の上にある「これ（this thing）」は、「死」でも「栄光」でもなく、「わたしの凡庸さへの愛を脅かし」、「蛇のように這う」それを、「芸術と呼ぶ者もいれば」、「詩と呼ぶ者もいる」。そう彼は思弁するものの、実際に彼が行うのは、クルミを食べて、「足の指のあいだから／雲を眺め」、「背中を掻いて」、「檻のなかのようにラグの上を歩く」こと。まさに最底辺の存在。

本論の文脈で興味深いのは、語り手による「これ（this thing）」という語のくり返しだ。彼の上にのしかかっているらしい「これ」を、「猫にくわえられた／骨の折れたスズメ」のように「リアル」だと語り手は述べるが、そのスズメのイメージがどのように「リアル」なのか読者には伝わらない。むしろ言葉を重ねるほど、そのリアリティは読者にとって抽象性のなかに薄れていく。

語り手にとっての間近な他者とは間違いなく「大家」であり、彼はそのドアのノックを聞きつつ、さらに間近な「これ」について語るのだが、その語りはかえって、「これ」をリアルだと感じる彼と読者のあいだの「遠さ」を浮き彫りにし、彼の隔絶を強めていく。

この詩の勘所は、そうして生じた遠さそのものを、最後に主題化するところにある。

それは死ではないが
死ぬことでその力は溶解するだろう
そしてわたしの灰色の手が
どこかの安い部屋で
最後の絶望のペンを落とすとき
彼らはわたしをそこで発見し
決して知ることはないだろう
わたしの名も
わたしの意味も
わたしの逃避という
宝も。

語り手は「現在」「ここ」において書いているはずだが、書くという行為を彼は、いまではない将来の、「どこか」という抽象的な部屋のなかに定め、読者を「彼ら」という遠い存在に変容させようとする。これはまさに彼の「意味」も、彼の「逃避」の価値も、現在の読者には伝わっていないことを、彼が意識するがゆえの展開だろう。そしてこの遠さの強調によって、彼は何とかして、「ここ」と「いま」と「あなた」という読者の意義を、否定的に、つまりアイロニカルに、浮かび上がらせようとする。この詩のアイロニーは、行動の卑小さと思想の壮大さの落差にある以上に、遠さによってしか近さを伝えられない、という卑小な絶望にある。

観察の系譜

部屋のなかで寝ている詩人は、起き上がると、何をするのだろうか。澤野がいうように、一方では、彼は、「あてどなく歩き回る」。「あてのない反復と彷徨」がある。[10] たしかにブコウスキーは、右で分析した詩を含め、部屋のなかを歩く、という詩を多く残した。歩くという動作が、移動や遠さをもたらさず、部屋という狭い空間のなかで完結する。それを澤野は的確に、「活発な動作において沈滞すること」と述べている。[11] ブコウスキーにおける彷徨の意義については、『ファクトウタム』についての考察において再び言及されるだろう。

詩人が部屋のなかで歩くことをやめたとき、彼は、立ちどまって、窓の外を眺め、観察する。もちろん、書きながら。語り手が、窓の外で他者が織りなす風景を、ときには過去形で、多くの場合、実況中継的に、現在形で描くという詩を、ブコウスキーはいくつも残した。その観照的な態度は、詩人としてのブコウスキーの最も基本的なあり方を規定している。そういいたくなるほど、「窓から人を観察する」というモードは、明示的に、あるいは暗示的に、彼の詩的表現を支えている。家から外に出て、競馬場で他人を観察するときも、スーパーで通りすがりの客を眺めるときも、詩人は窓の外を見るように彼らを見る。車を運転しているときに、通りすがりの人を見る、という多くの詩もこの部類に入る。

観察や観照という態度そのものについての観念的な考察は、ここでは無用だろう。観察はリアリズムや芸術至上主義といった態度とも馴染みが深く、そういった態度はブコウスキー作品の重要な要素でもあるが、ここで大事なのは、ブコウスキー的な観察とはどのようなものか、ということに尽きる。

まずすぐにいえるのは、語り手は窓の外の風景ではなく、ほぼいつも人を観察するということ。そしてその人は、つねに、ただの通りすがりの人、彼が固有名詞として、知り合いとして認識しない、匿名の人であるということ。そしてそれを現在形で描く、ということ。

孤独な語り手は、他者に関心を持ちつつも、彼らと直接的な関係を有することを拒み、今という刹那的瞬間における窃視的行為のうちに、社会性や公共的な広がりを欠いた、彼らとの私的な空間の共有を享受する。その匿名性と瞬間性は、すぐれて都会的な感性でもあり、さらに大ざっぱにいうと、ブコウスキーの近代的な知覚を物語る、ということにもなるだろう。

この種の希薄で刹那的な人間関係は、ブコウスキーの小説の特徴でもあり、その意味で彼の観察的な態度は、詩を超えて広がる根本的な態度だともいえるものの、他方で、このような知覚のあり方は、現代的な感性に広く浸透しているもので、ブコウスキーに特有のものではないのも確かだ。観察というのはそれほどに近代においては普遍的な行為でもあるので、厳密にブコウスキーに特殊な形式があるわけではない。だが、作品を実際に読んでみるとき、たしかに浮かび上がってくることがある。

窓の外にあるもの

まずわたしたちの課題は、「引きこもりの詩学」と「観察の詩学」を橋渡しすることだろう。いかに前者がすでに他者へと開かれているとはいえ、ベッドでシーツにくるまって外に背を向けて眠ることと、窓の外の他者を観察することのあいだには、根本的な飛躍があるのではないだろうか。ブルーアーは、ブコウスキーの初期の詩における「窃視」に論及しつつ、「中心となる「わたし」の一つの逆説は、その主観的外向性が執拗に強調されることである」と述べている。[12] この「逆説」はどのように説明されうるのだろうか。「引きこもり」詩人は、通りすがりの人に、本当に、関心を抱いているのだろうか。それを考える上での重要なヒントとなるのが、「網戸からの眺め」（一九六五）という、初期に書かれた、暗い詩である。窓の外に、人はいない。

部屋を横切って
最後の壁へ
最後の窓
最後のピンクの太陽
その両腕は世界に巻きつけられ
わたしに巻きつけられている
わたしにはサギの死の囁きや

ほとんど岩と化した
海の生き物の骨の思考が聞こえる。
この網戸は魂のようにくりぬかれ
ハエによって落書きされている、
わたしの緊張と責め苦は
ブタのそれとかわらない、
ピンクの太陽　ピンクの太陽よ
おまえの金メッキの生の十字架を這う
おまえの神聖さをわたしは憎む
そのあいだわたしの指と脚と顔は
こんなになってしまう
おまえのみだらな妻と寝ながら
おまえはいつか必ず無駄死にするだろう
わたしが
生きてきたように。[13]

初期のブコウスキーらしく、頭韻や語の反復、地口、難解だが一貫性のあるイメージを駆使した、詩らしい詩であると同時に、（扱う主題は太陽でありながら）ブコウスキーの抱える暗闇を率直に表現した作品でもある。先に引用した詩において、「人類の最も重大な関心事は／日光に再び面と向かうのに／どれだけの勇気を必要とするかだ」という叙述があったが、その叙述からユーモアを剥ぎとったときに残るのが、この詩かもしれない。

「部屋を横切る」というブコウスキー的彷徨は、「横切る（cross）」という語が、のちの「十字架（cross）」という語と呼応することで、ブコウスキーには珍しい聖性、宗教性を帯び、それが「最後の（last）」という形容を重苦しくする。それは逆にいうと、「十字架」という宗教性を、「部屋のなか」という卑小な「こちら側」に変容させることでもあるが、此岸に彼岸が解消することはない。

「網戸（screen）」という、「窓」でもあると同時に、光や視覚や虫の「遮蔽物（screen）」でもある両義的な敷居は、そのような「こちら側」と「あちら側」の拮抗を示すと考えられる。その敷居は、「魂のようにくりぬかれ（caved like a soul）」というかたちで、内面的（＝宗教的）な「奥行き（＝陽光の届かない暗い洞穴＝cave）」を付与され、その内面性が「緊張と責め苦」を喚起する。つまり「わたし」とはこの「網戸＝敷居＝内面」そのものでもあるが、それはまた「ハエ」によって「書かれる（scrawled）」表面、つまり「紙」でもある。Screen と頭韻的に結びつく scrawl は、同時に、「這う（crawl）」を予示し、その crawl は、「おまえの金メッキの生の十字架を這う（crawling your gilded cross of life）」というかたちで、cross と頭韻的に連動する。つまり screen とは、「這う」という「地上／此岸への密着」と聖性の隠微な拮抗が、「ハエ」によって「書かれる」場所である。書くことがそのような拮抗として立ち上がるといってもよい。

語り手は最終的に、太陽を「死」の側に追いやろうとし、「わたし」を「生」のほうに置こうとするが、最終行の「わたしが／生きてきたように（as I / have lived)」という完了形は、むしろ生の終わりをにおわせ、冒頭部の「最後の（last)」という形容を想起させる。「サギ」や「海の生き物（sea-things)」という「動物＝生」が、「岩」や「骨」として物象化して、死の側にくるように、語り手の生もまた、最後に閉じられてしまうような余韻が残る。「明るさ」と「生」をもたらすはずの太陽への呼びかけは、このようにきわどい「暗闇＝洞穴」という「網戸＝わたし＝書くこと」にとらわれることを含意する。窓の外を眺めるとは、screen によってさえぎられた視覚の先に生じる、自己の暗がりを見てしまう、危険な行為でありうる。

こちら側にとどまるための観察

他者を窓から観察する詩は、このような危険を前提としていることを、ブコウスキーは、「網戸からの眺め」と同じ詩集に収められた、「芝生」（一九六五）という詩で、意識的に主題化していると思われる。

窓から
芝刈り機を手にした
男を見る
壁紙を
ハエやハチのように

彼のすることの音が疾駆する。
それは暖かい火のようで、
ステーキを食べるのよりもよくて、
芝生は十分に緑で
太陽は十分に太陽で
わたしの生の残りが
そこに立っている
緑がチラチラと舞うのを確認しながら。
それは気づかいをすべて脱ぎ捨てることであり、
することから
よろめきおちていくことだ。

ふとわたしは理解する
揺り椅子のなかの老いた男たちを
コロラドの洞窟のなかのコウモリを
死んだ鳥の眼のなかに
這って入るシラミを。

前後に行き来しながら
彼はガソリンの
音についていく。それは
十分に興味深い、
そのあいだ
通りは
春の背中を下にして横たわり
微笑んでいる。[14]

ハエ、壁紙、太陽、洞穴、這うこと、死んだ鳥。こういった語彙が、「網戸からの眺め」を前提としていることは、明らかだ。しかしここで描かれる風景は、そこで見た「眺め」とはずいぶんと異なる。「壁紙」という表現は、部屋の外部の音が、内部へと反転していることを感じさせる。だがそこに内面的な「緊張と責め苦」はなく、語り手は内部にいると同時に外部に「立ちながら」、「気づかい（care）」を「脱ぎ捨て」、「すること（doing）」から解放される。そこで語り手に訪れる啓示のイメージは、暗く、グロテスクであるが、「網戸からの眺め」と異なり、「死の囁き」が聞こえてくることはなく、彼には機械の音が聞こえるばかりであり、「コウモリ」や「シラミ」のイメージは、間近さの感覚を伴わない、どこか遠いものとして、抽象にとどまるものとして提示されているように見える。「網戸」がそのまま「洞窟」と化していた前の詩とは異なり、洞窟は「コロラド」という遠い場所にある。

この詩で語り手はこちら側に、つまり生と正気の側にいることが、感じられる。「芝生は十分に緑で／太陽は十分に太陽で」、という表現は、本書の冒頭において言及した、「理由の背後にある理由」を想起させるだろう。そこで野球選手のチェラスキーには、フェンスの緑は「あまりに緑」に、空は「あまりに高く」と感じられる。「あまりに」と「十分に」。それは狂気と正気を分かつ表現であるようだ。端的にいえば、匿名の他者が「すること」を語り手が見ることとは、彼が、外に向かいつつも、「ピンクの太陽」を見なくてすむための、「無為への転落」といえるのではないだろうか。他者が匿名である限りにおいて、語り手は彼と同一化しながら、「そこ」に立つことができる。その窃視の距離において得られる啓示は、ひどく卑小なものだろう。だがその卑小さによって語り手は、「こちら側」に残れるのかもしれない。

観察と音／声

「芝生」を読んでわかることは、観察における、音の意外な重要性である。芝を刈る男の「すること」は音として感知されるだけではない。男はガソリンの「音」に「ついていく」、とあるように、男の存在に、「すること」としての音が先行している。そしてその音は、「壁紙」というイメージをとおして、内部と外部の境界を無効にする。

音の強調は、次章でも論じる、ブコウスキーの文章における描写と視覚的情報の少なさと、相補的なものだといえる。観察をしているにもかかわらず、細かな描写をしない、というのがブコウスキー的な観察の様式であり、見ることとの視覚性よりも、その行為性が前景化されている。音は、そこに観察者と語り手が「いる」ということの現在性を強調する役割も果たしているだろう。

現実には、窓の外の音は「芝刈り機」のような大音量でないと聞こえないので、実際に前景化される音というのは、部屋のなかの音が多いが、それが内部と外部を溶融する、という事情は変わらない。「わたしの窓の外で聖書を読んでいるミニスカートをはいた女の子」(一九七一)という、コミカルな詩がある。窓の外で聖書を読む女の子の、「長くて若い脚」に見とれる、という典型的にブコウスキー的な行為に続く、詩の後半部分を見てみよう。

彼女の存在から逃れるすべはなく
逃れたいとも思わない……
わたしのラジオからは交響曲が流れていて
彼女にその音は聞こえないが
彼女の動きはぴ、っ、た、り、と
交響曲の
リズムに合っている……

彼女は浅黒い、彼女は浅黒い
彼女は神について読んでいる。

わたしが神だ。[15]

「わたしが神だ」、という、語り手による、女の子が「読む」対象への（滑稽な）同一化は、彼女の動きが、彼に聞こえる音楽に、「調和＝交響（sym(phony)）」していることによって可能になる。彼女の「動き」がまったく描かれないことに注意したい。そこにはただ「ぴったりと」という語り手の感覚だけがあり、それは読者には共有されえない感覚なはずだが、同時に、描写の欠如ゆえに、「そうなのか」と、読者が受けいれざるをえない感覚でもある。共有はできないが、受けいれるのだ。

「わたしが神だ」という声高な宣言の卑小さ、滑稽さは、まさにそれが声として発せられない、内面の声であり、少女にも届かない声である、という事実に起因する。と同時に、その宣言はたしかに「声高」に、この詩を読んでいる者には聞こえていて、さらに、少女もまた、「読む」ことによって、そのような声を聞き取っているのだろうということが忖度される。

この詩からわかるのは、観察の詩に音が組み込まれることの眼目の一つは、観察者の語りに、「読者」と「読む行為」を深く巻き込むことである、ということだ。先にも言及した、初期の傑作とされる、「葉っぱの悲劇」は、このような構造を反転的に用いているといえる。この詩の構成は、「部屋で死んでいる、老いた男」と同型で、家賃の支払いを拒む男が、死のイメージを中心とした、詩的な独白をするというものである。「悲劇」というタイトルが示唆するとおり、アイロニーが方法として使用され、卑小さのなかにしか起こりえない現代の悲劇を描いた、ある意味では古典的な詩といえる。「部屋で死んでいる、老いた男」と異なるのは、最後に語り手が実際に廊下に出て、大家と直面する、という点。だがその廊下の「なかに（into）」歩き出ると表現されることで、むしろ読者は、語り手がさらに奥の部屋へ向かうような印象を受ける。

暗い廊下のなかに歩き出ると
大家の女が立っていて
悪態をつきながら、これが最後だといって、
わたしを地獄におとし、
太い、汗ばんだ腕をふりまわしながら
叫んでいる
家賃を求めて叫んでいる
世界はわたしたちの両方を
見捨ててしまったから。[16]

ここで「叫んで」いるのは大家なのだが、語り手は、分厚い窓の外の他者を見るように大家を見るので、その叫

びが聞こえてくる、という印象は読者にはなく、ただ語り手の内面の声だけが聞こえてくる。この聞こえてこない他者の叫びは、本書の冒頭で触れた、「理由の背後にある理由」のチェラスキーの感覚を想起させる。内面に自己が引きこもったとき、他者の言葉は沈黙と化す。その狂気の文法を、コミカルな効果を生むべく使ったのがこの詩だといえる。

ただしこの詩も、必ずしもアイロニーがその主眼ではないことは確認しておくべきだろう。最後の三行は、家賃を払わない語り手の勝手ないい分という意味で、滑稽であるが、そうして勝手に大家の女性と「敗者」として連帯(「両方(both)」)するそのふるまいに、読者は共感を禁じえないし、また、たしかに彼らは両方が敗者なのだと、納得しもする。おそらくそれほどに、沈黙の叫びと、語りの声のあいだの落差という装置は、強い説得力の磁場を生み出すのだろう。

「裸」の観察者

そのような磁場を、語り手の「裸の感覚」との関連で利用した、「溺死」(一九六五)という詩をここで見ておきたい。その詩の内容は、少なくとも一読した限りにおいては、その題名ほどに不吉ではない。「五年間にわたってわたしは/向かいの/赤いアパートを見てきた」と、語り手は語り始める。[17]「五年間。/ひとは五年のあいだに溺れ死ぬかもしれないが、赤いレンガは/立っている」。そう語るあいだにも彼には、「クラクション」や「ピアノ」の音、「ダンスをするような音」が、バックミュージックのように聞こえてくる。やや長くなるが、詩の後半を引用しよう。

わたしは一人の女が赤いレンガから出てくるのを見る
彼女は太くて落ち着いていて
そのゆっくりとした馬体は
ピンクのカーネーションのドレスのなかで動き
わたしの良識にいたずらをする
もう彼女は行ってしまって
レンガがわたしを見る
レンガは積み重なって窓のある
建物となり、窓はわたしを見る
電話線にとまる一羽の鳥も見る
わたしは裸だ
よき死者たちを忘れようと、
バンドが激しく演奏する
ディキシー、ディキシー、はるか彼方、はるか彼方の、
ディキシーランド、

彼らはマリポサ通りに膀胱のなかの毒と
大量のオレンジをまきちらす。
乏しい雪のなかをいくように車が通りすぎ
わたしのピンクの女性が戻ってきて、わたしは
彼女に伝えようとする
　　待て！　待て！
　　そこに入るんじゃない！
しかし彼女はレンガのなかに入っていく
わたしの鳥は飛び去り
気がつけば
ロサンゼルスの
いつもの暑い夕方――
レンガ、マングース、キメラ、そして
不信。

語り手は現実に「裸」であるかもしれないが、同時に、「窓」という潜在的な他者の視線によって、彼は「裸」になったような気がするのだと考えられる。

ここで注目したいのは、その意識を取り巻く数々のブコウスキー的主題である。電話線は、やはり距離と声の問題についての意識を指し示すといえるだろう。この直後に、有名な曲の演奏が、言葉として語り手に聞こえ、その言葉は、「はるか彼方の／目をそらせ（LOOK AWAY）」と、まさに直接的に彼に語りかけてくる声となるのは、偶然ではあるまい。大文字によって強調されるその声の大きさは、同様に声高であるはずの、「待て！　待て！」という、語り手の発せられない叫びと、対比されている。語り手の声にならない叫びと、無力さは、「溺死」のイメージと響き合う。「よき死者たちを忘れようと（trying to forget the good dead）」という文の trying to という行頭は、「彼女に伝えようとする（try to tell her）」において反復されることで、「死者を忘れ（ようとしても忘れ）られない」ことと、「彼女に言（おうとしても言）えない」ということが、重なり合う。そうして、彼の声が、溺死者の、あるいは溺死者への、声だというニュアンスはさらに深まるようだ。彼の叫ばれなかった声は、あるいは彼の沈黙の叫びは、女には届かないが、読者に届く。いや、むしろ読者に向けてそれは叫ばれている。

溺死のイメージ、「レンガ」と比べたときの人間の有限性の意識、それはこの詩であくまでユーモラスな軽さ、卑小さ、瞬間性というオブラートに包まれているので、深刻さを帯びることはない。むしろ、「溺死」という暗闇を、日常的な卑小さのうちに溶融させる試みとして、この詩は書かれたのだろう。観察、声にならない声、電話線と鳥の視線、読者という聞き手。祝祭的な演奏をバックにそれらは互いに互いを構成し、その絡まり合いのなかで、死は日常に溶け込んでいき、静けさの感覚の回帰とともに、いつものロサンゼルスの風景が広がる。語り手の無防備の感覚とは、このような詩学の総体を指すといえるだろうか。

取り残される観察者

観察と沈黙と、語り手の声という問題を、さらに「書くこと＝タイプライターを打つこと」と関連させて、凝縮したかたちで簡潔に描いたのが、「8カウント」（一九九二）という、後期に発表された詩である。

ベッドから
電話
線の上の
三羽の鳥を
見る。

一羽が飛び
去る。
それから
もう一羽。

一羽が残り、

それから
それも
去る。

わたしのタイプライターは
墓石のように
静まりかえっている。

そしてわたしは
バード・ウォッチングなんかに
興じている。

ただおまえに
知らせて
やろうと思ったんだ、
この野郎。[18]

むろん、現在形で、タイプライターが「静か」だ、というのはトリッキーなふるまいで、語り手は鳥が飛び去り、タイプライターが静かだと「書いている」。つまりそれは、本当は、うるさくもある。だがそのうるささは語り手の声に転化し、タイプライターの沈黙が死と同一視される。第五連は、「わたしは、（小さくなって）（こちらを）見ている、鳥になってしまった（and I am / reduced to bird / watching）」とも解釈できる、巧妙な文章である。その場合、見る者が、見られる側の動物に転化して、動物として、見ることになる。そこで唐突に、読者は「この野郎」と罵られ、間近さが演出される。鳥も去ったいま、「おまえ」は読者しかいない。つまり鳥が去るとは、読者と語り手が、間近に残されることだったのだと、わたしたちは気づく。観察、その対象の不在、そして書くことの不可能性という主題の連なりが、内面的な声の前景化によって語り手と読者の間近さを演出する方法であることを、鮮やかに示す詩だといえる。

この系統の詩で、印象深く、また小説にまで影を落とすといえる作品の考察をもって、観察をめぐる詩についての考察を終えたい。「ごみ収集の男たち（the trash men）」（一九七四）という詩。

やってきた
この男たち
灰色のトラック
ラジオが鳴っている

彼らは急いでいる

エキサイティングだ。
シャツは前があいていて
腹が出ている（bellies hanging out）

彼らはゴミ箱を運んで（they run out the trash bins）
フォークリフトに乗せて（roll them out to the fork lift）
トラックがそれを
大きすぎる音をたてて潰す……

彼らはこの職を得るために
応募書類を書かなければならなかった（they had to fill out application forms）
彼らは家のローンを払っていて
最新の車を運転する

彼らは土曜の夜には酔っ払う

いまロサンゼルスの陽光のなかで
彼らはゴミ箱を運んで行ったり来たりしている

そのすべてのゴミはどこかへいく

そして彼らは叫び合い（and they shout to each other）

みんなトラックに乗り込んで
海のある西へと走る

彼らの誰もわたしが
生きていると知らない

レックスごみ処理会社。[19]

音と語りの声の落差、残される読者と語り手。読者だけが、語り手が「生きている」ことを知っている。しかしこの詩の最後で、語り手が、読者に語りかけている、という感は希薄だ。空虚な固有名詞は、ただむなしく響き、男たちについても語り手についても何も語らない。

この詩では、out という語が意図的に多用され、shout にもそれが含まれる。男たちの互いの会話は「外」にあって、その内容は示されない。内部と外部。その対立は、まさに「ゴミ」とは家のなかから「外」に出されるものである、という主題に直結している。fill out と、「書く」という行為にも、out が使われているのに注意したい。「表現する（ex-press）」とはむろん、なかのものを外部化するということだが、その表現も、いまは「彼ら」の側にある。トラックに書かれた文字を読んでいるだけのような、「レックスごみ処理会社」という無意味な記号を詩の最後に据える背後には、彼自身の言葉、彼の詩も、「ごみ」のようなものとして、「外」に吐き出そうとする語り手の意図があるのかもしれない。

“the trash men” というタイトルは、「貧乏白人（white trash）」を想起させる。「彼ら」と同じような労働者の側にしばしば自分を定位するブコウスキーだが、ここで彼は観察者であり、「彼ら」を覗き見る観察者は無防備ではなく、シャツを「あけて（open）」いるのは、「彼ら」のほうだ。もちろんこれは、観察の特権性と審美主義的側面という、古典的な問題に、語り手が向き合っている、ということだ。ブコウスキーにとって、観察とは無為のわずか一歩先にあって、狂気から逃れるための行為、そして読者という間近さを演出する装置でもあった。だが当然のことながら、観察者は、距離を必要とし、距離は、同一化を、端的には、無防備を阻む。観察は無防備の文法でありながら、観察であるがゆえに、無防備の文法ではない。彼はここで互いに声をかけ合う労働者から疎外され、また読者との近さも志向せずに、観察者であることの意味を噛みしめているように見える。観察と無防備の喪失は、小説という場において、探求されるだろう。

観察の先へ

観察の詩を、ブコウスキーは書き続けたが、やはりそれは前期に集中しているといわなければならない。大きく分けて、ブコウスキーの詩には異なる二つのフェーズがある。まず、一九六〇年代、七〇年代に書かれた、本人も認める、抒情的な詩がある。これは簡単にいえば、一読すれば「これは詩だ」と読者が素直に思えるような作品群で、[20]散文で書かれてはいるものの、難解なイメージや比喩、日常的には使わないような言葉の使用があり、「抒情」という作者による語が示すとおり、多かれ少なかれ、「わたし」の主観的な感情や思考が表現される。

ところが一九七七年に発表された『愛は地獄からの一匹の犬』、あるいは、一九八一年に出版された『トゥーネフォーシャの木にぶらさがって』を境に、ブコウスキーの詩のスタイルは大きく変化し、一言でいうと、読みやすいショートショートの「物語」のような詩が増えることになる。ジュールズ・スミスは、詩に「物語的要素」を回復したことをブコウスキーの詩の主な功績とするが、[21]それは主に後期の詩にあてはまるといえるだろう。一九七〇年代の終わりから、過去の出来事についての回想や、女性との日常的な性生活を、平易な文体で切り取るような作品が量産されていくことになる。一つだけ短い作品を例として挙げておこう。『愛は地獄からの一匹の犬』に収録された、「あなた」という詩。

あなたってケモノね、彼女はいった
大きな白いおなかに、

その毛むくじゃらの脚。
爪はぜんぜん切らないし
手はずんぐりとして
猫のよう
真っ赤な鼻に
見たことないくらい
大きなキンタマ。
クジラが水を
背中の穴から噴き出すように
あなたは精子を発射する。

ケモノ、ケモノ、ケモノ、
彼女はわたしにキスをした、
朝食は
何がいい？[22]

どう読んでも、この詩は「くだらない」。そこに深い意味づけは何一つされていない。たとえば「ケモノ」に

「動物」の主題を読み込むことほど、見当はずれな読みはあるまい。多くの読者がブコウスキーと聞いて思い浮かべるのは、このように、あっけらかんと俗悪で平易な作品だろう。若島正は、「ブコウスキーの小説における笑いは、大爆笑という性質のものではなくて、つねに不発弾のようなユーモアである」と絶妙に表現しているが、それはこういった詩にもあてはまるかもしれない。[23] ブコウスキーの笑いは多くの場合、転覆的な戦略というような、知的に洗練されたものであるよりは、本当にくだらない、「いい加減」で「チャチ」な笑いであり、それはそれで、ユーモアにすら過剰な意味を与えない、ブコウスキー的倫理を反映しているといえよう。

しかしなぜこれほど、引用した詩において、「彼女」の発話は、現実に彼女がいったこと、という印象を読者に与えるのだろう。それは詩人による創作でありうるのに。人はこんな風には話さないかもしれないのに。どうして他者の発話をそのまま抜き取ったような詩が、見まがうことなく、ブコウスキーの詩として立ち上がってくるのだろう。ここでの you が、ブコウスキー以外には想定できないのはどういうことだろう。なぜそれがタイトルになっていて、読者と重なったりするのだろう。「あたかも日常を切り取ったよう」、という読者の「一般的」「普遍的」な感慨が、同時に、これはどう読んでも、ブコウスキーの日常である、という「個別性」、「単独性」「特異性」の感覚を伴うのはなぜだろう。それは文体の効果であるとすれば、その文体が、「彼女」という他者の発話をなぞっているところに形成されるのは、どういうことだろう……。

ブコウスキー的「くだらなさ」とは、その背後に異様な複雑さがあるにもかかわらず、どれだけその複雑さを探査しても把握できない、一種の「途方もなさ」の謂いでもある。そのような作品群について、本論は直接的に論じることなく、本章をもって詩についての分析を終えるが、それは必ずしもあまりの量の多さと「くだらなさ」のためだけによるのではない。そうではなく、物語に近づき、結果的に主題や形式が小説のそれと接近する、後期の詩が喚起する問題系については、次章から論じる散文についての考察によって、あらかたカバーされるとも考えるからである。その意味でも、「自分の生のこれまでを回顧して想起する身振り」がブコウスキーの詩に散見されるとし、それを「生誕後の過去から現在までを一繋がりの物語と見なす態度」と同定しながら、「ブコウスキーが詩人であるだけでなく、小説家として活躍したこともこの点と関わっている」という堀内正規の指摘は慧眼といわねばなるまい。[24]

ただし最後に強調しておくべきは、どれだけ短篇に近接しようとも、ブコウスキーの詩はあくまで「詩」として提示される、ということである。ブコウスキーの、特に後期の詩を読んだときに誰もが感じるはずの、「コレハ詩デハナイ」という反発にも近い感想は、「コレスラモ詩デアル」というブコウスキーの主張、そしてその主張を、すでに認めてしまっているという、読者の自覚に起因する。「くだらない」詩が量産されればされるだけ、それでもそれらは、短篇でもエッセイでもなく、詩でなければならなかった、という、剥き出しになった「詩への意志」が浮かび上がることになる。短篇やエッセイと詩の境界を破壊するような「詩」を大量に書いたブコウスキーほど、詩というジャンルにこだわり、とらわれた人もいないように思えてくる。この意味において、ブコウスキーの詩のスタイルの変化とは、ジャンルをめぐる意識の先鋭化でもある。ではブコウスキーにとって「詩」とはどのようなジャンルだったかというと、彼はそもそも「ジャンル」や、「作品」という概念を無効化しようとし、なかばそれに成功もした、つまり彼には「詩」という「ジャンル」などなかった、という撞着的な答えにたどりつくほかない。ブコウスキーの詩は、途方もない謎として、わたしたちの前に立ちはだかり続ける。

註

1 Bukowski, *Burning in Water, Drowning in Flame* 192.

2 Bukowski, *The Roominghouse Madrigals* 30.

3 以下、「下の」からの引用は、Charles Bukowski, *Play the Piano Drunk Like a Percussion Instrument Until the Fingers Begin to Bleed a Bit* (New York: Ecco, 2003) 99 による。

4 Charles Bukowski, *The Pleasures of the Damned: Poems, 1951-1993*, ed. John Martin (New York: Ecco, 2007) 415.

5 澤野 九三。

6 澤野 九五–九九。

7 Bukowski, *The Roominghouse Madrigals* 255.

8 Bukowski, *Burning in Water, Drowning in Flame* 74-75.

9 以下、「部屋で死んでいる、老いた男」からの引用は、Bukowski, *Essential Bukowski* 19-20 による。

10 澤野 九三。

11 澤野 九三。

12 Brewer 85.

13 Bukowski, *Burning in Water, Drowning in Flame* 51.

14 Bukowski, *Burning in Water, Drowning in Flame* 54.

15 Bukowski, *Essential Bukowski* 69-70.

16 Bukowski, *Essential Bukowski* 17.

17 以下、「溺死」からの引用は、*Southern Poetry Review* 5.2 (1965) 6-7 による。

18 Bukowski, *Essential Bukowski* 168.

19 Bukowski, *Essential Bukowski* 87-88.

20 「初期の詩は、わたしのいまの詩より抒情的である」(Charles Bukowski, Foreword, *The Roominghouse Madrigals* 5)。

21 Jules Smith, *"Art, Survival and So Forth": The Poetry of Charles Bukowski* (East Yorkshire: Wrecking Ball Press, 2000) 13.

22 Bukowski, *Love Is a Dog from Hell* 17.

23 若島 二四五。

24 堀内 八四。

第3章　無用の人——ブコウスキーの短篇のいくつかの特徴について

序章で述べたとおり、ブコウスキーの短篇は、扱うのがことさらに難しい領域である。ただそれが「俗悪」なだけであれば、それはやりすごせばよく、実際、一つ一つの作品を見たとき、あえて精読を促すような作品はほとんどない。しかしそもそもブコウスキーは、「作品」という概念そのものを平気で解体するので、このような見方は見当はずれとなる。その解体は、たとえば『ブコウスキー・ノート』（一九六九）を読めば、容易に感得できるだろう。アンダーグラウンドの新聞で連載されたこのコラムにおいて、ブコウスキーは短篇とエッセイ、フィクションと事実の境界を軽々と横断し、その一部はそのまま短篇として刊行され、またある部分は小説の一部に利用されもした。それぞれのコラムにタイトルがないことも、作品というて
いらいの欠落を思わせる。そこで読者はただ、ブコウスキーの「文章」を読む。作品という窮屈な枠組みを取っ払ったとき、ブコウスキーの短篇が、異様な輝きを放つのは間違いないが、それはほとんど分析を拒むような魅力である。総体的な印象としてしか、把握できないスタイル。あらためて、序章で紹介した角田の評は的確だといわねばなるまい。

したがって本章の主眼は、短篇の魅力を解き明かすというよりは、無防備をめぐるさまざまな問題系が、短篇ではどのように展開しているかを確認することで、これまでの詩についての章と、次章以降の小説に関する章の橋渡しをすることにある。その過程で、短篇特有の無防備のスタイルが浮かび上がることを、いくばくか期待し

つつ。

散文的な抒情性

生き生きとしたリアリスティックな会話、ヘミングウェイを思わせる簡潔で平易な文体、犯罪者や労働者、「持たざる者」への関心など、ブコウスキーの短篇を特徴づける要素は多いが、詩からブコウスキー作品を読み始めた本書の文脈において、ひときわ興味深く感じられるのは、前章までに検討した詩以上に、散文において、ブコウスキーは抒情的な、「詩的」ともいえる文章を書いた、ということである。

誰もが思いあたるのは、多くの作品の終わりにおける抒情の発露だろう。ブコウスキーの短篇のように、まとまりに欠けた作品は、おのずと、終わり方が（過剰に）重要な意味を帯びることになる。方向性や構成を欠いた日常をそのまま提示するような作品において、そのような日常とは異なり物語には終わりがある、という矛盾を、疾走感のある抒情的な語りによって解決する、という方法を好んで彼は採用した。読者は「めちゃくちゃ」な話として物語を読んでいたはずが、結末の文章の妙な説得力によって、遡及的に、「これでよかったのだ」、「こうでしかありえなかったのだ」、と納得させられてしまう。

そのような終わり方は、ヘミングウェイというよりは、やはりブコウスキーが称賛してやまなかったウィリアム・サローヤンの初期の短篇を思い出させる。[1] サローヤンを思い出させるということは、ブコウスキー作品が思いのほかに強く抒情的な文章に依存する、ということだ。彼はそのような叙述を詩よりもむしろ短篇において実践したのではないだろうか。

ではその抒情とはどのように構成されているだろうか。一例として、文字どおりにヘミングウェイが作中人物として登場する、「首なしの最低野郎」（一九七三）という短篇を見てみよう。恋人のヴィッキーとともに、作家である語り手のヘンリー・チナスキーは、ロサンゼルスから近い、カタリナ島を訪れる。ヴィッキーが島での観光を満喫するあいだ、語り手は書けずに苦しむ。ほとんど日本の私小説を思わせるような設定のもとに書かれる、物語性を欠いた短篇は、ヘミングウェイと語り手が遭遇することで、微妙な幻想性と喜劇性を帯びる。書けない作家がいわばミューズとしてのヘミングウェイに会うわけだが、それでインスピレーションが得られることはない。結局そのままヴィッキーと語り手は帰るのだが、その最後を語り手は息の長い叙述で締めくくる。

わたしたちの鳥かごとわたしたちの鳥とわたしたちのアイスボックスとわたしたちのスーツケースとわたしたちの電動式タイプライターを持ってわたしたちはボートに乗った。ボートの後方にわたしは席を見つけ、そこに二人で座ったが、ヴィッキーは旅が終わるので悲しがった。出発前に通りでヘミングウェイに会って、彼はわたしにヒッピー流の握手をしてから、わたしはユダヤ人か、また戻ってくるのかと訊いたので、ユダヤ人の質問にはちがうと答え、戻ってくるかはわからない、女性次第だというと、個人的なことを詮索するつもりはないと彼はいうから、ヘミングウェイ、ずいぶんおかしないい方をするじゃないかとわたしはいった、と、ボート全体が左に傾き、揺れて跳ねて、電気療法を最近受けてきたような見た目の若い男が歩き回りながら、吐くための紙袋を配っている。水上飛行機がいちばんよかったかもしれない、とわたしは思う、たった一二分で着くし、人もずっと少ない、すると、サンペドロがゆっくりとわたしたちに近づいてくる、文明、文明だ、スモッグに殺人、ずっといい、ずっといい、狂人と酔いどれはこの世に残された最後の聖者だ。わたしは馬に乗ったこともボーリングをしたこともスイスのアルプスを見たこともない、そしてヴィッキーはこちらを見ていて、子どもじみた笑みを浮かべている、わたしは思う、本当に見事な女だ、わたしにも運がめぐってきたってことか、わたしは脚をのばし、前を見た。またウンコをしたくなって、わたしは酒を減らそうと決めた。[2]

頭韻、反復、列挙という詩的手法を多用しつつ、andで次々と接ぎ木された文章は、リズムとテンポを失わないまま、「文明」の謳歌とヴィッキーの賛美へと到達する。カタリナ島の出来合いの自然のなかで霊感を失った作家が、町に近づくとともにそれを取り戻す様子が文体のレベルで伝わり、この文章の疾走感は読むにも心地よく、このような短篇はこのように終わるしかないのだろうと読者は納得する。

いや、ほとんど納得しそうになる。しかし納得しかけたとき、この疾走感に伴う、焦りや急ぎの感覚が目立ち始める。「ゆっくりと」近づいてくるサンペドロとは対照的に、言葉が次から次へと接続されて、読者に考える間を与えない。「文明」、「スモッグと殺人」の謳歌は、短篇のそれまでの流れから見ても唐突で、そこには必然性も根拠もない。それと同様に、ヴィッキーの幼い笑顔が突然、素晴らしく映るのにも根拠がない。疾走する語りは、同時に、ご都合主義で強引な終わり方であることに読者は気づかずにはいられない。

それまでの自然な流れを断ち切って、語り手の声が突如前面に出てきて、彼が「創作している」という事実が前景化される。ヘミングウェイのくだりはその事実を強調している。抒情的な文章は、同時にひどく嘘くさい文章として立ちあらわれる。ブコウスキーがこのような文章を、実際の詩ではほとんど用いなかったことが、ここで改めて思い出されるだろう。この一見すると詩的な抒情性を、ブコウスキーは高度に小説的な装置として、（作者ではなく）書けない語り手が依存する散文的な技巧として提示しているのだ。

抒情的な語りの、突然の前景化。それはまた、作品の最後で、それまで語ってきた物語を、みずからの内面の声に回収させようとする、語り手の試みが前景化されるということでもある。ここで注目すべきは、「わたしたち」という主語で始まる文章が、最後には「わたし」を主語とした文章で終わっていることだろう。「わたしたちの（our）」という所有代名詞がくり返され、物を所有する主体として、共同的な主体が措定されるのだが、「ヘミングウェイ」と出会ったという「文学的」な、時間軸の上でも遡る個人的な記憶が喚起されて、語り手は内的な世界に入り込む。「個人的なことを詮索したくない」というヘミングウェイの言葉は、そのような意識を反映しているだろう。水上飛行機と異なり、ボートには多くの人が乗っていることが暗示され、そのなかには「電気療法を最近受けてきたような見た目の若い男」もいるが、語り手はむしろ、これから着くサンペドロの、姿の見えぬ抽象的で一般化された「狂人と酔っ払い」に同一化する。そのときヴィッキーは自分を見ている。その視線を自分の「運」のほうへと語り手は都合よく解釈し、前を見据え、「ウンコをする」というひどく個人的な欲求を言明して物語は終わる。

自分を孤独な自我として措定し、まわりの人々よりも、対岸にいる抽象化された他者に呼びかける。そして、「わたしたち」としてヴィッキーとともにいながら、彼女を「見事な女性だ」と驚嘆の目で捉える。しかしもちろん、語り手がヴィッキーを見ているというよりは、ヴィッキーこそが「自分」を見ている。対象化されているのは「わたし」なのだ。ヴィッキーのためにカタリナ島に行く経験を描くこの短篇は、ヴィッキーなしにはありえない。最後の抒情的な文章で、語り手は創作をみずからの個人的な主体性のうちに実践しようとする。しかし作者自身は、そのような実践への意図自体が透けて見えて、相対化されてしまうような書き方をすることを忘れない。その相対化とは、語り手を見透かすヴィッキーの視線を描くということでもある。女性という他者が語り手の抒情を相対化するのだ。

　抒情的に疾走する文章による短篇の終わりが、以上のような、（他者／女性との一体性、他者による自己の相対化と、それに抗うかのような自己の孤独への執着、といった）自己と他者の境界をめぐる動揺と、その動揺を抑えようとする試みを含意しているということ。これは「首なしの最低野郎」だけにあてはまることではない。たとえばジェインとの暮らしを振り返り、語り手が入れ込む黒人ボクサーのワトソンが負けた日を描く「さよならワトソン」（一九七二）の最後なども、また、鮮やかにそのような試みを描く。

　やはりandでつながれた長く疾走感のある最後のパラグラフでは、朝に目覚めて、工場に行かなければならない「出口なし」の状況にある自分を、リングに倒れて死を待つワトソンと語り手が見立てていると、「あなた、全身まっ青よ！　全身まっ青！　鏡で見てみなさいよ！」とジェインにいわれ、鏡を見てみると全身がまっ青な自分の姿がある。[3]「わたし」が笑うと「彼女」も笑い、「わたしたち」が笑い転げるのだが、「わたし」は立ち上がって服を着て「胃がむかむか」しているところを工場に向かって歩くところで終わる（七六）。

　リングの上で無惨に倒れるワトソンとの、ロマンティックともいえる同一化は、ジェインの「鏡を見ろ」という言葉で宙づりにされる。ここで鏡を見るとは、ナルシスティックな衝動によるものではなく、ジェインによって「見られる」自己を自己として引き受けるということでもある。そこから生じる二人の笑いは「わたしたち」という連帯を生み出すが、即座に、工場に向かう過酷な日常への回帰によって「わたし」という一人称に戻り、やはり生理的な「むかつき」が言及される。ここでは（ワトソンと同一化する）「わたし」が「わたしたち」を経由して「わたし」に戻ることが、現実との直面として描かれる。

最後の部分で、「わたし」を含む一般人称としての「あなた」が使われていることは示唆深い。工場へ向かって歩きながら、「日差しが心地よかったが、手に入れられるものを手にするしかなかった（just the sun feeling good but you had to take what you could get）」（七六）。最後の最後で、「わたし」は読者を巻き込んだ総称的な「あなた」へと包摂される。日差しだけが得られるものであるという荒涼とした現実を共有する限りにおいて、語り手は「読者」へと開かれた地点に立ってその抒情的な文章を終える。「わたし」と「わたしたち」と「あなた」。そのあいだを行き来する抒情は、語り手の声に回収されない。ブコウスキーの抒情を読むとは、心地よい詩的な語り手の声を聞くと同時に、そのような声を要請し、可能にし、また宙づりにする、現実や他者の存在を感知することだといえそうだ。

深まるアイロニー

以上のように、短篇に顕著に見られる抒情性は、深く散文的な論理に貫かれているといえる。このことを別方向から確認するために、前章における観察をめぐる詩の考察との接続を考慮して、「女たちの雨」（一九七二）という短い作品を見てみたい。

作品のプロットは、ブコウスキーらしい無造作を鮮やかに体現したものだ。競馬に行くため外出をする語り手が、自動車の修理工場に行き、修理を待つあいだ、車のトランクの合鍵を作ることにして、鍵屋に行く。そこで出会ったミニスカートを履いた女性のあとを追って食料品店に入り、女を観察していると、彼女はこちらに微笑むが、シャイな語り手は何もできず、女性は去り、残された語り手は肉を買い、修理工場に戻って車のトランクに積んでから、バーに向かうところで話は終わる。

その様子が、一人称の語り手によって、いわば「意識の流れ」や、エリオットの「プルーフロック」的な語りを「テキトー」に利用したような文体で語られる。自己の内面に引きこもった語り手が、読者の耳には「うるさく」も響く独白を続けながら、世界や他者と、遠くから観察するようにかかわる、あるいは、ただ見ているだけで、かかわらない。ほとんどの登場人物は、その場だけでかかわる匿名的な他人で、希薄な人間関係が作品の基底にある。前章で読んだ多くの詩と同様、作品の全体的なトーンはアイロニカルで、語り手の誇大妄想的な語りと行動の卑小さが対照され、そのあたりも、「プルーフロック」を思わせる典型的な構成だといえる。冒頭を見ておこう。

昨日は、金曜日だったが、暗くて雨が降っていて、わたしは、しらふでいるんだ、壊れるんじゃない、と自分にいいきかせながら、ドアを出て大家の芝生に入り、飛んできたフットボールをすんでのところでよけ、それを投げたのは、未来の南カリフォルニア大のクォーターバック、一九七五年――一九七五年？　なんてことだ、一九八四年は遠くないじゃないか、その本を読んだのは覚えている、一九八四年、それははるか中国まで一千万マイルくらいあったはずが、もうすぐそこまできていて、そしてわたしは死にかけていて、もう準備はできている、噛んでじゅくじゅくしたものを、吐き出す準備が。[4]

部屋から一歩外に出ると、そこにはフットボールが彼をめがけて飛んでくる「危険」な世界がある。同時にそこは、オーウェルが描いたようなディストピアが間近に迫っている世界であり、「昼間だ、**戦争だ、**暗くて、雨だ」と語り手がいうように、暴力に満ちた世界でもある（一五四）。この作品では、語り手の無防備の感覚もまた、滑稽な卑小さに回収される。「**助けがいるんだ！**」という語り手の悲痛な叫びは、自動車修理工場長に対して発せられたもの（一五六）。彼は、セクシーな女性のあとを追いかけて、心のなかで、「**彼女が怖いんだ、何をすれば、どうふるまえばいいかわからない、世慣れた男なのに、怖がってるんだ、何て声をかけていいのかわからないんだ、でもなんだって肉屋のなかじゃなきゃいけないんだ？**」と自問する（一五八）。女は「わたしが小心者だと見抜いて」歩き去る（一五八）。「彼女はわたしを欲していた」（一五八）。彼が買う「肉」は、女性の「肉（flesh）」の代替物だといえ、女性の「肉」の代わりに、彼は文字どおりの「肉」を手に車に戻る。まずここにわたしたちは、ブコウスキーの詩と短篇の違いを確認できるかもしれない。詩よりも深く、散文はアイロニーに傾くという、常識的ともいえる特性だ。この特性が、小説のように長くなるとさらに深みを増すことは、『女たち』についての考察などでも確認するだろう。

ブコウスキー的リアリズム

さらにこの作品から抽出できる、他のブコウスキーの短篇にもあてはまる特徴として、「無用な細部」の多さが挙げられる。プロット主導型の物語ではまず描かれないような細部が、当たり前のように書かれ、それが作品のリアリティを増す。ブコウスキーの「リアリズム」は、たとえばポール・クレメンツが論じるように、「敗者」や労働階級の醜悪な現実を描いた、[5] という内容や題材の次元だけに求められるものではなく、そのような題材をどのように描いたか、というところに見出されなければならない。「無用な細部」がリアリティを増す、というのは、小説的なリアリズムには一般的な現象でもあるが、それは多くの場合、風景や人物や物の描写で発揮され、ロラン・バルトが「現実効果」という有名なエッセイで指摘したリアリズムの指標も、「意味」や「構造」に抵抗するような、「無用な細部」の「描写」であった。[6]

しかしブコウスキー作品は、描写という点では、スカスカであることは、指摘するまでもない。たとえば、「女たちの雨」において彼が追いかける女は、「この女は昔風の格好をしている。ハイヒールを、長いナイロンのストッキングと合わせていて、ミニスカートは尻のところまで上げられていて、いい体をしている」としか描かれない(一五八)。そのセクシスト的な視線を批判することはできるが、それ以上に、ブコウスキーは詳細な描写や視覚的情報、また、それらが生み出すようなリアリティに関心がないというべきだろう。

この描写の欠如によってなおさら際だつのが、行為、人物、発話における「無用な細部」である。たとえば、「女たちの雨」で語り手が自動車修理工場に行く場面で、語り手が車を停めると、「大きな黒人の男」がやってきて、**「おい！　きみ！　そこのきみ！　ここに停めちゃだめだ！」**と叫ぶ（一五五）。

「いや、ここに停めちゃだめだってのはわかってる！　ただ工場長に会いたいんだ。きみが工場長か？」

「ちがう！　ちがう！　おれは工場長じゃない！　とにかく、ここに停めちゃだめだ！」

「じゃあ、どこに工場長はいるんだ？　男便所であそこでもいじってるのか？」

「バックして出て、あそこの駐車場に停めるんだ！」

わたしはバックして出て、あそこの駐車場に停めた。（一五五）

あるいは、鍵屋で支払いをしていると、「老いた女が走ってきて」、「トラックに停められちゃったわ！　車を出せないのよ！」という。

「おれの知ったことじゃない」と鍵屋はいった。

彼女は年をとりすぎだ。ぺちゃんこの靴。狂った目つき。大きな入れ歯。スカートは足首まである。あなたのお祖母さんのイボを愛し、愛し、愛したまえ。

彼女はわたしのほうを向いた。「どうしようかしら、ねえ」

「クールエイドでも飲んだらどうだ」わたしはそういって歩き去った。（一五七）

これらの描写に、語り手の受動性であったり、やさしさであったりを読む、ということはできるかもしれないが、端的に、なくてもいい細部であるように思える。多くの作家は、短篇の場合はとりわけ、一見すると必要のない細部が、やはり必要なのだと感じさせる、その説得力によって作家としての力量を示す。ヘミングウェイの短篇もやはり、描写よりは行為に焦点を当てるが、「氷山理論」を思い出すまでもなく、そこでの行為には緊張と意味が漲っていて、語られないことの重みと深みが察せられ、それが作品の魅力となる。そのような意味と緊張が、ブコウスキーでは見事に欠落している。凡百の作家が書けば、どれだけ苦労してもおそらく、一見「無用な細部」が、一定の意味と深さを帯びてしまう、あるいは、澤野のいい方を借りれば、そこに「文脈」ができてしまうはずだ。「無用な細部」とは、常識的には、物語の構造上、無用で**は**ない細部やプロットとの相関関係においてその「無用」さが定位されるとすれば、ブコウスキーの場合、プロットの「くだらなさ」と連動して、作品全体が「無用な細部」でできているように見える、という倒錯的な、ほとんど不可能な事態がときに生じる。バルトのいう「現実効果」だけで成り立つような、究極のリアリズムにも思えるような作品がそこでき上がる。

「無用な細部」を無用なままに書くという勇気と技法を兼ね備えている点において、ブコウスキーは突出している。そこで生まれるのは、無用な作品、つまり、「わざわざ書かれなくてもよかったが、いかにもありそうな現実を描いた作品」ということになる。それは作品そのものの存在意義を曖昧にする危険な方法である。ブコウスキー的「無用さ」は、わたしたちが生きる現実や日常を反映しているというよりは、「わたしたちの現実や日常とはこのように無用なものかもしれない」という、「ひそかな気づき」のようなものを反映している。その手法の多用がそれでも虚無を免れるのは、右の引用における黒人や年寄りとの一瞬の会話が示すように、彼らがただ必死に生きている、あるいは生活という罠にとらわれている、という無防備の感覚を、その手法が伝えるからではないだろうか。作品のプロット上「無用」な人間、行為、会話とは、嘘や見せかけによって「深さ」を与えられていない人間、裏の意味のない、見た目どおりのふるまい、そして言葉どおりの言葉が、そのままに放置されている、ということでもある。ブコウスキー的「無用な細部」の手法とは、無防備な人生で小説空間を埋めようとする、ユートピアの方法とはいえないか。

人の多い話

「女たちの雨」について、最後にもう一点だけ触れておきたいことがある。それは、「無用な細部」という「現実効果」が人物（キャラクター）レベルで適用され、「出てこなくていい」人を登場させるので、やたらと多くの人物がこの作品には出てくる、ということだ。最初に入った自動車修理工場の駐車場に停められた車から、こちらを見てくる女性、車を停めるなと叫ぶ黒人、修理工場長、彼が最初に対処する女性客、実際に車を修理する日系の男、鍵屋の前であわや語り手を轢きそうになる女、鍵屋の男、鍵屋に入ってくる老女、ミニスカートの女性、彼女と知り合いらしき男性、肉屋。英文にしてわずか五ページ半ほどの作品にこれだけの人々が出てくる。

日系人を除いて名も言及されない彼らは、キャラクターというよりは、語り手が町ですれ違うか、一瞬だけ言葉を交わす、通りすがりの、ただ、そこにいる人々だ。物語には出てこなくてもいいが、ただ「現実」にそこにいたので書いてしまった、という意味での「現実効果」を生む人物たち。現実にわたしたちは、日常において、これくらいの人々と接するかもしれない。しかしわずか数ページのあいだにこれだけ出てくるので、読者はその密度を感じるのだろう。

この「人の多さ」という特徴を、そのまま主題化するような作品を、ブコウスキーはいくつも書いた。そこでは、主人公の部屋を多くの人が訪れる様子が描かれる。「通りすがり」の人々から一歩踏み込んで、知り合いを描く、という格好だが、「無用な細部」の連続としてその訪問と訪問者とのやりとりが描かれる、という意味では、そういった知り合いは、「女たちの雨」で出てくる匿名の人々の延長上にあるといえる。

たとえば、「仕事日」（一九八三）という短篇がある。ジョー・メイヤーという「フリーランスの作家」の一日を描いたものだが、ブコウスキー的ランダムさ、あるいは「無用な細部」の方法を結晶化させたような作品である。知り合いやそうでない人から電話がかかってきて、相手が引っ越し先の住所を知らせてきたり、次に会う約束をしたりする。競馬に行って、そのオッズや獲得金を詳しく描写する。家に帰ると、また客がやってきて、とりとめのない話をして帰る。ジョーは近くの恋人の家に泊まりにいくが、性交中に、彼の大家がやってくる。

この話に唯一、小説的瞬間のようなものがあるとすれば、それは終わり近くで、孤独を愛する（という自己認識を有する）ジョーが、「ここからとにかく出たいんだ」といって恋人のもとへ行き、彼女に、「どうしたの？」と訊かれて、「なんだか説明できないんだ、ほとんど説明できないんだ」というときだろう。[7] 人が次々と出入りするなかで、ジョーには何かしらの感情が蓄積している。しかしそれを言葉にできない。あたかもランダムに一日を切り取ったかのようだが、これは、「特別」（にランダム）な日なのだ。

おそらくは、「説明」不可能性という、ある意味ではブコウスキーらしからぬ、言葉の限界を感じさせるような事態を創出するからこそ、この種の作品は多く書かれ、なかには、人の訪問を肯定的に描くこともあった。たとえば「イースト・ハリウッド——新たなパリ」（一九八一）という作品では、訪問者について、「彼らのせいでわたしは多くの時間を無駄にしたが、彼らはわたしに素材と光、声、顔、彼らの恐怖や邪悪な愚かさ、そしてときには、驚嘆すべき独創をもたらしてくれた。わたしは一人でいるのが一番いいが、一人ではけっして手に入れられないものをもたらしてくれた」と語り手は述懐する。[8] 第2章で考察した詩において、語り手は他者の「ノック」を無視したが、短篇においては、そうではなく、あらゆる客を受けいれる、寛容さと受動性がブコウスキー的主人公を特徴づける。客は順番に来て、一気には来ないので、そこでパーティのような社交的空間が描かれるのではない。そのような空間ではなく、次々と人が行き来して、彼と話すためだけに来て帰る、開かれた空間ができる。他者との「無用」なやりとりが続くからこそ生じてくる、奇妙な公共的空間が形成されることになる。

ブコウスキーの語り手の部屋が、自己という内面の輪郭を形成するならば、そこに生じる人の「行き来（traffic）」は、どのような変容を自己にもたらすのだろうか。彼らはただ、作品の材料を提供するだけなのだろうか。

「人気者」（一九七二）という、やはり同系統の作品では、風邪をひいた語り手ハンクのもとを、何人もの客が訪問する。独白調の語り手が、自分は一人でいるのが好きだと内面で叫びながら、次々と客を受けいれる、という作品だが、この短篇の特徴は、語り手の人称が、「わたし」と「彼」を行き来するところにある。語り手がときおりみずからを「彼」と呼び始め、ふとまた「わたし」に戻る。ついには、「彼、わたしは」といったりする。[9] 客がみな帰って、ドアが静かになると、「彼の借りている部屋の天井のキリストに亀裂が入り、二〇〇年たった漆喰が彼の口のなかに落ちてくるあいだも彼は微笑み、それを吸い込んで、窒息死した」(二二一)。客が去ると、ハンクは微笑みながらも、彼の空間は崩壊して、彼は死ぬ。つまりは、他者の訪問がハンクの空間を支えている、ということだ。ブコウスキーは「めちゃくちゃ」な作家だったが、「わたし」と「彼」を自由に行き来するほどめちゃくちゃな作家ではない。この作品の内容がその混乱を生み出した、というべきであり、それはつまり、「彼ら(=客)」から見た「わたし=彼」を「わたし」が内面化している、ということだろう。「彼らはひたすらわたしのドアをノックして、わたしを**見ようとする**」、と「わたし」はいう(二二〇)。しかし次の文章で、「彼、わたしは、再び眠って」と続ける(二二〇)。他者にさらされる「語り手=わたし」は、同時に、「わたし=彼」を「見よう」とする他者でもある。「人が多い」場所とは、「わたし」が「わたし」から解放される空間でもあるのだろう。

つまりブコウスキーは、いまや、部屋を描くことで、他者の声を描くことができる。その声はもちろん、ブコウスキーの創作でもあるだろう。しかし他者が発したとしか思えない声が描かれる。それは「一人」ではなしえなかったことにちがいないし、ブコウスキーが「無用な細部」のリアリズムに固執した一つのポイントは、他者の声とは、「無用な細部」と同質のものであると主張するためであるように思われる。「無用」だが、それでも、それゆえに、書かれてしまう、細部。物語上の役割によるヒエラルキーなどおかまいなく、そこにたまたま来た誰もが登場する権利を持つ、究極の民主主義的空間。そこでは、「人気者」であるはずの「わたし」すらも中心たりえず、多くの他者(=「彼」)の一人となる。それはたしかに、孤独で強き自己を標榜するブコウスキー的語り手には、言葉によって「説明」不可能な、手に負えない空間の創出でもあるはずだ。

裸の身体

短篇における「人の多さ」の感覚は、語り手が他者にさらされるという意味で、無防備の問題と響き合う。語り手の部屋が、訪問客に対して開かれているだけではなく、さらに彼が、部屋のなかで文字どおり「裸」だとしたら、それはさらに、別の主題に接続しうる。

「ハリウッドの東の狂人病棟」（一九七〇）は、作家とおぼしき語り手と、彼の部屋にやってきたジミーの会話を中心としてくり広げられる話である。「マッド・ジミー」と語り手に呼ばれる友人は、メアリーという女性の肋骨を折って訴えられ窮地に陥っている一方、自身は呼吸系に病を抱えており語り手も心配する。ジミーの愚痴を聞くあいだ、語り手は自分の家にやってくる男たちについて、読者へ向けて紹介しながら説明する。その後、語り手はジミーの友人であるイジーという友人を呼んでジミーを帰らせ、イジーとバーに行ってから帰って寝る。

ジミーと話すあいだ、語り手はバスローブをはだけて局部を露出し、ジミーに隠せといわれても最初は聞こうとしない。さらに彼の部屋の床には、彼が叩き割った瓶の破片が散乱している。語り手は「裸足で歩くのが好きで、ラグには、割れた瓶のガラスの破片が落ちていたから、足にささってしまう」。[10]「うまく破片を引き抜くと血が精液のようにほとばしり」、そこで「ヒロイックな感じ」がすると語り手がいうとき、身体が傷つくことを彼は自慰行為の快楽に結びつけている（二〇）。語り手の右腕に「大きな穴」が二つあいていて、「肉が焼けおちたよう」で、「骨が見えそうだ」とジミーがいうと、昔ベッドで読書をしていると「腕がコードにからまってベッドランプが腕の上に落ちて」きて、「電球にやられた」と語り手はいう（一九）。

他方で、語り手はジミーの身体の隅々まで把握し、その体を気づかうそぶりを見せる。ジミーの耳の奥には垢がたまり、鼻の粘膜は炎症を起こしていて（一八）、痔の傾向があり、第五腰椎が変形している（二一）、といった具合に、ジミーの病んだ部分を熟知しているだけではない。ジミーの「左の尻（真ん中）に小さなおできがあること」（二二）、さらには「左の精管、それと右のほうにもわずかに、傷か癒着のようなもの」があることまで知っている（二三）。バスローブをはだけている語り手以上に、ジミーの身体がさらけ出されている。

ジミーを気づかう語り手の叙述に潜在的なホモエロティックな響きは、ジミーの友人であるアーサーについてのエピソードをとおしてさらに強められる。彫刻家であるアーサーの家には、セメント製の、「ローブをはだけた」女や「取っ組み合って、お互いのペニスや顎ひげをつかみ合っている男」の像などがいくつも並んでいて、「巨大な胸、おまんこ、ペニス、キンタマ」が転がっている（二四）。そこを訪れた語り手は一番大きな像を倒してしまい、そのペニスと睾丸が取れてしまう。家に帰ると彼はポケットに「セメントのペニス」が入っているのに気づき、女主人の郵便受けに「突っ込む」が、「巨大な亀頭」がはみ出ていて、「郵便配達人の好き」に任せる（二五）。

ペニスを無意識のうちに「ポケット」に入れる語り手のホモエロティックな欲望は、女主人の郵便箱にペニスを「突っ込む」ことで異性愛的な欲望に置きかえられようとするものの、その郵便箱を媒介するかたちで、郵便配達人／男（mailman）に向けられる。

このことは、語り手がジミーにホモエロティックな視線を向けるあいだ、ジミーが、メアリーへの暴力によって、訴えられることの不条理について話していることと、呼応している。それは一方では、ホモエロティックな欲望の表象は、女性への暴力に深く依存する、と解釈できる。しかし他方で、メアリーとジミーのプロットは、暴力に向かう異性愛と、身体の気づかいに向かう同性愛を対比させているとも読める。

小説の最後で、イジーとバーで飲みながら、語り手がボクシングの試合を見る場面も、この延長上に解釈されうる。それはアーサーの彫った、男が裸で取っ組み合う「ギリシア風の」（二四）像と共振しながら、裁判沙汰になる異性愛的な暴力とは異なる「闘い」（三二）の方向を指し示すだろう。続いてテレビでは寝台車のなかで「掛け布団」をめぐって争いがくり広げられる映画の場面が流れる（三二）。最初は笑っているのは語り手だけだが、みなが笑い出して、語り手は「ここ何時間かではじめて人間になったような感じがした。生きるのはたやすい」と感じる（三二）。身体を「覆う」ものをめぐって争う人を見て、男たちはともに笑うのだ。無防備な身体への反応を媒介としながら、緩やかなホモエロティックな連帯がここでは形成されているように見える。

ただしここで、笑いながら語り手は、ジミーのことを「すっかり忘れ」ている（三二）。男同士の「笑い」と「生きるのはたやすい」という感覚は、ジミーへの同性愛的な欲望と引きかえに生じているように見える。小説は家に帰った語り手が服を脱いで、自分のペニスを自分で吸おうとするがほんの少し届かずに、トルストイの小説を読むところで終わる。その距離を語り手は「永劫の距離」と呼ぶ（二七）。他者ではなく自分のペニスを吸うという、滑稽なだけではなく、自閉的ともいえる性のあり方は、自分の剥き出しの身体こそが自分から最も遠い身体として立ちあらわれる、という逆説を示してもいる。その距離を確認した語り手はトルストイという小説＝文学へと向かうのだ。

長編小説よりは短篇において、ブコウスキーは、より開かれた性の形式を模索したように思われるが、しかし同時に、短篇は、女性の無防備な身体が暴力の対象となる場であることも、触れないわけにはいくまい。ブコウスキーの短篇のなかでは、日本では最もよく知られているであろう、「町でいちばんの美女」（一九七二）を思い出す人もいるかもしれない。左頬に一生消えない傷痕がある娼婦のキャスは、それでも美しい自分の身体を破壊すべく、小鼻や目の下をピンで突き刺し、語り手を戸惑わせる。ベッドに入って服を脱ぐと、彼女の喉には「大きくて深い」、「醜いずたずた」の傷痕がある。[11] キャスは、無防備な自分自身の身体を攻撃し、その傷痕を他者に向かってさらけ出す。そうすることで彼女を「美しい」ものとして対象化する、語り手を含む男性の視線に抗っているのか、その目的は定かではない。語り手も読者も、露骨にさらけ出された彼女の傷痕を、内面の表象として了解しようとするものの、彼女の自殺を知るとき、表面からははかりしれない狂気の深さを知る。

他方でキャスは毎日、語り手が入浴しているときに、ベゴニアの葉を持って彼のもとを訪れ、「隠すものを持ってきてあげたわ」といって浴槽に投げ入れる（四）。語り手が無防備なときに、彼女はやってくるのだ。それで彼は戸惑うわけではない。むしろそのような無防備さをとおして、キャスとかかわることを彼は楽しむように見える。しかしキャスの死は、そのような語り手の無防備さと、キャスの身体が彼女自身に対して放つ無防備さとは、次元が異なることを印象づける。さらけ出すこと、見えすぎることが、かえってキャスという他者の遠さを、彼女の「核」の見えにくさを浮き彫りにする、という逆説がそこにはある。

暴力の対象となる、無防備な女性の身体、というテーマを極端にまで押し進めたのが、「カリフォルニア、ヴェニスの交尾する人魚」（一九七二）だといえる。明確な動機のないまま、しかし衝動的にでもなく、ある程度は前もって計画しながら、病院から車に乗せられようとする死体を二人組の男が盗み、シーツを剥いでみるとそこには美しい女性の死体がある。彼らのような社会の底辺を生きる人間とは縁遠い美女が、「いや!」といえずにさらされているのを見て興奮した男たちは、死体を犯し、海に流す。[12]そのときこの死体は「人魚」なのではないかと男たちの一人は思う(一六二)。

屍姦という俗悪な主題を扱い、男性の身勝手な暴力をともすれば同情的に描くこのような作品を受けいれない読者もいるだろう。ある意味でこの話は、女の死体との屍姦を介して男性同士の(ホモソーシャルな)絆が深まる典型的な話とも読める。発表媒体の関係もあって、とりわけ短篇において、ブコウスキーは獣姦やカニバリズムなどの下世話な主題を露悪的に扱ったが、そういった作品では多くの場合、女性が乱暴に物象化される。そのような事情を作家は認識しながら、小説という虚構を利用して卑俗な主題を彼は掘り下げた、などといっても、センセーショナルな内容への過度の依存は正当化できないだろう。

しかし、どうしようもない男たちが、自分で何をしたいのかわからないままに死体を盗んで、それが無防備な美しい女性だったがゆえに衝動的に犯してしまい、海に死体を遺棄するときに、(自分たちとは異なり)それが自分の意志で、自由に泳ぎ去る人魚ではなかったかと、どうしようもなく身勝手な想像に走ってしまう、という展開の必然性に、センセーショナルなところはない。

「気楽にいこう。俺たちはもうどん底にいるようなものだ」という男、あるいは「人魚」のことを考えて泣き出す相棒、そのどうしようもない男たちの抑制された絶望は、読者の共感を誘いもする(一六二)。無防備な女性を犯すことで、かえって深く無防備で弱い存在としての男たちが見えてくる。むろんそのような「弱さ」は死姦される女性の弱さとは次元が違う。それはもちろん、ブコウスキーも承知で書いているというべきだろう。彼らへの共感とは、後ろめたく罪深い共感でしかありえないが、「どん底」にいる者への共感とは本来後ろめたいものであって、読者が恥ずかしさを感じるものであるはずだ。ブコウスキーはそういっているように思える。無防備な身体という問題は、『ハム・オン・ライ』の考察において再び扱うが、短篇において、長編とは異なったかたちで、その問題についてブコウスキーは独自の探求を試みたというべきだろう。

ブコウスキーを超えて

裸の身体、そして、無防備な者への共感。この連結とも深く関連して、本章の最後に触れておきたい作品がある。一九六八年、アンダーグラウンドの新聞『オープン・シティ』に発表され、その後『ブコウスキー・ノート』にも収められた、ニール・キャサディとのエピソードを綴った短い有名な文章である。一九六八年にキャサディがメキシコで死ぬわずか前にロサンゼルスで出会い、その暴力的な運転に圧倒されるという経験を描く追悼文において、無防備は複層的に主題化されている。このエッセイとも短篇とも捉えられる文章について検討することは、自身は手紙や自伝の切れ端以外にほとんど書いたものを残さなかった、キャサディという、いわば「空白の中心」ともいえる人物のまわりに展開した、「ビート」という現象へと、ブコウスキー的無防備をめぐる問いを開く契機になると思われる。

あえてジャック・ケルアックの『オン・ザ・ロード』（一九五七）を持ち出さずとも、キャサディが客観的な「無防備」を純粋に体現する（と他者には見える）人物であることは、ブコウスキーの文章において明らかだ。

死と戯れるかのように、他の自動車と衝突するぎりぎりのラインで運転する彼は、数日後には、線路に横たわり、「凍てついたメキシコの月の下で孤独に死ぬ」。[13] 語り手であるブコウスキーは、死者に対して、「砂漠の動物がじっと見ているのがわからないか？」と呼びかけ、「カエル」や「ヘビ」、「爬虫類」が、「白いＴシャツ姿で砂の上にいる」キャサディのほうを見ていると述べる（二六）。動物の曖昧な視線にさらされる死体として、語り手はキャサディを想像する。

キャサディに会った際にブコウスキーは、「バスルームの窓から這い出て裸で茂みに隠れるっていうあの文章を読んだ」と告げる（二四）。キャサディと交わされる数少ない会話の一つだが、ここでブコウスキーが言及しているのは、キャサディがケルアックに一九五〇年に送り、その一部が一九六四年に文芸雑誌に掲載された有名な手紙である。ある夜、恋人がベビーシッターとして働く家で、キャサディが彼女と性的行為に及んでいると、幼児の祖母が訪ねてきて、彼は裸のまま窓から這い出て、極寒のなか、茂みに隠れる。通りすがりの男に見られないようにと、「凍った地面に体を押しつけ」られた、彼の「裸の体」は冷たく濡れる。[14] 手紙の一部をなすにすぎないこのエピソードにブコウスキーがあえて言及するのは、それがブコウスキー的な無防備の主題と共鳴するからだけではなく、そのキャサディの姿が、「凍てついた月の下」で、動物の視線にさらされながら、孤独に線路に横たわる彼の姿ともまた呼応するからだろう。

一九五一年にキャサディへ送られた手紙で、ケルアックは彼の手紙を絶賛し、「ジョイス、セリーヌ、ダスティ［ドストエフスキー］にプルースト」などの「最良の文体（style）」を寄せ集め、それを、キャサディ自身の「荒くほとばしる物語のスタイルと興奮」に合わせて活用したと称賛し、「ヘミングウェイのように、言葉少なに、たどたどしく書くなんてありえない、なぜなら、それ［キャサディの文章］は何も隠さないからだ」と述べた。[15]「何も隠さず」にさらけ出す「スタイル」がそこにあるとケルアックが指摘し、『オン・ザ・ロード』の方向性を決定づけたともいわれるまさにその手紙で、キャサディは、自身の「裸の体」を必死で「隠す」というエピソードを記したわけだ。

ケルアックによるヘミングウェイへの批判的言及は、キャサディ、ケルアック、そしてブコウスキーの文章のあいだに流れる微妙な間テクスト性を明るみに出す。ブコウスキーの追悼文でもまた、ヘミングウェイの名が言及される。キャサディと「飲みながら話している」あいだ、その場にいた「ベビーシッターがヘミングウェイについて話し続け、どういうわけかわたしをヘミングウェイと同等に扱い続ける」のだ（二六）。

ヘミングウェイとブコウスキーの重なり合いは、ひるがえって、運転の場面の意味を明らかにする。キャサディの危険な運転が、彼にとっての「闘牛場」であり、「競馬場」であって、それは「神聖で必要」なのだと、ブコウスキーは理解する（二五）。スピードを緩めれば、そこでキャサディは「動きを失ってしまう」（二五）。「ニール、彼はみずからの動きを発見し、誰も傷つけなかった。メキシコの線路に横たわるタフな刑務所上がりの若者」（二六）。「闘牛場」はヘミングウェイへの、「競馬場」はブコウスキー自身への言及だと考えていいだろう。ヘミングウェイが「書く」ことの理想に据えたともいえる闘牛、そしてブコウスキーが「書く」ことの理想に据えた競馬の等価物を、キャサディは車の運転に見出した、そうブコウスキーは考えている。キャサディは、車の運転に「スタイル＝文体」を、死と接しながら、誰も傷つけることのない、無防備のスタイルを発見したのだと。しかしいまやそのキャサディは、運転中の「動き」とは対照的に、「凍てついた月の下」で無防備に横たわっている。逆にいえば、ブコウスキーがキャサディについて「書く」、すなわち追悼するとは、その凍結した静止の奥に、「動き」を喚起することだったといえよう。

　キャサディの運転を観察しながら、その他者こそが、ヘミングウェイが理想とするような「動き」を手にしているのだと理解するとき、観察者は決定的にヘミングウェイからは隔絶している。あるいはこういってよければ、ヘミングウェイが闘牛士から隔絶されていたように、ブコウスキーはキャサディから隔絶している。無防備なのは、他者なのだ。しかし同時に、ここでそのような「動き」を見出し、さらにそれを「書く」ことで創造しているのは、ブコウスキー自身であって、キャサディその人ではないということもまた、自明だと思われる。そのとき、キャサディこそが「動き」を発見したのだという語り手の主張は、彼との隔絶を無効化しようとする同一化の衝動のあらわれとして了解されうる。今は亡き無防備な他者との、隔絶の感覚と同一化への意志、その拮抗が、ブコウスキーの追悼の核にある。

　ケルアックの『オン・ザ・ロード』は一読すると、ディーン・モリアーティ／キャサディという無防備な存在に魅せられ、彼を「観察」する語り手（サル・パラダイス／ケルアック）によって語られた作品であるように思える。だが実際にはその構造はもっと複雑で、その複雑さにこそ、ブコウスキーをビートへと接続する回路が隠されているのかもしれない。『オン・ザ・ロード』について詳細に論じる余裕も力量も本書の著者にはない。ここでは、佐藤良明による卓越した解説に依拠しながら、ブコウスキーとの接続を試みたい。

　佐藤は『オン・ザ・ロード』の語り手サルについて、「自我の押し出しが希薄」で、「強度に受身」であり、「世界を分け隔てなく被る」と説明する。[16]「ディーンは吠え、叫び、ファックし、サルはあくまで受け身のまま、出来事と刺激のすべてに対して分け隔てなく心を開く。サルの役目は圧倒されることだ。すべてを驚きと哀しみと涎をもって受けとめること」。[17] アメリカを車で走ったときに誰もが経験するものの、一概には言葉にできない感覚、「この、とてもアメリカ的な、それ自体はありふれた感覚が、素直にストレートに無防備に、何のてらいもなくさらけ出されているところに『オン・ザ・ロード』の不滅の気持ちよさがあるのだと思う」。[18] それはまた、「自意識による選別作用」が、この小説では、働いていないということでもある。[19]

佐藤の解説に従うならば、無防備なのはディーンである以上に、語り手のサルである、ということになる。つまりキャサディが手紙でそうしたように、サル／ケルアックは、「言葉少なに、たどたどしく」書くのではなく、「何も隠さず」に、すべてを書いた、ということだ。ディーンとサルという、二つの「客観的」無防備が共存していて、その共存が物語のスタイルさえも規定している、という重層的な奇跡が、この小説を傑作たらしめている、といえるのかもしれない。佐藤は「ビート」を「感覚の強度」、すなわち「森のなかの温和な光であろうと、都市の貧民窟であろうと、心の毛穴を開いてそれをぜんぶ丸ごと感じてみようという誘惑」に帰しているが、[20] それは本書の文脈でいえば、世界に（客観的に）無防備に向き合うこと、と換言できるだろう。

ブコウスキーもある面では、「自意識による選別作用」など無視して、すべてを書いた作家だといえる。「強度に受身」で無分別に経験を受けいれて書く、という態度は、キャサディが運転する車の後部座席に乗って死を覚悟しながら、「どうでもいい」と考える語り手を端的に説明しているようでもある。[21] だがブコウスキーは、世界に（客観的に）無防備に向き合いつつも、そうして「対峙」することへの強烈な「自意識」もまた持ち合わせ、希薄ではない自我を有する。ブコウスキーは、キャサディを駆り立てる「ロード」に誘惑されるのではなく、彼の運転に「動き」を見出し、闘牛や競馬と比せられるその「動き」はどこまでも、語り手／ブコウスキー自身の「動き＝スタイル」でもある。客観的な無防備と、主観的な無防備（＝無防備の不可能性）、そのやはりほとんど奇跡的ともいえる両立こそがブコウスキーを特徴づけるのではないか、というのは、序章やこれまでの章で述べてきたとおりである。

佐藤は、同じ論考で、ギンズバーグの「ハウル」（一九五六）冒頭について、「咆吼、ネイキッドな晒け出し、恍惚と幻視、都市の貧しさ、黒人たち、夜の闇、死、徘徊・浮遊・落伍・放浪、天使・異教・古代・神聖・神秘」、またスナイダーの初期の詩について、「光と自然と泥と排泄と滋養と動物と植生とインディアン」というテーマを的確に抽出している。[22] このビート的主題から、「恍惚と幻視」、「天使・異教・古代・神聖・神秘」、「インディアン」を除いたものが、ほぼ正確にブコウスキー的主題を形成するとすれば、これら除外された主題とは、「彼岸」をめぐるものだというだけではなく、執拗に残る日常的な「自我」の感覚と相容れないものだと気づかされる。

けれども考えてみれば、キャサディはその手紙で、「裸の体」を必死に見られまいとする、自意識的な語り手ともいえるのではなかったか。あるいは、そのようなエピソードをキャサディがさらけ出す、という意味では、「何も隠さず」にすべてを書くという衝動が、（裸であるという）無防備についての意識と両立し、相互に依存さえしているように見えるところにこそ、その語りの特徴があり、ブコウスキーはそこに反応したのではなかったか。だとすればその語りは、彼の手紙に触発されたケルアックによる一人称の小説に影響を及ぼさなかったか……。

本書は次章からブコウスキーの小説についての検討へと移行し、それぞれのテクストに、とりわけチナスキーという語り手に集中することで、議論の射程は一面において、狭まっていく。結果的に本書が検討する無防備は、文学史的広がりを欠いた主題として受けとめられるかもしれないし、ある意味でブコウスキーはそれほどまでに特異な作家であったというのが、本書の議論でもある。しかしキャサディについての文章から見えてくるのは、本書が検討するブコウスキーの「スタイルとしての無防備」は、たとえば、同世代でありながらも彼が最後まで距離を置き、そう呼ばれることを拒んだ「ビート」の問題などへと、有機的に連結しうるのではないか、という可能性である。ブコウスキーがビートであったかどうかはともかく、ブコウスキーを媒介することによって見えてくるビート、あるいは、ビートをとおすことによってしか見えてこないブコウスキーというものがある、という、当たり前といえば当たり前の事実を、ブコウスキーの無防備は指し示す。本書ではこれ以上に論じる余裕はなく、今後の課題とせねばならないが、おそらく、ブコウスキーと無防備の問題は、彼が孤高に対峙した多くの作家へと開かれている。

註

1　一九七五年に書かれた手紙で、「わたしはかつて三年間ほどウィリアム・サローヤンのように書いたことがあったが、そのうち彼の内容は臆病で、その流れるような文体だけが頼れるところがあると悟った」とブコウスキーは述べている（Charles Bukowski, *Living on Luck: Selected Letters, 1960s-1970s, Volume 2*, ed. Seamus Cooney [Santa Rosa, CA: Black Sparrow Press, 1995] 204）。

2　Charles Bukowski, *South of No North: Stories of the Buried Life* (New York: Ecco, 2003) 139.

3　Charles Bukowski, *Tales of Ordinary Madness*, ed. Gail Chiarrello (San Francisco: City Lights Books, 2001) 76. この短篇は、ほぼそのまま『ブコウスキー・ノート』から移植されたものだが、以下、「さよならワトソン」からの引用はこの版に依拠し、本文中に頁数を括弧に入れて記す。

4　Bukowski, *Tales of Ordinary Madness* 154.

5　Paul Clements, *Charles Bukowski, Outsider Literature, and the Beat Movement* (New York: Routledge, 2013) 63-66.

6　ロラン・バルト「現実効果」『言語のざわめき』（花輪光訳、みすず書房、二〇〇〇年）一八四–九五。

7　Charles Bukowski, *Hot Water Music* (New York: Ecco, 2002) 104-05.

8　Bukowski, *Absence of the Hero* 209.

9　Bukowski, *Tales of Ordinary Madness* 220. 以下、「人気者」からの引用はこの版に依拠し、本文中に頁数を括弧に入れて記す。

10　Bukowski, *Tales of Ordinary Madness* 20. 以下、「ハリウッドの東の狂人病棟」からの引用はこの版に依拠し、本文中に頁数を括弧に入れて記す。

11　Charles Bukowski, *The Most Beautiful Woman in Town and Other Stories*, ed. Gail Chiarrello (San Francisco: City Lights Books, 2001) 5. 以下、「町でいちばんの美女」からの引用はこの版に依拠し、本文中に頁数を括弧に入れて記す。

12　Bukowski, *The Most Beautiful Woman in Town and Other Stories* 159. 以下、「カリフォルニア、ヴェニスの交尾する人魚」からの引用はこの版に依拠し、本文中に頁数を括弧に入れて記す。

13　Charles Bukowski, *Notes of a Dirty Old Man* (San Francisco: City Lights Books, 2001) 26. 以下、本作品からの引用はこの版に依拠し、本文中に頁数を括弧に入れて記す。

14　*The Portable Beat Reader*, ed. Ann Charters (New York: Penguin, 1992) 204.

15 *The Portable Beat Reader* 209.
16 佐藤良明「『オン・ザ・ロード』は何故こんなに特別なのだろう?」『ユリイカ』(一九九九年一一月号)一〇八–〇九。
17 佐藤 一〇九–一〇。
18 佐藤 一一二。
19 佐藤 一一二。
20 佐藤 一一三。
21 Bukowski, *Notes of a Dirty Old Man* 25.
22 佐藤 一一三。

第4章　冒険のあとで——『ポスト・オフィス』と仕事

　ブコウスキーがはじめての長編小説で描いた主題は、自身の郵便局での仕事だった。労働や仕事は、小説で扱うのが難しい主題である。それを批判的に、かつリアリズムの範疇で描こうとすると、すぐに問題が生じる。労働は退屈である。退屈でない労働もあるだろう。だがわたしたちが否定的に捉えるときの（資本主義的）労働は、退屈である。退屈で辛いから、批判したくなる。一方で小説は、ある程度は、面白くなければならない。しかし労働を面白く描いてしまうと、それは嘘になる。そこでたとえば、退屈な労働に、「面白い」私生活を織り交ぜてみる。そうすると小説の焦点は、労働から離れていき、労働は主題ではなくなり、労働にも触れた小説、ということになる。

　多様な社会的障壁を伴いうる女性やマイノリティの労働——家事労働も含めて——であれば、そこにはリアリスティックな苦悩があるかもしれないが、たとえばすでにそれ自体で特権的な位置を占めている、都市に居住して安定的な職を得ている白人男性の、日々の辛い仕事を書いた小説など、誰が読みたいと思うだろう。もしそのような小説が書かれるならば、自己の特権性も把握した上で、それを相対化する視点を持ちつつ、面白いようで退屈なような作品、という、険しい道を進まなければならない。

　ともかくも、小説家としてのデビュー作となる『ポスト・オフィス』において、ブコウスキーは、そのような難しい道をあえて選んだ。職業上の「安定（security）」を得ている人物は、安全であって、無防備ではない。[1]もちろん、それは相対的な問題にすぎないが、そのような相対性こそが、社会的文脈では現実的な意味を帯びる。社会的文脈においては、非正規雇用の労働者は、正社員の労働者より、多くの場合、無防備である。同じ職場においての話だったら、なおさらそうだろう。

部屋のなかで完結することも多い詩と異なり、ブコウスキーは小説では、そのような現実的な社会のなかに、自分の分身でもあり、同時にそうではないともいえる、ヘンリー・チナスキーを置いた。無防備ではない主人公を描くことは、みずからの無防備というスタイルを、危険にさらすことでもある。かえってそこで、無防備をめぐる作者の意識は先鋭化されることになるだろう。そのような先鋭化のためにこそ、ブコウスキーは、あえて労働という主題を選んだと、おそらくそこまでいうことが、わたしたちにはできる。そこにこそ彼の、「小説」を書くことの賭けがあったのだと。

最初に、ブコウスキーが小説を書くことは、なぜ、無防備ではない、安定した労働を描くことでなければならなかったか。その必然性を彼は、どのような地点に見定めたのか。本章はそのような問いをめぐって展開する。

郵便配達人の冒険

『ポスト・オフィス』では、大きく分けて、二種類の労働が描かれる。小説の最初にチナスキーが従事する「郵便配達員（carrier）」としての仕事と、その仕事を辞めてから再び郵便局に戻ってきて一二年近く従事する、

「郵便局員（postal clerk）」としての仕事。前者はオフィスの外での、後者は、中での仕事。題名に重きを置くならば、小説の重点は後者にある、ということになるし、分量的にも、前者を扱った第一部は、全体の五分の一程度にすぎない。

しかしブコウスキーが、配達員としての仕事を描くことからこの小説を始めたことは、決定的に重要である。なぜなら、小説家＝語り手チナスキーの声は、その労働をとおして、まずは形成されるからだ。第一部において、チナスキーは「サブ」の郵便配達人、つまり、常勤の郵便配達人が病気などで欠勤した際に、代わりに勤務する非正規の配達人として働く。そこで描かれる配達の仕事は、過酷なものである。ジョンストンという横柄な上司が、「ありえない（impossible）」スケジュールを押しつけてきて、昼食もまともに食べられない。ジョンストンに対する不平を文書にして役所に提出すると、ジョンストンを擁護する人物によって、却下される。

だが他方で、配達の仕事は、「冒険」として描かれている。「アンチヒーロー」と多くの評者によって形容される語り手によって喜劇的なモードで語られるこの冒険は、冒険のパロディといえるかもしれないし、それは「冒険（adventures）」というよりは、スーンズが述べるように、「災難（misadventures）」と呼ぶべきだろうが、[2] 災難とは、やはり冒険の一変種にほかならない。

> どの配達ルートにも落とし穴がある。けれども、それを知っているのは常勤の配達人だけだった。くる日もくる日も、次々と新手が出てくる。強姦、殺人、犬、気狂い、とにかく何が出てくるかわかったもんじゃない。常勤の奴らが、大事なヒミツを漏らすことはない。[3]

何が起こるかわからない、というスリルや恐怖は、彼が「常勤」ではなく「サブ」の配達人であることに起因する。日々の仕事のなかに「強姦、殺人、犬、気狂い」があるとは、いかにも冒険的でロマンティックではないだろうか。冒険とは、不可能なことが可能になる経験の連続でもある。


一周目が終わった。だいたい一時間というところだ。あと一一周ということは、あと一一時間。できるわけがない（Impossible）、とおれは思った。おれに一番きつい担当を押しつけたのだ。

坂の上は、もっとひどかった。というのも、自分の体重を自分でひっぱりあげなくちゃならないからだ。

正午が近づき、過ぎていった。昼飯はなし。おれは四周目か五周目にとりかかっていた。晴れの日だって、こんなルート、配達できるわけがないのだから（Even on a dry day the route would have been impossible）、雨の日は、なんてもう考えなくても無理に決まっている（This way it was so impossible you couldn't even think about it）。（二四–二五）

雨のなか、チナスキーは「できるわけがない」配達経路をジョンストンにいい渡され、もうこんな仕事は辞めてしまおうと思い、カフェで一時間ほどゆっくりする。すると雨がやんでいて喜び、仕事を再開して、結局終えてしまう。不可能だと思っていたことができてしまうのだ。再び雨の日、今度は手紙の回収の仕事を命じられるが、水かさが増してきたところで、回収経路の書かれたクリップボードが車のダッシュボードから飛ばされてしまう。それを水のなかに発見するときにも、彼は「ありえない、ありえない！（*Impossible!*）」と叫ぶ（二八）。ここでは「ありえなさ」が、不可能から奇跡に転じている。

「ありえない」、というチナスキーの表現が、一種の誇張でしかないのは明らかだ。けれども、物語られる時間を生きるチナスキーの、密着した語りによって語られるとき、彼の労働はありえないことが可能になってしまう、小さな奇跡の連続として立ちあらわれてくる。そのような経験のなかで、コミカルで誇張的でありながら、それなりに躍動感のある声を、彼は獲得していく。

チナスキーがそのような声を獲得するのは、ロサンゼルスに住む「狂った」他者が、その声を獲得していくのと並行する。配達人であるチナスキーは、ただ手紙をポストに入れるだけではなく、郵便を待ちこがれるコミュニケーションに飢えた人々と、直接的に、かかわる。そのようなエピソードばかりが、選択的に描かれているといってもいい。決して郵便箱に手紙を入れさせずに、自分の手で受け取ろうとする男、自分に郵便が来ているはずだと叫ぶ女、請求書しか配達できないのかと罵る女、そういった狂気じみた人々の声は、チナスキーの語りにおいて喜劇へと転じ、彼の語りに欠かせない要素となる。彼らを、「迷える人々、孤独な人々、グロテスクな人々、打ち捨てられた人々、見捨てられた人々」とするブルーアーの形容は正しい。[4] 彼らを無防備な人々と一括りに呼ぶことは、それほど的外れではないはずだ。

手紙の受け手とかかわるとはいえ、あくまでそれはその場限りの関係であって、継続的な関係がそこに築かれるわけではない、という意味で、その描写は結果的には現代における希薄な人間関係を映し出す。手紙の受け手はみな匿名にとどまり、小説のキャラクターとして深まるということはなく、これまで論じたように、それはブコウスキーの小説全般に見られる人間関係のあり方の典型でもある。チナスキー自身が述べるように、「人々の声というのは、どれも同じだった。どこへ配達に行こうと、何度も何度も同じ文句を聞かされる」（三三）。チナスキーのアイデンティティもまた、これらの他者にとっては、抽象化されている。彼は名前で呼ばれることはなく、「アンクル・サム」と呼ばれ、「アンクル・サムと呼ぶな！　おれはアンクル・サムじゃない！」と主張はするものの（四一）、手紙をとられそうになると、「アメリカ合衆国の手紙を盗んでるんだぞ！」と、国に同一化し、その権威を持ち出そうともする（三六）。

郵便を届けた家のなかから、「**やあ、アンクル・サム！　今日のご機嫌はいかがかな？**」と訊かれたチナスキーが、鞄を地面に叩きつけて「**出てこい、この間抜け野郎、いいから出てこい！　ここに出てきやがれ！　とっとと出てこい、出てくるんだ！**」と叫ぶとき、彼のセリフは、それまで主に郵便の受け取り人のセリフに使われていた大文字で表現されている（四〇―四一）。チナスキーが、書留郵便に署名をしない女性に「強姦犯」だと罵られたので、実際に強姦してしまう場面を語るとき、彼と、狂気じみた手紙の受け取り人たちとの境界はなくなっている（三七―三八）。実際に女性を強姦したかどうかはともかく、すすんでチナスキーは、受け取り人たちの狂気じみた声を引き受けるのだ。それはチナスキーの声の抽象化でもあると同時に、彼が無防備な他者の声を獲得することを示唆する。

チナスキーは、郵便局内では唯一「まとも」な人間でもある。他の職員がジョンストンに盲従するなかで、彼は最後まで反抗を続ける（そぶりを捨てない）し、同僚の職員が、幼児への性的いたずらの嫌疑をかけられたあとに憔悴していくときも、他の人が無関心ななかで、彼だけが同情し、非人間的な職場を批判しもする。このどこか凡庸でもある「普通」さと、配達中の彼のコミカルな狂気が混ざり合うところに、チナスキーという語り手の声が形成される。

冒頭から、いきなり仕事の描写で始まることに注意したい。第一部において、私生活の描写は最低限に切り詰められている。つまり、チナスキーの語りと声は、もっぱら仕事のなかで形成される。そこには、チナスキーの「内面」が、労働によって生産されることを示そうとする、作家の意図がうかがえる。「内面」といって「主体性」という言葉を避けたのは、ついにこの第一部においてすら、チナスキーは、命令された仕事をこなしていくからだ。「ありえない」といいながら、彼は与えられた仕事を遂行してしまうのであって、どれだけ反抗的な内面を示してみても、そこには主体性と呼べるようなものがあるかは疑わしい。むしろ外面的な服従のなかで、反抗的な内面と語りが形成されていく。むろんこれは、「服従（subjection）」によって「主体（subject）」もしくは「主観（subjectivity）」が創出、生産される、という現代の思想的常識をいいかえたにすぎない。

三年後に正規の局員に昇格したとたんに、彼は仕事を辞める。サブとして働いた時期を振り返って次のように述べる。

それなのに「常勤に出世したのに」、嬉しい感じはしなかった。おれはべつに、わざわざ苦労を探し求める人間ではないし、仕事も充分きついのだが、補欠の頃に比べると、どうも魅力に欠けるような気がする。次に一体何が起こるのかまったく不明の、「一寸先は闇」的魅力に欠けている気がしてならなかった。（四八）

チナスキーにとって、配達の冒険性というのは、常勤の局員がいないときに、いつでも恣意的に動員できる非正規の人員を確保して、無理なスケジュールで配達させるという、今日の社会ではますます浸透してきた、資本主義システムの暴力に翻弄されることでもある。いわばここには、非正規雇用と、冒険性、自由を結びつけるような発想が垣間見えるが、それは語り手の発想であって、作者のものではない。現実にチナスキーが行う郵便配達には、強姦も殺人もないだろう。三年という期間が、わずか四〇ページ足らずで終わってしまうとき、読者はここでは傑出したエピソードだけが述べられており、実際の労働ははるかに退屈なものなのだろうと察する。ここにあるのは、冒険の日々というよりは、この三年を「冒険」として回想し、再構築しようとする語り手の意志である。そうしたチナスキーの意志が透けて見えるように書かれているのであって、ブコウスキーが「サブ」としての仕事を冒険であると、裏書きしているわけではない。

ではは冒険が終わったあとのチナスキーには、何が残されていたのだろうか。

冒険のあとで

常勤という身分を手にしたチナスキーが、すぐさま仕事を辞めるとき、それは単調さと退屈を拒む彼の、冒険的なふるまいとして了解される。しかし再び郵便局に戻るとき、彼は配達という仕事ではなく、郵便局のなかで座りながら、ひたすら手紙を仕分けるという、閉鎖的で単調な道を、あえて選ぶ。「オフィス」という言葉から連想するような、知的労働とはほど遠い、ブルー・カラーの手仕事。その道を選んだチナスキーは、一二年近く、小説の終わりまで、その仕事を続ける。その選択の根拠を彼は明確にしないが、就任の宣誓をするときに、担当の職員が口にする、「きちんと働いていれば、これで一生、安心して暮らせるのです（you've got the security the rest of your life）」という言葉に、その理由は集約されている（六六）。

つまりチナスキーは、安定を必要とした。そこに不思議なところはない。しかし小説にとっては、危険な選択である。手紙を仕分けるという労働の描写は、小説的には、退屈以外の何物も意味しないから。それを承知している語り手は、そのような労働から、一定の冒険的な要素を抽出して描く。「スキームトレーニング」という、大量の手紙を仕分ける試験のための訓練が描かれるのだ。次の引用は、チナスキーが、区画表を自分でテープに吹き込んだものを、寝ながら「潜在意識（your subconscious）」で聞いて覚えようとする、コミカルな場面だ。

「いくぞ。ヒギンズの区画番号、ハンター42、マークリー67、ハドソン71、エヴァグレイズ84！　それから、えー、あー、聞いてるか、チナスキー！　ピッツフィールドの区画番号、アッシュグローブ21、シモンズ33、ニードルズ46！　よく聞け、チナスキー、よく聞け。ウェストヘイヴンの区画番号、エヴァーグリーン11、マーカム24、ウッドツリー55！　起きろ、チナスキー！　パーチブリークの区画番号……」（一〇四―一〇五）

郵便配達における描写では、少なからず抽象化されているとはいえ、さまざまな罠が仕掛けられたジャングルとして提示されていた都市空間は、この訓練において、数字で区切られた区画という、純粋に抽象的な、記号空間とでも呼ぶべきものに変質している。テープレコーダーという「機械」に外部化されたチナスキー自身の声は、

「聞け」という「命令者＝郵便局」の声と一体化して彼の「潜在意識」の統御を試みる。結局彼は、区画表をすべて「セックスと年齢に結びつけ」て、一軒家に「三人の女」と住む男の「乱交」の物語として覚え、合格する（一二五－一二六）。ブコウスキー的なセックスをめぐる「物語」は、郵便局というシステムに順応するための手段へと変容してしまうのだ。

仕分けの試験に合格するチナスキーは、それで「スキル」を身につけ、「無期限臨時補助職員」から（六九）、「常勤」に昇進し、熟練労働（skilled labor）の主体となる。ともかくも、彼は「職を必要として」おり（一〇五）、職場の要請に従順に服従することで、安定を得る。そうしてますます郵便局というシステムあるいは、オフィスという空間の内奥に深くとらわれていくことになる。そのようなチナスキーの反抗の卑小さは、「郵便局を火事にした」と彼が説明するエピソードなどに明らかだ（一八一）。その実際は、タバコの火で手紙をいくつか燃やしてしまい、手に軽い火傷を負うというもの。仕分けの仕事を始めて一一年後、配達の仕事は憧憬の対象と化している。

一一年間。一晩一晩はこんなに長いのに、年月というのはものすごい速度で過ぎていく。夜中に働いているからかもしれない。くる日もくる日もくる日も同じことばかり繰り返しているせいかもしれない。少なくとも、ストーンの下で働いていた時は、次に何が出てくるか、まるっきり予想がつかなかった。でも、ここじゃ意外なことなんか何ひとつ起こらない。（一七九）

チナスキーという小説の語り手が誕生するには、補欠の配達人としての仕事が必要だった。その後の仕分けの労働は、そうして立ち上がった声を維持しようとしつつも、その勢いが失われ、疲弊が際だっていく過程であるといえる。そしてそれは、チナスキー自身の選択であった。予測不可能な労働よりは、座りながら仕分けをするほうが、はるかに安定して持続可能であるという、冒険を不可能にする現実の重みがそこにはある。

女性の役割

とはいえ、この小説は、郵便局での労働の描写で終始するわけではなく、第二部からはチナスキーの女性関係と労働が交互に描かれるという形式をとっている。ある論者は、チナスキーとかかわるすべての女性は、彼の郵便局での惨めな生活の延長にすぎないと主張しており、それは基本的には正しいと思われるが、『ポスト・オフィス』における女性関係のエピソードをあくまで周縁的なものだと捉えているようだ。[5] だが、労働をめぐる描写の、実に半分以上の分量が女性についての話に割かれており、この小説は郵便局をめぐる物語であるのと同程度には、女性をめぐる物語であるといっても、誇張ではない。

女性関係が前景化されるのは、それ自体で物語として自立する、配達人としての労働が終わってからである。冒険としての労働が焦点となっているあいだは、チナスキーの私生活が小説に入り込む余地はなく、第一部においてて、彼と同棲するベティは、ほとんど実体のない名前としてしか登場しない。仕分けという単調な労働について語り手が語り出すのと同時に、女性たちが小説の前面に出てくる。出てこなければ、小説が小説として持続しない。「冒険」か「恋愛」のないところではなかなか小説は持続しないという、[6] ジャンルの困難と、再びブコウスキーは向き合っているというべきだろう。

この小説の構成を見てみると、第二部はジョイスとの結婚と離婚、第三部はベティとの再会と彼女の死、そして第四部はフェイの妊娠と娘の誕生を中心として物語は展開しており、男女関係によって小説をまとめようとする語り手の意図が見えてくる。そこで、仕事で冒険が失われた代わりに、男女関係にそれを見つけるという読者の期待は、たしかに満たされもする。そこには結婚があり、離婚があり、かつての恋人の死があり、未婚の女性とのあいだの子供の誕生、さらにはその子供と母親との別れまでが描かれる。労働での単調さを埋め合わせるかのように、起伏に富んだ私生活をチナスキーは生きるといえる。

しかしそれ自体で「ロマンティック」ともいえる多様な女性経験を描くと、労働の主題が霞んでしまう。そこで、労働のかたわらに女性を描きつつ、ブコウスキーが省略するものが、「恋愛」である。女性たちとの出会いの過程はまったく描かれず、彼女たちに冷酷にふるまうチナスキーの姿が前景化される。彼の作るカタツムリの料理を見て、カタツムリに「尻の穴」があるといって食べない妻のジョイスに、すべての生き物に尻の穴はあるだろう、といって怒鳴り散らす場面が、すぐさま思い出されるだろう。彼女の「やめて」という叫びによって、チナスキーの罵りは、笑えないジョークとして、荒涼とした関係を喚起する（八七）。

このような女性の描写はさしあたって、女性を描いているというよりは、チナスキーの女性の捉え方を描いているのだと解釈できる。過酷な労働で抑圧される彼が、私生活においては女性を暴力的に抑圧するという、殺伐とした風景がそこにはある。女性との私生活が、郵便局での労働からの逃げ場になるような選択肢を、ブコウスキーのキーはこの語り手に与えない。それはブコウスキーの小説家としての倫理を物語ると同時に、チナスキーの倫理は、郵便局での労働によって規定されることを意味する。小説の冒頭で郵便局の「倫理規定」が引用されるのは、人がどう生きるべきか、という倫理にまで踏み込んでくる職場の論理を端的に物語る。

事実、チナスキーの私生活にまで、郵便局は深々と侵入してくる。ジョイスとの離婚直後、ベティと再会したチナスキーは、彼女と自分の部屋に行って、電話で職場に病気で休むと伝える。すると、本当に彼が病気で休んでいるのかを確かめる抜き打ち検査のために、郵便局から「看護婦」が訪問してきて、彼はベティを隠れさせて、対応する（九四）。職員の健康への気づかいを装いながら、郵便局は彼の私生活をも制御しようとする。「まったく、奴らときたら、まともな暮らしもさせてくれない。四六時中運転させていないと気がすまないんだ」（九六）。チナスキーには、「私」生活というものが許されず、家がオフィスと化す。ジョイスと離婚したのち、「それでもおれには郵便局があった」と、彼は述べる（九三）。女性たちが彼のもとを去っていく一方で、郵便局での労働は、一貫して、そこにある。私生活の流動性と移ろいやすさに、労働の単調な永続性が対比され、その安定と逃げられなさが強調される。

妻のジョイスも、子供を産んだフェイも、真っ当にチナスキーのもとを去っていく。子供だけは否定的に描かれてはいないし、出産のために車で妻を病院につれていく練習をする場面などは共感を誘うものの、すぐに小説から消えてしまう子供は、この小説では特権的な位置を与えられてはいない。チナスキーは、あたかも女性たちが浮気をして、くだらない男のもとへ消えていく、という風に書いているが、現実にはそれが真っ当な判断である、というところまで彼の冷酷な態度の描写は映し出している。第四部の終わりですべての女性が彼のもとを去ったとき、チナスキーに残されるのは、ますます耐えがたくなる労働の現実である。

このように見てきたときに、改めて気づかされるのは、第一部におけるベティの位置の特異さだろう。そこで彼女はほとんど描かれず、多くの場合、「ベティのケツ」と述べられる、抑圧的な記号としてしか存在していない。しかしその記号は、この小説中で唯一、労働で疲弊したチナスキーに「癒し」を与える、労働からの逃げ場を与える記号として、機能している。つまり、労働が冒険でありうる限りにおいて、女性はロマンティックな「癒し」の場でありうる。ただし労働が冒険でありうる限りにおいて、女性＝私生活は、表象される余地はない。それが表象されるとき、労働は冒険であることをやめ、女たちは、労働の風景の一部となる。

安定した労働は、それ自体で特権でもあり、どれだけそれが過酷だといっても、たかが知れているものの、安定の背後にある本人の苦しみは嘘ではない。しかしどうすればそれは小説の題材になりうるか。そこで、冒険としての労働と、ロマンティックな女性関係という面白さの不可能性を、主題化し方法化するという危険な道をあえて選び、起伏のある私生活をフラットに、しかしフラットになりすぎないようにぎりぎりのラインで描く。その絶妙なバランスに、『ポスト・オフィス』という小説の魅力はあるといえよう。

小説と仕事

しかし『ポスト・オフィス』という小説は、以上のようにテクストだけを見て、作家ブコウスキーと語り手チナスキーを切り離して読むだけでは、どうしても理解できない部分が残る。そしてその残る部分こそが、この小説の、見えざる中心をなしてもいる。

この自伝的作品において、ブコウスキーが周到に捨象した自伝的要素は、創作である。郵便局で仕分けの労働をするかたわら、ブコウスキーは徐々にアンダーグラウンドの詩人、エッセイストとしての地位を確立していったことは、序論にも触れたとおりである。郵便局での単調な労働がある一方、彼には創作という「冒険」があった。いいかえると、その冒険を支えるためにこそ、安定的な仕事を彼は必要としており、郵便局での仕事を耐えさせていたものは、創作への意志であった。

『ポスト・オフィス』において、チナスキーが最後に郵便局での仕事を辞めるのは、肉体的疲労のため、としか解釈できないように書かれている。だが、ブコウスキーが辞めた背景には、およそ異なる事情があった。序章でも触れたことだが、改めて説明しておこう。一九六九年の暮れ、ブコウスキーは、四九歳にして、一二年近く続けた郵便局での仕事を辞めて、専業作家に転身することを決意する。仕事を休みがちだった彼は、近いうちに解雇されることを見越して、ブラック・スパロウ・プレスのジョン・マーティンに相談したらしい。ブコウスキーの作家としての資質を信頼していたマーティンは、自身の月収のおよそ四分の一にあたる、百ドルを毎月払い続けることを約束し、ブコウスキーの職業作家への道を開いた。そのブコウスキーに（短篇ではなく）小説を書くよう提案したのも、マーティンだったとされる。詩よりも小説のほうが売れる、という理由が大きかったようだが、ブコウスキーの小説家としての才能を直感していたのだろう。あくまでマイナーな作家でありながら、それまでの安定した収入を失って不安を感じていたブコウスキーは、その提案を即座に実行に移し、わずか数週間で『ポスト・オフィス』を書き上げた。[7] 彼の執筆を駆り立てたのは、「恐怖」だったと、ブコウスキーは述べている。[8] 彼は無防備になったのだ。

こういった事情が、小説において捨象されていることそれ自体は、問題ではない。作家があくまで主題を労働とその抑圧的効果に見定めるならば、創作というロマンスが許されている人物を取り上げるのは、主題を労働からそらすことになるし、また、そのような人物はリアリスティックな蓋然性に乏しいともいえる。小説としての説得力があるならば、いくら自伝的小説とはいえ、すべてを書く必要はない。書くことという逃げ場もロマンスも剥奪されている分、仕事と、荒涼とした私生活しかないチナスキーの絶望は、深くなる。

だがブコウスキーは、小説から創作を完全に捨象したわけではない。「朝。朝になっていて、それでもおれは生きていた。小説でも書くか、と、おれは思う。それからおれはそのとおりにした」と、この小説は終わる（一九六八）。これは単に、場当たり的ポストモダン的な終わり方、として片づけるわけにはいかない。それまで周到に隠されていた、創作への意志とその事実が、最後に、明るみに出されるのだから。

この結末の意図の、少なくとも一つは、明白である。つまり、『ポスト・オフィス』において、表象の許される創作は、『ポスト・オフィス』という「小説」を書くこと以外にはない。その創作だけは、たしかに表象され、読者にも認識されなければならない。チナスキーが仕事を辞めたあとに抱く、「小説への意志」が、この作品の中心にあるということを、チナスキー＝ブコウスキーは、最後に明かす。

ブコウスキーは『ポスト・オフィス』を「小説」と呼んでいたが、作品が出版される直前、ある友人への手紙で、次のようにも述べている。「わたしは小説家じゃない、小説は手間がかかりすぎる（It's too much WORK）、だからそれは小説じゃない」。[9]「小説」を書くことは、「仕事」に似ている。だから『ポスト・オフィス』は「小説」ではない。つまり『ポスト・オフィス』を書くことは「仕事」ではない。

ブコウスキーは、「仕事」という言葉を多くの場合、否定的に用いた。右の手紙の二か月ほど前に、同じ友人に宛てて書かれた手紙で彼はこうも述べる。

プロ、か、プロの作家にはなりたくない。ただ好きなことを書きたいんだ。そうじゃないと、ぜんぶ無駄になってしまう。聖者ぶったような言い方はしたくない。そうじゃなくて、むしろポパイみたいなものだ。ポパイは動くべきときを、わかってた。ヘミングウェイもわかってたけど、「規律（discipline）」なんていい出してしまった。パウンドも、自分の「仕事（work）」をすることの大事さなんていい出した。そんなのたわ言だ。彼らよりわたしは運がよく、工場や屠殺場で働いて公園のベンチまで味わってるから、**仕事**（WORK）と**規律**が汚い言葉だってわかってる。彼らがいいたいことはわかるけど、わたしには、それは他のゲームじゃないとだめなんだ。[10]

いうまでもなく、「規律」を伴う「労働」とは、『ポスト・オフィス』で否定的に描かれる主題そのものである。ブコウスキーは「プロ」の作家になることにつきまとう窮屈さを、モダニスト的なストイシズムを示す、創作上の「規律」や「仕事」という概念とつなげた上で、そういった言葉が現実の肉体労働において持つ「汚さ」を指摘する。ヘミングウェイやパウンドは、本当の「仕事＝労働＝WORK」がどんなものか知っているのか、そのような知的エリートへの懐疑がここにはある。

だが、パウンドの言葉とされる「仕事」の重要性は、ブコウスキーが敬愛を隠さなかった言葉でもある。[11] 書くことと「仕事（work）」の関係について、一九七三年に発表されたエッセイにおいて、ブコウスキーは次のようにも述べる。

書くことは、最終的には、仕事にさえなり得る、とりわけそれで家賃や養育費を稼ごうとする場合は。しかしそれは最良の仕事、唯一の仕事で、その人の生きる能力を高める仕事で、生きる能力は高められたお返しに創作する能力を与えてくれるのだ。[12]

「書くこと」は、「仕事」になりうる。いや、ブコウスキーはそれを「唯一の仕事」にしたのだ。郵便局での「仕事」を辞めることで。ブコウスキーがインタヴューで述べるところによると、『ポスト・オフィス』の執筆にあたり、ブコウスキーは毎日夕方の六時一八分、郵便局で働いていたときに仕事を開始していたのとちょうど同じ時刻に、タイプライターの前に座って書き始めた。[13]「小説」を書くことは、彼にとって、「仕事」だった、というよりは、「仕事」でなければならなかった。職業上の安定を失い、狂気の一歩手前まで追い詰められたブコウスキー＝チナスキーにとって、小説を書くことは、無防備になってしまった彼を救う、「安全（security）」の証明でなければならなかった。しかし同時にそれは、「仕事」を超えた何かでなければならなかった。ブコウスキーは郵便局での労働と引きかえに、まずは、小説家になった。詩や短篇であれば、彼は郵便局に勤めながら書いてきた。しかし小説は、郵便局での仕事をしながらでは、書けなかった。[14] 郵便局での労働と、小説を書くという行為が、ここでは深く断絶して両立不可能であるのと同時に、決定的に連続している。『ポスト・オフィス』における、書くことの不在と、最後における唐突な書くことの表明は、おそらくこの断絶と連続を物語っている。

このように考えると、第一部において職業上の安定のないまま「冒険」するチナスキーこそが、語る現在におけるチナスキー＝ブコウスキーの状況と一致していることがわかる。「小説家＝語り手」チナスキーが、「サブ」の郵便配達人としてまずは形成されなければならなかったもう一つの理由が、ここにあるだろう。しかしくり返しになるが、ブコウスキーのさらなる主張は、「小説」は、その「冒険」のあとの「仕事」を描くべきジャンルである、というものだ。小説を書くことは、そのような退屈な労働についてこそ書けることである、という事実の証明において、そのような労働との決別を彼は宣言した。と同時に、そのような労働こそが、彼に題材を与え、彼を小説家にする、という事実の証明において、仕事への宿命的な依存と同化をブコウスキーは宣言した。ブコウスキーほど、小説と労働の必然的な関係を意識した作家は、珍しい。

なぜ郵便なのか

しかしわたしたちにはまだ、一つの疑問が残っている。すべての仕事が、小説を書くことと、連続的でありうるのだろうか。どうして、「郵便」の仕事でなければならなかったか。一緒に職に就いた「一五〇人か二〇〇人」のうち、チナスキーが常勤の仕分け人に昇進したときに、残っていたのは「二人だけ」だったと彼は述べる（一二六）。なぜチナスキー＝ブコウスキーは例外的に、郵便局での仕事に適応したのか。ブコウスキー自身が、この問いについて、明確な答えを提示した形跡はない。

『ポスト・オフィス』は、「それは間違い（mistake）から始まった」という一文で始まる（一三）。知り合いの「酔いどれ」から聞いてやってみた配達人の仕事が楽だったので、勘違いをしたと（一三）。次に仕分けの仕事に就くときは、ばったり出会った昔の「酔いどれ」仲間から、その仕事が楽だと聞かされたと説明し、それは「今世紀最大で最悪の嘘っぱちだった」と述べる（六五）。偶然性を強調しているようだが、ブコウスキーの作品における「酔いどれ」の「正しさ」を前提にするならば、むしろその偶然性あるいは「世紀の大嘘」は、宿命の謂いとして解釈できよう。

その宿命性の内実はわからないが、わたしたちにわかっているのは、ブコウスキーは郵便局で働いていた当時から、自分の詩や短篇を出版する雑誌の編集者や友人などと、膨大の量の手紙をやりとりしていた、ということである。一九六三年、知人の詩人に宛てた手紙で、ブコウスキーは、出血性潰瘍による入院のあとに、詩を書き始めた経緯を次のように回想している。

それでも、わたしは郵便のトラックに乗って運転して手紙を配達し、ためしに、軽く酒も飲んで、それである夜、座って詩を書き始めたんだ。なんてこった。これをどこに送ればいいんだ。それで試してみたんだ。『ハーレクィン』という雑誌があって、わたしはクソ道化で、テキサスの小さな町で、だったらひどいものを読んでもわかりゃしないだろう、と。そこに女の編集者がいて、そのかわいそうな女が興奮してしまった。スペシャル・エディション。手紙がそれに続いた。手紙は熱くなった。手紙はホットになっちまった。気がつけば女の編集者はロサンゼルスにいた。気がつけばわたしたちはラスベガスで結婚していた。[15]

ここで、手紙を配達する仕事、書かれた詩を「送る」こと、結果的に「手紙」をとおして編集者だった女性（バーバラ・フライ）と親しくなり、結婚することは、地続きである。ブコウスキー自身が、彼の行動を深く決定する「手紙」と「郵便」に、宿命的なものを見出していることを感じさせる文章だといっていい。そのような文章を、彼はまさに手紙において書いた。

彼が信頼する編集者に宛てた手紙でブコウスキーは、手紙を、「純粋な芸術」（詩作）という「拘束」から逃れるための「重要な形式」であり、手紙をとおして言葉や観念と「自由に」戯れることが「自分の務めになっている（I have made this my business）」と記している。[16] 詩作から逃れるそのときにも、ブコウスキーは書くことをやめず、むしろ書くという鍛錬を行うという、この作家の書くことへの倫理性を、シェイマス・クーニーは「務め」という表現に的確に読みとっている。[17] しかしこの頃、ブコウスキーが郵便局で働いていたことを知る読者にとって、「務め（business）」という表現は独特の意味を帯びてくるかもしれない。一方では、手紙を書いて創作からの一時的な自由を得ることを「務め」とする詩人が、他方で、現実の「仕事」においては、檻のような空間のなかで、他人の書いた手紙を仕分け、その労働が、詩を書くのに没頭する自由を奪う、という奇妙な構図がここに見てとれる。手紙が好きだからこそ、彼は郵便局に勤めた、というほど話は単純ではないのだろう。だがそれでも、手紙という自由と、その手紙の流通を支えるシステムにおける労働の不自由、それが同時に、同じ人間によって経験にされるというところに、わたしたちは何か必然的なものを見出せるのではないか。この郵送をめぐる疑問は、『ファクトウタム』へと受け継がれる。

註

1　労働を描いたアメリカの小説についての網羅的研究でローラ・ハプケは『ポスト・オフィス』に言及しているが、「白人男性でありカリフォルニアの郵便局職員の多数派に属する」チナスキーは、自分の「嫌悪を美化し、倦怠を祝い」、「果てしなく安全で有利な立場にいながら、「素敵な勝負師」にあこがれることができる」と、批判的に論じている(Laura Hapke, *Labor's Text: The Worker in American Fiction* [New Brunswick: Rutgers UP, 2001] 307-08)。ハプケの批判は妥当であり、「労働」の表象だけに焦点を当てるならば、本作品は、安全圏にいる語り手を介して、郵便局員の労働のあり方をせいぜい中途半端に批判した小説として読むほかないだろう。ジュールズ・スミスが正しく指摘しているように、ブコウスキーの祖父母は「堅実な中産階級」だったし、一九五八年、父親の死後に財産を相続し、その後、郵便局で勤める一〇年間、ブコウスキーは、「どや街からはかけ離れていた」(Smith 114)。その意味で、ブコウスキーを「プロレタリアート、労働者階級の詩人／作家」とみなす通説的解釈は、不正確だといわざるをえない。なお、本作品を米国における郵便事業の変遷との関係において読解する論考として、Masaomi Kobayashi, "Charles Bukowski at Work: *Post Office* and the Literature of Postal Service," *Kyushu Studies in English Literature* 31 (2014): 33-41を参照。

2　Sounes 105.

3　Charles Bukowski, *Post Office* (New York: Ecco, 2007) 21. 以下、『ポスト・オフィス』からの引用はこの版に依拠し、本文中に頁数を括弧に入れて記す。なお、引用の訳はチャールズ・ブコウスキー『ポスト・オフィス』(坂口緑訳、幻冬舎アウトロー文庫、一九九九年)を使用するが、議論の文脈に応じて適宜表現を変更している。

4　Brewer 12.

5　Jack Byrne, "Bukowski's Chinaski: Playing Post Office," *The Review of Contemporary Fiction* 5.3 (1985) 48.

6　ここの議論は、「小説」を「長く」するメカニズムとして、物語を「発展」させる「冒険」と、物語を「収束」させる「恋愛」を挙げる、フランコ・モレッティの理論に依拠している(フランコ・モレッティ『遠読――〈世界文学システム〉への挑戦』[秋草俊一郎・今井亮一・落合一樹・高橋知之訳、みすず書房、二〇一六年]二四三)。

7　このあたりの事情については、Sounes 101-10に詳しい。

8　Calonne, *Charles Bukowski* 102.

9 Bukowski, *Living on Luck* 126.

10 Bukowski, *Living on Luck* 114.

11 一九八三年に書かれた手紙で、ブコウスキーは「わたしはエズラがいったことがずっと好きだった――「自分の仕事をしろ（Do your work）」。それがすべてを救うんだ」と述べている（*Reach for the Sun: Selected Letters, 1978-1994, Volume 3*, ed. Seamus Cooney [Santa Rosa, CA: Black Sparrow Press, 1999] 44）。

12 Bukowski, *Portions from a Wine-Stained Notebook* 132-33.

13 Charles Bukowski, *Charles Bukowski: Sunlight Here I Am: Interviews and Encounters, 1963-1993*, ed. David Stephen Calonne (Northville, MI: Sun Dog Press, 2003) 241.

14 一九六六年から六七年にかけて、ブコウスキーは、『死人はこんな愛し方をする（*The Way the Dead Love*）』という、五〇年代初期に二年間を古いホテルで過ごした経験についての小説を書こうとしたが、郵便局での仕事や、『オープン・シティ』でのコラム執筆による多忙のために、数章を書いて断念したとされる（Abel Debritto, *Charles Bukowski, King of the Underground: From Obscurity to Literary Icon* [New York: Palgrave Macmillan, 2013] 135-36）。五〇年代にも、彼は小説を書こうとして断念したことが知られている（Debritto, *Charles Bukowski* 168）。

15 Charles Bukowski, *Screams from the Balcony: Selected Letters, 1960-1970*, ed. Seamus Cooney (Santa Rosa, CA: Black Sparrow Press, 1993) 56-57.

16 Bukowski, *Screams from the Balcony* 39.

17 Seamus Cooney, Afterword, *Screams from the Balcony* 356.

第5章　死から遠く離れて――『ファクトウタム』と失業

『ポスト・オフィス』で描かれる前の期間にあたる、一九四〇年代、ブコウスキーは大学を辞めて、職業を転々としながらさまざまな都市を放浪し、その後、ロサンゼルスに戻ってジェインと出会ってから、彼女と「飲んだくれ」としての生活を送った。第二作目の小説となる『ファクトウタム』において、ブコウスキーはその時期の生活を、自伝的に描いた。郵便局員として生活的「安定（security）」を得る前の、不安定な日々が描かれており、すなわちそれは、『ポスト・オフィス』においてよりもはるかに現実的に無防備なチナスキーが描かれている、ということを意味する。この小説は、わたしたちの生きる社会システムにおいて、無防備に生きるとはどういうことか、という問いへの、ブコウスキーの一つの回答であるともいえる。

郵便局での労働は、チナスキーに安定を与えるものだったが、本作で描かれるのは、短期間の仕事ばかりで、二〇近くの職業の経験が描かれ、チナスキーは基本的にいつも、貧しい。『ポスト・オフィス』においては、非正規労働を冒険として描くような視線があったが、本作品ではそのような視線はほぼ皆無で、淡々と労働の様子が描かれる。

『ファクトウタム』は、不思議な小説である。一方で、それは、実験的な小説だといえる。いくつもの職業が短期間だけ試される様子が、これだけ反復的に描かれる小説というのはそれ自体で珍しい。そこにはロード・ノヴェル的な要素も含まれているが、後述するように、移動感覚そのものを宙づりにするという意味で、アンチもしくはメタ・ロード・ノヴェルのような体裁をなしている。

他方で、この小説ほど、無造作に書かれている作品は、ブコウスキーの小説にはないと感じる。第9章で読む『パルプ』のでたらめ感も相当なものだが、そこにはでたらめを貫く意志のようなものがあって、どこか倫理的である。そのような意味での倫理性が、『ファクトウタム』には欠けている。ハードボイルド的な寡黙でドライな文体で、平気で仕事を辞め、潔く貧困にとどまるキャラクターが描かれるかと思えば、同じ語り手が、女々しく仕事にしがみつくようなそぶりを見せたり、金持ちになることへの夢を率直にセンチメンタルに語りもする。『ポスト・オフィス』では描かれなかった「書くこと」が主題として取り上げられるが、その主題は途中で立ち消え、作品の後半では言及されなくなる。労働に意味を見出さないという態度を徹底しているかと思えば、突然、仕事場で、これは意味があるといったりする。

作品の声、主題、文体の一貫性のようなものを（完全にではなく、ある程度）無視して、ほとんど方法というものを持たずに、無造作に作家は書いている、という印象が強い。その「隙だらけ」な感覚こそ、無防備の方法と呼べるのかもしれない。その無造作の感覚が、この作品の魅力を損なうわけではない。その一貫性のなさ、方法性の欠如は、多分に、わたしたちの現実的な感覚あるいは「弱さ」に近いとも思えるからだろう。一貫することは多くの人にとって面倒であり、まさに倫理的な努力を必要とする。そのような面倒を嫌がる怠惰を、この作品は平気で人目にさらけ出すように見える。

このような一貫性の欠如、あるいは一貫性を気にしない、というような作品の性質は、その主題とも連動していると考えるのは、さほど穿った見方でもないだろう。チナスキーは、何の「スキル」もないままにいろいろな仕事をつまみ食いしては、何のスキルを身につけることなく、辞める、あるいは、辞めさせられる。スキルを必要としない「不熟練労働（unskilled labor）」をくり返すのだから、当然のことだ。方法、一貫性、持続。そういったものを「仕事」において信じない語り手の生活を描く「小説＝仕事＝work＝作品」が、それらの要素を積極的に放棄する、というのは、自然かもしれず、なるほど、その意味において、この作品は一貫している。以上のような本作品の評価を前提としながら、本章では、『ポスト・オフィス』に引き続き、本作の明示的な主題である労働の表象にまずは着目することから出発して、無防備という主題がこの小説においてどのように展開していくか、考えてみたい。

労働と「無用な細部」

「ファクトウタム（factotum）」とは、字義的には雑事いっさいをする雇い人、「何でも屋」を指す。もちろん、このタイトルには皮肉が込められていて、物語のなかでチナスキーは、あらゆる雑役についていては、それをことごとく短期間で辞めてしまう、何もしない／できない人物である。

『ポスト・オフィス』にはかろうじて残っている物語上の一貫性を、『ファクトウタム』に見出すのは難しく、そこでは、チナスキーが次から次へと脈絡もなく、異なった、しかしどれも似通った不熟練労働に携わるさまが描かれる。特に小説の後半において、ほとんど惰性で箇条書きのように、異なる労働の描写が続くとき、その物語としての単調さと反復性は、労働のそれを反映しているのだと、まずは解釈できる。詩における列挙にはないような、疲労感が、この小説における仕事の列挙では際だつ。

ある批評家の主張するところによれば、『ファクトウタム』で描かれているのは、「まったく実質も個性もない」仕事に、「熱意」も「憎しみ」も感じずに従事する男であり、あらゆる仕事は本質的に差異を欠いており、プロットは「進行」するというよりは「反復」し、そこで労働は人間関係や日常の愉しみを消し去るように作用し、生きがいを与えることはない。[1] そのような労働は、資本主義における賃労働のあり方を映し出している。後述するように、仕事に差異がないという点について本論は必ずしも賛成できないものの、大筋としては、このような見方に、わたしたちは同意することができる。

本論の文脈において指摘すべきは、それぞれの労働が意味や実質を欠いた、反復的、無個性な仕事として描かれる、という事情が、本書の第3章において言及した、ブコウスキーの、「無用な細部」のリアリズムとでも呼ぶべき方法によって可能になると同時に、その方法を要請してもいる、ということだ。

本作品を読んでいてまず目につくのは、「これが事実でなかったとしたら、これを書くことに一体何の意味があるのだろう」と思わせる、それぞれの仕事についての、経験者しか知りえないような、細部である。そしてその感想は容易に、「これがたとえ事実であるとしても、これを書くことに何の意味があるのだろう」、という、危うい感想に転化しうる。そしてそのような細部によって、この小説の全体が成り立っているような印象を読者は受ける。もちろん、これから論じるように、その印象は過剰な一般化である。しかしそのような、「過剰な一般化」への意志のようなものを、これらの細部が有しているともいえる。

これは多分に印象のレベルで作用する方法でもあるので、「無意味な細部」を例示するのは難しいのだが、一例として、「犬のビスケット工場」での仕事の様子を挙げておこう。

おれは網を掴み、うしろのオーブンに入れる。振り返ると次の網が来ている。ペースを落とす方法はなかった。止まるのは、機械になんかが引っかかったときだけ。そんなことそうあるもんじゃないし、またそうなったところで、エルフがさっと直してしまう。

オーブンの火は五メートルまで舞い上がる。オーブンのなかは大きな観覧車だ。一つの柵に一二の網が載るようになっていた。オーブン係（おれのことだ）は棚がいっぱいになるとレバーを蹴って観覧車を一段回し、空いた棚を下ろすのだ。

網は重く、一つ持ち上げるだけで疲れてしまう。これを八時間、何百も持ち上げ続けるなんて考えたりしたら、とても最後までできやしない。緑のビスケット、赤のビスケット、黄色のビスケット、茶色のビスケット、紫のビスケット、青いビスケット、ビタミン入りビスケット、野菜ビスケット。[2]

この文章は、最後の列挙において、言葉の無意味さを際だたせることで、生産物、それを生産する行為、またその生産について「書く」行為の無意味さをも示唆しており、その点において、一面では、「意味深い」文章だとすらいえる。チナスキーが機械に身体的知覚を同調させなければならない過酷な状況も伝わってくる。しかしわずか二ページほどで、彼はこの仕事を辞めて、また他の仕事について似たような記述がくり返される。右の描写は、そのような多くのなかの一つにすぎない。ここでもやはり、文脈が形成されないのだ。『ポスト・オフィス』のように、それが一貫した主題ともなる、仕分けの訓練の描写を読むのとは、その点で、読者の姿勢もまた大きく異なるといえる。この記述に何の意味があるか、という疑問は、これを読むことに何の意味があるのか、という問いと表裏一体でもある。

第3章で述べたことのくり返しになるが、描写が細部にわたっているわけではない。描写はスカスカなのだ。しかし全体のなかでの意味づけを拒むような、行為があり、人物がある。たとえば右の引用の「エルフ」と呼ばれる同僚。たった二ページで小説から姿を消すこの人物は、やはり「多数の一人」であって、到底、普通の意味での登場人物と呼べるようなものではない。しかしこれらは、「書かれなくてもいい」ような細部だからこそ、リアルに読者には感じられる。こういった「書かれなくてもいい」仕事の様子が、列挙されるように小説でくり返されることで、現実的で具体的でもある労働が、その描写の「無用」さの印象の増幅をとおして、同時に抽象的で反復的な労働として立ちあらわれてくることになる。ブコウスキーの「無用な細部」という方法は、実は彼の数々の「半端仕事」の経験のなかで形成されたのではないか。そう考えたくなるほど、方法と内容が、ここでは合致している。

ブコウスキーは、わたしたちが日々経験しているにもかかわらず、実感することの困難な、資本主義的労働の姿を、読者に体感させているように思える。というのも、マルクス主義的な説明をあえて持ち出さずとも、わたしたち自身にとっては具体的で現実的な日常の仕事が、社会システムから見れば、貨幣獲得のための賃労働であり、他人のための商品を生産して、労働力を雇い主に提供する、という、一般的、抽象的な性格を持つ行為であることを、わたしたちは認識しているからだ。認識はしていても、それを感じることは難しい。『ファクトウタム』は、その実感を可能にするのかもしれない。だとするとこの「無用な細部」という実感は、日々の仕事を、その意味や一貫性、具体性を当然視する、わたしたち自身の生活にはね返ってくるような、危険な実感だともいえる。

労働という事実

この小説において、ブコウスキー的「無用な細部」の方法がひときわ重い役割を演じる理由として、労働と事実性、という微妙な連関も考慮しなければならない。引用したような工場労働についての文章を読むとき、わたしたちは、「これは作者が経験した事実にちがいない」と想定するだけではなく、「これは創作であってはならない」という、倫理的ともいえる判断まで下さないだろうか。その背後には、労働、特に肉体労働については、それを経験していないものが、むやみに想像力で書くべきではない、それは、「事実」でなければならない、という、フィクションではなく、ドキュメンタリーを当然視するようなイデオロギーが、おそらく働いている。ブコウスキーは現実にそのような労働に携わったと公言もしている以上、その事実性の推定はますます強くなる。

一見すると、このような推定に依存するように書かれているこの作品だが、労働は「本当に起こった」ことだという意味での事実性とは、微妙に異なる事実性もまた、そこで焦点化されていることに、注意が必要である。本作品と事実性ということを考えたときに、まず思い出されるのは、その題名だろう。factotumという語をその題名に据えた背後には、この語が、「事実（fact）」という語を含む、という事情があったことは、想像にかたくない。『オックスフォード英語辞典』によれば、factotum は *fac totum* というラテン語に淵源し、「すべてをしろ」という意で、*fac* は *facerer* という、「する、つくる」を意味するラテン語の命令形である。『ランダムハウス英和大辞典』によると、fact の語源であるラテン語の *factum* は、*facerer* の過去分詞、*factus* の中性形名詞用法だとされる。『オックスフォード英語辞典』では、いまやその意味で使われることは稀とされるが、fact の元々の意味は、「行為」だったのだ。他方で、factotum という語は、「工場（factory）」を連想させ、この fact もまた、語源的には（「つくる」という意味も有する）*facerer* と深いつながりを有する。だとすると、*Factotum* という題名は、「工場」での労働は、「事実（fact）」である、と主張するのみならず、その事実性は、「する（行為）」に帰せられなければならない、という暗黙の主張を含んでいるように思えてくる。

わざわざこのように考えてしまうのは、小説で描かれる最初の仕事で、同僚に仕事への「態度」を指摘されて、「ただ仕事をするだけではなく、その仕事に興味を持ち、しかも情熱をもってこなさなきゃならないと知ったのは、そのときが初めてだった」とチナスキーが述べる場面があるからにほかならない（一七）。感情や興味といった主観を可能な限り排して、「する」の次元で描かれているからこそ、チナスキーの叙述は「事実」として現前してくることに、読者は気づかされる。過剰な描写は、それ自体、対象への「興味」を示唆する。そうではなくて、行為にとどまること。それは労働を耐えがたくする、過酷な実践である。それゆえ、チナスキーは、簡単に仕事を辞める。『ポスト・オフィス』のチナスキーとは対照的に、職を必要としているにもかかわらず、一つの職にはまったくこだわらない、自由なチナスキーの姿がここにはあるようだが、それは、行為にとどまるような労働の描写は、到底小説として持続しえない、という事情と隣り合わせになっている。その意味で、彼は決して自由とはいえないようにも思える。

『ファクトウタム』において、「無用な細部」が最も明確に、かつ意識的に体現されるのは、失業中のチナスキーが見る、競馬場での出来事に関する「夢」の場面である。競馬場で自分の席を取る老人を殺す、という夢の描写は、この小説では図抜けて、つまり「現実」の描写よりも、はるかに詳細に書かれていて、それがチナスキーの（記憶ではなく）創作であることを前景化する（一一五–一八）。夢の現実感を伝えもするこの描写は、ひるがえって、本作において「無用な細部」とは「虚構」の文法であることを示す。労働の描写が「嘘」であるといいたいわけではなく、「本当に起こったこととしての事実性」、「行為としての事実性」、そして「現実らしさの虚構性と構築性」、それらが拮抗する場として、労働の描写が作用している、ということだ。

そしておそらくこのような場に、ブコウスキーはみずからの創作の場を、書くという行為を、定めようとしているように思える。ニューヨークでの労働に関する回想的な描写で、次のような、やはり全体として「行為」に焦点を当てた一節がある。

あるときおれはニューヨークで、こんな屋根裏部屋へ織物を何反も運ぶ仕事をしてたことがある。にぎやかな通りを手押し車をころがして往来の人込みを抜け、汚い建物の裏手の路地に入るのだ。そこには暗いエレベーターがあって、おれはロープを引っぱらなきゃならなかった。その端には木でできた汚い丸い糸巻がついていた。ロープの一本を引っぱると上がり、もう一本を引っぱると下がる。明かりなんかなかったから、ゆっくりとエレベーターが昇るあいだ、おれは暗闇のなかで、塗装していない壁に書かれた白い数字を見ていた――知らないやつがなぐり書きした、チョークの3、7、9の文字（3, 7, 9, scrawled in chalk by some forgotten hand）。自分の階に着くと、指でもう一本のロープを引き寄せ、全身の力を込めて重く古い金属扉を横にすべらせる。すると、年老いたユダヤ人女がミシンの前に何列も座り、賃仕事に精を出す姿が現われる。（一三二）

暗闇のなか、手探りでロープを引っぱりながら一人、閉じられた空間であるエレベーターに乗るチナスキーの姿は、彼の生を「意味」しているのかもしれない。その移動は、彼を「賃仕事」の風景へと導く、憂鬱な移動だ。だがこのエレベーターの記憶とは、「無用な細部」にはちがいなく、そこで彼が見る「なぐり書き」された数字は、「無用な細部」へのメタコメントになっている。それは彼にとってはいっさいの意味を欠いた数字であり、その意味の欠如は「彼はそれを見たのだ」と、読者にその事実性を印象づける。労働の現場に残された、「忘れられた労働者（some forgotten hand）」による、その現場の労働者にとってのみ意味を持ちうる、あるいは彼らにすら無意味かもしれない、いっさいの意味の広がりを拒絶する「なぐり書き」。だがこの「なぐり書き」はある意味では、ブコウスキーの「創作」にほかならず、「忘れられた労働者＝手」とは、ブコウスキーの「手」以外ではありえない。創作ならざる創作。労働者であり創作者であると同時に、「忘れられた」手である、作者。と同時に、そのような「なぐり書き」を目にし、ロープを引っぱる＝行為にとどまる、「読み手」としてのチナスキー。その微妙な重なり合いのなかに、ブコウスキーはみずからの書くことを、定位しようとしているのではないだろうか。

発送係という仕事

しかしながら、本章の冒頭で述べたとおり、『ファクトウタム』という小説は、一貫した小説ではない。ともすると単調で一様にも見える、チナスキーの労働をめぐる経験には、その反復性のなかにも、一定の起伏がある。そのようなかで「興味」とでも呼べるようなもの、より端的には、意味が、形成される。反復と差異の両方を把握すること。まったくシンプルに見えるブコウスキーの作品は、そのような矛盾した読み方を、しばしば読者に要請する。

まず注目すべきは、チナスキーが携わる職業の種類に見られる、一定の嗜好である。犬のビスケット工場からタクシーの運転手まで、頓着なくあらゆる仕事に手を出すように見えるチナスキーだが、そうではない。彼が経験する約二〇の職業の、半数近くは、商品や部品の「発送係（shipping clerk）」もしくは「受け取り係（receiving clerk）」であり、それらの仕事は相対的に長続きすることが多いので、小説のかなりの部分を、彼は発送係か受け取り係として過ごしていることになる。

『ポスト・オフィス』において、郵便の配達員を辞めてから、仕分けの仕事を始めるまでに携わるのもアートショップでの発送係だが、そこでチナスキーは、「手に職も何もない奴は、そういう仕事――発送係、受け取り係、在庫係――にありつくしかない」という（六二）。発送係や受け取り係をチナスキーは不熟練労働の最たるものとして捉えているが、ビルの清掃やビスケット工場での仕事が、発送係以上のスキルを必要とする、といったことは（一般論としてはともかく）少なくとも『ファクトウタム』からは読みとれない。

だとするとチナスキーはおそらく、選択的に発送係や受け取り係に携わり、その他の仕事は、すぐに辞める。それはおそらく、『ポスト・オフィス』において、彼が郵便の仕分け人という、誰かから送られてきたものを受け取って、さらに送り出す、という、「発送係」と「受け取り係」の両方の性質を兼ね備えた仕事に、長年従事することと、無関係ではないだろう。

実際、『ファクトウタム』において、チナスキーが婦人服の発送係として働くとき、「町の外の配達にはUSメールを使って」おり、そこでの労働者全員が「自分用の秤と郵便料金メーターを持っていた」と述べる（五六）。当然のことではあるが、「発送」という仕事と「郵便」にかかわる仕事は地続きなのだ。自動車部品の倉庫で働く彼が、箱に「切手」を貼る姿を想起してもいい（三四）。

さらにチナスキーは、短篇を「郵便で送り続ける」のであり（五九）、郵便は不受理の知らせを受け取る媒体でもあり、はじめての掲載許可の知らせを受け取るのももちろん、郵便によってである（六四）。これも当然といえば当然だが、あえてその事実が記されていることに気をつけたい。物を他者へ送り出すこと、あるいは他者から送られてきた物を受け取ること、そしてそこに生じる物の交通とでも呼ぶべきものにチナスキーはひかれていて、創作とも無意識的に結びつけている。そのような見方ができそうだが、そういった「興味」を彼が明示的に示すことはない。

発送係の仕事をしながら滞在したセントルイスを去るとき、荷物を詰めながらチナスキーは、「いつだって荷造り（packing）は楽しいものだ」と、下宿屋の娘であるガートルードという女性にいう（六六）。同じ女性に対して彼は、「ナンバー4の発送係」だと自己紹介していた（五九）。「荷造り（packing）」という語は、発送の仕事を描写する際に（特にその動詞形（pack）において）何度も使用される語であり、セントルイスでの仕事の描写でも使われている（五六）。要するに、町を去る彼が「荷造りは楽しい」と述べるとき、それは発送の仕事を喚起する。そこで示唆されるのは、つねに短期間で町を去る、彼の移動を愛する傾向が、彼の発送の仕事に従事する傾向と、どこか通底しているのではないか、という可能性だ。

もっとも、そのときのポイントは、「発送係」の人間は、彼が発送する物（商品）ほどの可動性を有していない、というところにあるだろう。少なくともそうして働くあいだ、彼はむしろ閉鎖的な空間にとどまっていることが、前景化される。前述した婦人服の発送を、チナスキーは「地下室」で行うのだ（五六）。この「送る」者が閉鎖的空間にとどまる、という事情は、『ポスト・オフィス』においても同様である。

交通と死の誘惑

発送という仕事と可動性の問題を考える上で、示唆的な場面がある。自転車倉庫で在庫を管理しながら、発送も担当するチナスキーは、昼の休憩のあいだ、自転車の下の誰も来ない場所で横たわり、天井を見上げる。そこには、「自転車が何列も何列も天井からぶら下がっている」（八六）。

あお向けに横たわったおれの上にぶら下がっているのは、正確に並んだ輝く銀のスポーク、車輪のリム、黒いゴムタイヤ、塗ったばかりの塗装、すべてが完璧な秩序を保っていた。壮大で乱れがなく、規則的だった――五〇〇から六〇〇の自転車がびっしり広がり、おれに覆い被さってくる。なぜだかわからないが、おれはそれに深い意味を感じた。おれは見上げ、自転車の樹の下で、あと四五分の休み、と思うのだった。

でも、自分のなかの他の部分で、おれは気づいていた、もし力を抜いて、この輝く自転車の流れのなかに落ちていったら、おれはもうダメ、おしまいだってこと、もう絶対なにも成しとげられないってことを。だからただあお向けになって、車輪やスポークや塗料の色で自分を慰めていた。

二日酔いの男は、あお向けになって倉庫の天井を眺めたりすべきじゃない。いずれ木の梁に目を奪われたりしたら、頭がおかしくなってしまう。それから天窓の――ガラスの天窓に金網が入ってるのが見える――金網を見てると刑務所を思い出す。そして、瞼が重くなり、一杯飲みたくなって、人の行き交う音がして、それを聞いていると休憩時間の終わりに気がついて（you know your hour is up）、よっこらしょと立ち上がり、歩き回って注文品を詰め、梱包（pack orders）しなくちゃならない……。（八六―八七）

仕事に関することに、チナスキーが底知れぬ「意味」を見出す、珍しい瞬間である。『白鯨』において、マストの上で見張りに立ちながら恍惚とするイシュメールを思い出させるが、ここでチナスキーを恍惚とさせるのは、眼下に広がる大洋ではなく、木々、そして川に見立てられた、上にぶらさがる新品の自転車の行列である。内部と外部、物と自然の境界は混乱し、彼の上下感覚は狂い、自転車はチナスキーの「落下」を誘う。停止している自転車は、「流れ」ているような感覚を与え、その流れに身を任せることは、ここではないどこかへと彼を押しやるだろうが、同時にそれは、死を含意する。

その彼の視線は、自転車の先の、天井へと移る。「天窓（skylights）」への視線、空から差し込んでくる光への視線は、彼の恍惚の延長上にあるものの、「金網」によって内部と外部は寸断され、そこに彼は刑務所という幽閉を見出す。それは、ここではないどこか、であると同時に、閉ざされている、という両義的なイメージだ。そのような幽閉をも受けいれながら、チナスキーは眠りへと向かい、そこには、諦めと自己放棄の中間のような感覚がある。発送のための「梱包（pack）」という仕事は、そのような「彼だけの時間（your hour）」が終わることであると同時に、その時間の延長にあるともいえる。

停止する「自転車」の「流れ」、というイメージの前景化から見えてくるのは、発送という問題が、「交通」という、この作品全体を緩やかに貫く主題を構成する要素でもある、ということだ。考えてみれば、荷物を発送するという仕事は、物流を支える交通の上に成り立ち、その流れを信頼する、ということでもある。実際に意識するかどうかはともかく、発送を行うというその実践において、チナスキーは交通が機能していることを暗黙の前提としている。

自転車の場面に呼応する場面として、「タイムズ・ビル」で、雑役夫として働くチナスキーが、電球を換えるために「はしご」をのぼる場面を見ておきたい。高所恐怖症だという彼は、一番上までのぼったところで、下を見下ろしてしまう。

大きな間違いだった。目まいがした。恐くなった。目の前は上のほうの階の窓だ。自分が梯子から落ちて窓を突き破り、宙を舞って地面に激突するさまを想像した。ちっぽけに見える自動車の流れが、夜の闇にヘッドライトを光らせ、下の通りを往来するのを見た。すごくゆっくり手を伸ばして、切れた蛍光灯を取り外し、新しいのと交換した。それから降りた。(一四九)

ここには先ほどのような恍惚感はないが、死の接近は、「窓」が意味をなさずに、内部と外部がその境界を失って、交通の流れのなかに落ちてしまうこととして想像されている。車の「ヘッドライト」への意識は、彼が「蛍光灯」を換えようとしていることを前提としているだろう。つまり死は、自己の行為が、交通と融和していく、そのイメージにおいて、一瞥される。しかしここでチナスキーが見る車の往来とは、彼が「地面に激突」はしていない、彼は死んではいない、という明白な事実も示している。死に接近するとは、死をやりすごすことでもある。あるいは、死に接近するふりをし、無防備を装うこと。

思い出してみれば、小説においてチナスキーが最初にありつく仕事は雑誌の発送業務であるが、その仕事の採用通知は、まさに彼が部屋で、「銃を手に入れ、さっさとことをすまし」てしまおうと思いながら眠ったところを、電報の「配達人」に起こされて手にする(一六)。彼にとって、死をやりすごすとは、死に接近するふりをするとは、物が、あるいは言葉が流れ、発送されること、そしてみずからも発送を始める、ということと同義なようだ。

では、交通が止まることは、死をやりすごせない、ということを含意するのだろうか。この問題を、鮮やかに前景化するエピソードを、この小説の読者はすぐに想起するはずだ。偶然、ロサンゼルスで出会ったチナスキーと旧友のティミーは、泥酔して歩けなくなり、チナスキーが「休もう」というと、そこには「遺体安置所」があり、建物はライトアップされていて、「広くて白い階段が玄関まで続いている」(三二一)。二人は階段を半分までのぼり、チナスキーはティミーを段の上に寝かせ、「脚を真っ直ぐにし、両腕をきちんと体の横につけ」てやり、そして自分も、「ティミーの一段下に同じ姿勢で横たわった」(三二一―三二二)。目が覚めると彼は見知らぬ部屋にいて、窓のほうに行くと「鉄格子がはまって」おり、「太平洋」が見える(三二二)。警官に、彼らは「往来妨害(blocking traffic)」によって逮捕されたのだと知らされるが、チナスキーに記憶はない(三二二)。「イングルウッドの歴史はじまって以来」の渋滞が起きたのだと警官は説明する(三二三)。

チナスキーはティミーとみずからを死体に見立て、宗教的な空気の漂う、光に照らされた白い階段の上で横たわる。しかしどういうわけか彼らの身体=死体は移動し、そうすることで人々の交通を遮断する。模倣を超えて、彼らの無意識の身体は自殺を志向したのか、あるいは死体になりきれなかったからこそ、道路へと向かったのか。死と戯れることは、人(物)の流れを止めることを含意し、その流れの停止は、チナスキーを文字どおりの幽閉へと導く。彼は死ぬわけではない。しかし彼は無防備を装っている、というには、彼の無意識の身体が、道路に横たわるさまは、危うすぎる。それはぶらさがる自転車を見て恍惚とするのとは、似て非なる出来事かもしれない。仕事の現場を刑務所だと思うことと、実際に刑務所に入ることが、異なる程度には。

おそらくここで考慮すべきは、この出来事は、チナスキーが失業しているときに起こる、という事実だ。不熟練労働が主題となっている『ファクトウタム』であるが、八七章からなる小説の、実に三〇章近くにおいて、彼は失業状態にある。労働の描写が印象深いだけに、読者の記憶にはさほど強く残らないかもしれないが、失業もまた、ブコウスキーは重要な題材として小説に組み込んだというべきだろう。

そして右の場面に限らず、失業しているあいだのチナスキーの周囲には、死の影が色濃く漂っている。全米各地を転々とした彼はロサンゼルスに戻り、しばらくのあいだ、富豪のウィルバーという男に、オペラの台本を書くと約束して、囲われるように暮らすが、その生活は、ウィルバーの急死によって幕を閉じる。ジャンと生活をともにするあいだ、彼は小説中でははじめて、失業保険を受け取るが、すると二人の生活は加速度的に破綻し、警察に捕まることが増える一方、車がエンストして止まった際には、後ろから別の車に追突されて床に投げ出される（一一四）。失業中に車は停止し、文字どおりの危険をもたらすのだ。

続く章では、競馬場で老人を殺す夢が長々と語られ、二人の生活の行き詰まりを感じるチナスキーはフロリダへ向かう。マイアミの下宿に着くと、そこの女主人の夫の苦しい喘ぎ声が聞こえてきて、彼は「これが死だ」と思う（一二四）。翌日にはその夫は死んでおり、彼の葬式のための花代の二五セントを集めにきた女性に、自分は文なしで「仕事を探して」いるから払えないと答える（一二六）。「とにかく欲しいのは仕事なんだ。どんな仕事でもいいから」（一二六）。

そして実際、次の章ではチナスキーの職探しが描かれるわけだが、重要なのは、彼の「仕事が欲しい」というそれなりに切迫した発言が、彼が下宿に泊まった最初の夜に生じた死（者）への応答として発せられる、ということだ。「死者をたたえなさい」という女性に対して、チナスキーは、「生きてる人間をたたえたらどうなんだ?」と返す（一二六）。失業中のチナスキーは、死と向き合うことを強いられる。仕事から逃げる彼は、死と直面して、今度は仕事のほうへと逃げていく。

この小説において、チナスキーの都市間の移動がほとんどまったく描かれない理由は、このあたりに求められるかもしれない。本作品では交通が焦点化されるのだが、それはこれまで述べてきたもの以外にも、タクシーの運転手の訓練であったり、ニューヨークでの地下鉄のポスター貼りであったりと、多くは労働の一部として出てくる。もっとも、後者では、線路の枕木から落ちて「死ぬ」のが怖くて辞めるなど、やはり死への接近を感じるのだが、逆にいえば、死をやりすごすということでもある。

しかし仕事の外で、チナスキーが現実に交通手段を使う様子は描かれず、『オン・ザ・ロード』などとは対照的に、まったくロードも移動の「風景」も出てこない、ロード・ノヴェルという作品になる。地名は空虚な記号に変質し、どこであっても同じ、という空間的抽象性がこの小説の特徴でもある。そして当たり前といえばそうだが、そのような都市間の移動を行うとき、チナスキーはほぼいつも、失業中である。

そのようななかで唯一まともに描かれるのは、第七章で、ルイジアナからロサンゼルスに戻る電車の光景だが、それは、西部へ出稼ぎするために募られた労働者の一員として乗っているので、やはり、労働の風景となっている。そこで彼は、「死臭」を感じつつ（二一〇）、まわりの労働者の敵意から、乗り換えのために途中下車したエルパソでは「安全」のために公園で寝るなど（二一二）、交通と労働の組み合わせが、死を予感させ、それを回避する、という構図は、これまでと同様である。このことは、チナスキーが失業中の、都市間の移動は描かない、という作者の意図を裏書きしてもいる。長距離の移動というのは、どこか根本的に、失業の風景とそぐわないところがあると、そう作家は判断したのだろう。この小説の結末に近い章で、失業保険を使い果たしたチナスキーが、「農場労働市場」に出かけて、そこで「トマト摘み」をすべくベーカーズフィールド行きのトラックに乗ろうとすると、自分のところで「親方」にとめられ、一人残される姿が思い出される（一九八−二〇〇）。失業とは、交通手段で移動できない、ということなのだ。

交通の遮断は、現実的な死を含意する。そのときチナスキーに、死を回避するための、移動手段として残されているのは、「歩く」ことだ。ブコウスキーの小説で、これだけチナスキーが歩く姿が描かれるのは、本作品以外にはない。そして彼の歩行が描かれるのは、多くの場合やはり、彼が失業中の場面である。タイムズ・ビルでの仕事を解雇されたチナスキーがジャンとともに、給料の小切手を受け取りにいったところ、まだ準備できていないといわれて、引き返す場面などが、印象深いかもしれない。まさに、「無用な細部」によるリアリズムを鮮やかに体現する場面であるが、それは次のように終わる。

おれたちは、歩いて戻り始めた。半分まで戻ったところでジャンはハイヒールを脱ぎ、ストッキングのままで歩いた。歩いているあいだ、二台ほどの車がクラクションを鳴らした。そのたびにおれは、中指を突き立ててやった。帰ると、ちょうどタコスとビールのぶんの金があった。おれたちはそれを買って飲み食いし、少し喧嘩をしてから、セックスして寝た。（一五七）

この叙述からもわかるように、『ファクトウタム』における「歩く」ことは、ブコウスキーがときに描く、部屋のなかの彷徨に似ており、澤野雅樹がそれを、「あてのない反復と彷徨」、「活発な動作において沈滞すること」と正しく看破していることは、すでに指摘したとおりである。

それぞれの都市に着いたチナスキーがまずするのは、歩くことだ。行き先はわからないが、とりあえず歩くこと。そうしてこの小説は始まる。

おれがニューオーリンズ着いたのは雨のなか、朝の五時だった。しばらくのあいだバスターミナルでボサっとしてたが、そこにいるやつらを見てたら落ち込んできたから、スーツケースを持って雨のなかを歩きはじめた。どこに下宿屋があり、どこに貧乏人が住んでいるかもわからなかった。(一一)

ニューオーリンズまでの移動ではなくて、そこに着いて、「歩く」ことで、この作品は始まる。それはある意味では、典型的な小説の始まりだともいえる。停止から、歩き出すことで、物語が展開すること。たしかに展開はするのだが、そこから反復が始まるのも、また確かだ。失業するたびに歩くことで、物語はいつも最初に戻ってしまう、という印象も残る。だが小説全体の力学のなかで捉えたとき、「歩く」ことは、移動の停止を回避する、つまりは死を回避する、ぎりぎりの手段であることもわかる。泥酔して歩けなくなったときに、チナスキーとテイミーが階段に横たわることを思い出してもいい。

ただし、歩くことが反復しか生み出さない、というのもまた誤りで、歩くことで、チナスキーは人と出会い、それが仕事を得るきっかけとなることもある。そこで差異と意味が生まれ、物語は、展開する。反復と同時に差異を生み出す、最底辺の行為。それはおそらく、『ファクトウタム』という小説を書くという行為とも、それを読むという行為とも、通底しているのだろう。この小説を「読む＝歩く」とき、わたしたちはおそらく、暗喩的にせよ、失業と死のあいだを、無防備にたゆたうのだ。

ジャンの位置

最後に、前章、そして次章との連続性という観点から、『ファクトウタム』における女性の表象について、一瞥しておく必要があるだろう。前章で論じたとおり、『ポスト・オフィス』においては、おそらく「仕事」をあくまで中心的な主題に据えようとする作家の意図から、女性の表象は表層的にとどまり、チナスキーと彼女たちの関係は長続きせず、「ロマンティック」といえるベティとの蜜月は、あえて表象されない。そういった意味での抑制からも、『ファクトウタム』は自由であるように思える。ガートルードやローラとの、一時的で希薄な関係が描かれ、前作と同様の軌道をたどるのかと思いきや、ジャンとの関係は持続して、途中で離れることはあるものの、小説の実に半分近くで、彼女との関係が続いているということになる。

前節で検討した、歩行という主題も、ジャンとの関係において深まる面があり、彼女がハイヒールを脱いで歩く場面はすでに引用したが、他にも、たとえば彼女は、競馬に熱中するチナスキーをいさめて、「競馬狂いさん。ねえ、初めて会ったとき、あたしが好きだったのはあんたの部屋での歩き方だった。ただ部屋を歩くんじゃなくて、壁を通り抜けちゃうみたいに、すべてはおれのもので、なにもかまうことなんかないぜって感じだったわ」と述べる（一〇八）。歩行という小説の一つのモチーフそのものを対象化するような、特権的な視線をジャンは有している。チナスキーのことを彼女は「わかって」いるのだ。局部に「毛ジラミ」を患う彼は、それをジャンのせいにしながら、「仕事が決まったのに歩けやしない」と愚痴る（一四五）。彼女は「包帯を巻けばいいのよ」といって実行し（一四五）、彼は「宦官になったみたい」に感じるが、何とか歩けるようになって職場へ向かう（一四七）。チナスキーを去勢しながら、なおかつ彼の歩行を、ジャンは可能にし、小説全体を規定する失業と歩行のつながりを断ち切る。

一方でチナスキーは、ジャンについて次のように述懐する。

どうしてジャンと別れないのか、自分でもわからなかった。ジャンはいつも必ずおれを裏切るのだ――バーで会った誰とでも寝るし、そいつが下品で汚いほど喜ぶのだった。ジャンはおれとの口論を、自分を正当化するためにしょっちゅう利用していた。おれは自分に言いきかせた。世界中の女が淫売なわけじゃない、ただ、おれの女がそうなだけだ、と。（一四〇）

どうして別れないのかわからない、あるいは、「おれの女がそうなだけだ」とは、率直にロマンティックな心情である。チナスキーはそれを隠さない。ジャンとの関係の持続が、彼が次々と仕事をかえることと対比されているのはいうまでもない。その対照を、チナスキー自身が、率直に吐露しもする。「セックスなんて、普通は大したことはない。たいていは仕事（labor）みたいなものだ。ぬかるんだ急な丘を登ろうとするみたいな。でも、ジャンは違った」（一四四）。仕事が変わらずに、女性が次々と入れ替わる『ポスト・オフィス』と、この作品は明確な対照をなしている。

もちろん、ジャンとチナスキーのロマンティックな関係が、小説の中心にあるとはいえない。あくまで主題は労働にあるのだといえる。しかしジャンがこの小説の中心にないともいえない。どちらが中心か、それも気にせずに、労働からの逃げ場としての女性、そして（「包帯」を巻いて）労働を続けることを可能にもする女性を描く、無防備なブコウスキーがここにはいる。

註

1　Tamas Dobozy, "In the Country of Contradiction the Hypocrite Is King: Defining Dirty Realism in Charles Bukowski's *Factotum*," *Modern Fiction Studies* 47.1 (2001) 51-52.

2　Charles Bukowski, *Factotum* (New York: Ecco, 2002) 45-46. 以下、『ファクトゥタム』からの引用はこの版に依拠し、本文中に頁数を括弧に入れて記す。なお、引用の訳はチャールズ・ブコウスキー『勝手に生きろ！』（都甲幸治訳、河出文庫、二〇〇七年）を使用するが、議論の文脈に応じて適宜表現を変更している。

第6章　さらされる作家の肖像——『女たち』とパフォーマンス

『ファクトウタム』においてブコウスキーが開拓した、反復と差異という方法を、女という主題に適用したのが、一九七八年に発表された、『女たち』であるといえる。『女たち』において、チナスキーが次々と、二〇人近くの女性と関係を持つ様子は、やはり二〇ほどの仕事を、始めてはすぐに辞めていく『ファクトウタム』における彼の姿と、容易に重なり合う。ブコウスキー自身、女性や性行為を、労働や仕事と重ね合わせるような文章を書いたのは、前章にも見たとおりである。

本作品において、「反復」は、それぞれの女性にキャラクターとしての個性を与えないような、類似した描き方がされていることと、女性と一時的な関係を持つことがオブセッションとなっているチナスキーの衝動に、まずは確認できる。他方で、「差異」は、そのように女性を「女たち」として、集団的、匿名的に描きながらも、しかしその描き方には（労働の描写と同様）起伏があり、何人かの強烈な個性を有した女性たちを、作品が描いている、という点に求められる。その差異と反復の両方を見ることを作品が要求する、という事情も、『ファクトウタム』と同じである。「女たち」という一般性と、それぞれの女、という個別性の、その両方の相においてこの作品に出てくる女性を捉えること。それは難しい読み方であるし、作品全体として、「反復」のほうに傾きすぎて、過剰に小説が長くなっているきらいも否めない。それを必要な過剰さとして本論はむしろ積極的に評価するものの、このように反復と同一性が前面に出てくると、労働を描くのに用いた方法を、女性の表象に用いてよいのか、という疑問も出てくるし、性行為の対象として物象化される女性の描き方に、女性嫌悪とセクシズムを見出す批判的な読解も、当然喚起されやすくなる。

この作品へのそのような批判を想定した上で、ブコウスキーがいかに、男性性の不安や崩壊を描いているかに着目して作品を擁護する、というのは必要な作業ではあるが、あえて「政治的正しさ」の文脈において再評価されることを、この作品が求めているかは微妙である。本書の観点からこの作品が興味深い対象として浮かび上がるのは、そこでジェンダーの問題が前景化されるからではなく、その問題が、無防備の主題と連結されているからにほかならない。

『ポスト・オフィス』と『ファクトウタム』において、無防備の主題はそれぞれ、生活の安定、死への距離、という、客観的、現実的、社会的次元において展開されていたとすれば、『女たち』において、それは、チナスキーの、「有名」である自分が女（読者）という他者に「さらけ出されている」という自意識に見出される。ある批評家が指摘するように、キャリアの後半になって、「彼が享受した快適さと安定の埋め合わせをすべく、ブコウスキーは「悪い」ふるまいを激化させ、誇張した」。[1]『女たち』で描かれるチナスキー＝ブコウスキーの露悪的ふるまいは、チナスキー＝ブコウスキーという「ペルソナ＝神話」を形成すべく、さしあたり読者に向けられているといえる。「持たざる者」という意味での無防備を喪失した作家は、それを、読者という他者や「女たち」との関係に求めた。少なくとも、ブコウスキーが、小説というジャンルに即して考えたところでは、経済的な地平での無防備は、他者とのかかわりというような、間主観的な地平における無防備に先立ち、前者が問題となっているところで、後者の意味での無防備が前景化される余地はない、ということだ。『女たち』において、チナスキー＝ブコウスキーは、他者の視線にさらされ、またみずからの私生活を読者の前にさらし、同時に、彼が関係を持つ女たちを、彼女たちについて書くことで、公にさらけ出す。そのように複層的に構成された、露出の連鎖を、さらに複雑にするのが、みずからの作家性を中心に展開する、チナスキーの「パフォーマンス（演技）」の意識である。他者の視線の下で、あるペルソナを演じる、という意識は、無防備の意識と重なり合いつつも、齟齬をきたす。パフォーマンスの意識は、無防備な状況に対する一種の防衛機制として働きうるし、あるいは、もとより人が無防備であることなど、パブリックな空間においては不可能である、という原理的状況を指し示しもする。さらにその延長上には、無防備であることを許される、「プライヴェート」な空間、という発想そのものが幻想であるといった、より過激な原理をパフォーマンスは含意するかもしれない。それは、無防備とはパフォーマンスでしかありえない、という原理でもある。その微妙な齟齬を、『女たち』はどのように「女たち」という作品の主題との関係において描いていくか。それを検討するのが、本章の目的となる。

朗読会とオーサーシップ

『女たち』をめぐる批評によって指摘されてきた、この小説の中心的主題は、伝統的なジェンダー・ロールの逆転、すなわち、マッチョな男性作家を演じようとするチナスキーが、何度も不能を経験し彼のセルフ・イメージが崩壊する、ということだ。たしかに、チナスキーの男性性の動揺は重要だが、その問題だけを単独で考察して、たとえば頻出するセックスの描写に焦点を当ててチナスキーと性の問題を考える、といったアプローチでは、この小説におけるジェンダーの役割も、またこの小説の独自性も見えてこない。

重要なのは、男らしさの喪失という問題が、いかなるかたちで小説の他の主題と有機的に関連しているかだが、それを考える糸口となるのが、ジェンダーの問題に焦点を当てるラッセル・ハリソンも前提にしているところの、この小説におけるパフォーマンスの役割の大きさだろう。朗読会のあとのチナスキーのリディアへの応答について論じながら、ハリソンは、「彼が実際にどう感じているかというよりは、どのようにふるまうことが期待されているかのイメージに従って、チナスキーは行動しているという印象を受ける」と論じる。[2]「作家としていくばくかの名声を手に入れ（そして彼の著作は、テクストそのものではなく、読者によって投影されたイメージを提示するものとして誤読され、歪曲され）、チナスキーはいまやそのような歪曲のなかにとらわれてしまう」、そうハリソンは続ける。[3]チナスキーの演技は、みずからの作品をとおして作られた作家・詩人としてのイメージを演じることと密接に関連している。ハリソンはこれ以上に掘り下げていないが、その演技は、チナスキーのジェンダー・パフォーマンスと表裏一体のかたちで展開していると考えられる。

パフォーマーとしてのチナスキーは、「朗読会（poetry reading）」を頻繁に行う詩人として、彼が文字どおり、聴衆の前でパフォーマンスを行うことをとおして、前景化される。中川五郎がこの小説のタイトルを『詩人と女たち』と訳しているのは的確だが、チナスキーの「詩人」としてのアイデンティティを読者が、そして彼自身が再確認するのが、小説をとおして一〇回ほど行われる、朗読会という場である。

小説中の朗読会の、表層的ではあるものの見逃せない意義として、それ自体パフォーマンスの意識と切り離せない、反復性と儀式性が挙げられる。ニューヨーク、アーカンソーやテキサスなど、全米の各地に彼は朗読会のために赴くが、朗読会の描写に一貫しているのは、儀式化された一連のプロセスと、それに伴う反復の感覚である。朗読会に呼ばれ、飛行機で現地に飛んで、主催者が車で迎えに来て、会場まで送ってくれ車のなかで会話をし、飲んだ後に朗読会が始まり、終わった後にはリセプション・パーティが続き、そこで知り合った女性と関係を持つ。描かれるのは、ほとんどこのくり返しであって、その反復は、場所的な多様性や、広がりよりもかえって、どこに行っても同じことが行われるという空間的抽象性と、既視感を感じさせる。この点は、『ファクトウタム』における具体的移動の感覚なき移動を踏襲しているといえるだろう。

この反復性は、チナスキーの女性関係の反復性とパラレルになっている。小説が進むにつれて、チナスキーが女性と出会って関係を持つのが、惰性的なルーティーンと化していくのは明白である。ただし注意すべきは、朗読会の儀式的反復は、疲弊感を感じさせない、ということだ。最後のバンクーバーでの朗読会で、彼はアメリカから出ることで精力を回復しているように見えるし、朗読そのものも成功の裡に終わる。むしろ朗読会への言及がそれを最後になくなることで、小説そのものが動力を失って、終焉に向かう印象すらある。だとすると、朗読会の反復は、女性関係の反復を可能にする、原動力のようなものとして存在している、という仮説も成り立つかもしれない。より正確には、朗読会と女性関係の相関において、チナスキーの作家をめぐる意識や、ジェンダー・パフォーマンスのあり方が、動的に形成されていくのだと考えられる。

では、『女たち』において、朗読会そのものはどのような場として描かれているだろうか。まず見ておきたいのは、ロサンゼルスでの朗読会の描写において、ヘミングウェイ的なマッチョな作家像を模倣するようなかたちで、チナスキーが朗読会を闘牛にたとえる場面である。

椅子に座って、マイクの位置を調節してから、最初の詩に取りかかった。客席が静かになる。今のわたしは闘牛場でただひとり牛に立ち向かっている。恐怖感を抱かずにはいられない。しかし詩を書いたのはこのわたしだ。わたしはそれらを読んでいく。肩の凝らないからかいの詩で軽く始めるのがいちばんだった。その詩を読み終えると、壁が揺れた。拍手にまぎれて四、五人の客が喧嘩をしている。わたしは雰囲気にうまく乗り始めた。あとはその調子で頑張るだけでいい。

聴衆を見くびってはだめだし、逆におべっかを使ってもだめだ。その中間点を何とかして見つけ出さなくてはならない。[4]

これと同様に、作品の後半では、チナスキーは朗読会をボクシングにたとえもする。

そのうちわたしは詩を読まなければならなくなった。今夜のほうがうまくいった。聴衆（crowd）は昨日と同じだったが、わたしは自分の気持を集中させることができた。聴衆は徐々に盛り上がっていき、興奮して最後には熱狂的になった。彼らのせいでうまくいくこともあれば、自分の力でうまくやれることもある。たいていの場合は後者だった。ちょうどプロ・ボクシングのリングに上がるのに似ている。観衆に何か借りがあるような気分にさせられるか、自分がまるで場違いなところにいるような気分にさせられるかのどちらかだ。わたしはジャブを打ち、クロス・カウンターを決め、足を使い、最終ラウンドで猛攻撃に出てレフェリーをノックアウトする。パフォーマンスはパフォーマンスだ。昨日の夜わたしはどじを踏んでいただけに、みんなは今日の成功がまるで腑に落ちないようだった。自分自身でも確かに腑に落ちなかった（二〇一〇二）

舞台に上がる恐怖と緊張感を、ボクシングや闘牛の比喩でチナスキーは表現するわけだが、そこで彼は、マッチョで男性的な作家像を思い描きながら、その恐怖を克服しようと試みているように見える。そのようなセルフ・イメージを与えるのが、朗読会であるといってもいいだろう。

しかし注目すべきは、闘牛あるいはボクシングという孤独の、孤高のパフォーマンスについての意識が、同時に、「観衆（crowd）」についての高度な意識を伴っている、ということだ。おそらくは、闘牛士や、プロボクサーがそうであるのと同じように、「無防備に敵に立ち向かっていく自分を見ている観客」についての意識を伴っている、ということだ。再びチナスキーの言葉を借りるならば、「酔っぱらっているとはいえ、彼らはちょっとしたしぐさや言葉の間違いをすぐに見破ってしまう。聴衆（audience）を絶対に見くびってはならない」（一四八）。「彼らは何かを得ようとそこにいるのであり、もしそれを与えられないなら、海のなかに放り込まれてしまう」（一四八）。

闘牛の比喩の引用における、「しかし詩を書いたのはこのわたしだ」、という表現が示すように、ボクシングや闘牛の比喩は、作品のオーサーシップ（ぎこちない表現だが、それに対応する適切な日本語がないので、本論ではこの語を使用する。本論においては、「オーサーシップ」を、「作家と呼べる存在であること」という意味に加えて、「ある作品を、誰が書いたのか、という、作品の著作者についてのアイデンティティの意識」、といった意味で用いている）は作家に帰属しており、その作家は作品と一対一で対峙する、というイメージを前提にしている。しかしそのパフォーマーは同時に、「リング」に立って、観客に「借り」があると思うだけではなく、パフォーマンスの成功そのものが観客に依存することも、認識しているようだ。

ここで、現代の、ポエトリー・リーディングについての理論的考察が、その役割をどのように捉えているかを一瞥しておくことは、無益ではあるまい。ピーター・ミドルトンという批評家は、次のように述べる。

詩のパフォーマンスにおいて、観客と詩人は、コラボレーションを行う。観客は、単に、個別に詩の朗読を聴く、独立した個人の集まりではない。パフォーマンスのあいだ、観客はそのパフォーマンスそのものによって形成され、間主観的なネットワークを創造し、それは詩そのものの、一つの重要な構成要素となる。[5]

つまり、朗読会の最大の逆説と魅力は、それがステージに立つ詩人のオーサーシップ（詩人が、読まれる作品の「作者」であること）を前提として成り立つ一方で、詩人のオーサーシップの独占を、解体するような方向へ作用することだといえる。換言すれば、詩とは、詩人によって書かれた「テクスト」ではなく、観客と詩人の両者が、共同的に、その具体的な「場」で作り上げるものである、という事実が顕わになるのが朗読会である、ということだ。ミドルトンの簡潔な表現を用いるならば、朗読会において、「詩の読者は、オーサーシップを演じる」。[6] オーサーシップとは、詩を書いた者に当然に備わったものではなく、そのたびごとに演じて確認しなければならない、そしてそれは少なからず、読者＝観客によっても演じられる、そのような事実が前景化される場が、朗読会だといえる。

チナスキーが、舞台に上がることをボクシングや闘牛にたとえるとき、それは、彼の男性的な作家像を補強しているというよりは、それが必死に演じなければならないものであることを、そして少なからずそのパフォーマンスの成否は観客にかかっている、ということを、示しているように思われる。

バンクーバーでの朗読会の際に、主催者から、今までずっと「同性愛者」の詩人ばかり来ていたから、あなたがここしばらくで最初の「男」の詩人だ、と告げられる場面がある（二三二）。ビート詩人には同性愛者が多かった、という歴史的背景をあえてここで考慮する必要はない。「アメリカ」という国では、人生のどこかの時点で「詩人なんて女々しいやつ（sissy）だ」と教えられる、というブコウスキーによる叙述を想起すれば、十分だろう。[7] 朗読会において、チナスキーは自分が「ホモ（fags）」の詩人ではないことを証明せねばならず（二三三）、それは彼が作家であることを証明しなければならないのと、パラレルになっている。その証明は自分自身でするのは不可能であって、観客という集団との関係において決定されることを、朗読会は示しているといえよう。

空港と内面

以上の考察に関して、一点、補足しておかなければならない。チナスキーは朗読会を闘牛やボクシングにたとえることで、男性的な詩のオーサーシップを演じようとする。ではそれは、誰に向かって演じられているのか。一義的にはもちろん、その場の観客に対してであり、彼らはチナスキーの詩の読者である。しかしそれと同程度に、その演技が、わたしたち読者に向けられていることもまた、明らかだといえる。チナスキーが朗読会を闘牛やボクシングになぞらえていると知っているのは、彼の内面の声を聞くことのできる、「小説」の読者だけである。

チナスキーが一人称で語る以上、それは特筆すべきことではないようにも見える。しかし詩人と観客が集まる場が前景化され、しかもその観客は読者である、という構造は、詩人の内面の声を聞けるわたしたち読者の特権性を、浮き彫りにする。あたかもそれが特権であるかのように感じてしまうとき、わたしたちは、チナスキー＝ブコウスキーが巧妙に利用する小説という装置にとらわれて、チナスキー＝ブコウスキーが書く「小説」のオーサーシップが彼に帰属することを当然視し、その帰属性を補強しているといえる。

したがって、実はこういった場面が喚起するのは、わたしたち読者に対してさらされている、チナスキーの内面の声そのものが、巧妙なパフォーマンスかもしれない、という可能性だろう。読者がそこで、チナスキーのジェンダー・パフォーマンスを確認することは、単に彼の見せたいものを見ているだけなのかもしれない。

朗読会の場面に限らず、『女たち』において、チナスキーの内面の声はしばしば、群衆の存在を背景にしながら、読者との関係において立ち上がる。本作品の前半において、彼が単独で行動し、内面を告白的に吐露する場面が少ないなか、際だっているのは、次節で触れるユタ州での森林の場面と、もう一つは、空港の場面である。まず、空港は、朗読会への経由地、あるいはその起点として描かれるが、ミンディというニューヨークから会いにやってくる彼のファンを空港に迎えに行く場面を皮切りに、遠方からやってくる女性と出会う場所として描かれるようになる。

重要なのは、空港や飛行機は、この小説においてほとんど唯一あらわれるといっていい、パブリックな空間である、ということだ。より具体的には、そこはチナスキーのことを知らない人、彼の読者ではない人々がいる、小説中でほとんど唯一の空間である。それほどまでに、この小説は、彼の読者によって占められているということでもある。

空港で女性を待つ場面において、チナスキーはくり返し、内省的になり、センチメンタルな自問を始める。そのなかでも、本論の文脈に鑑みて、重要な例を見ておきたい。先述した、ミンディを待つ場面の内省である。

　わたしは年老いて醜かった。だからこそ若い女の子たちに一物をぶちこむのがたまらなく気持いいのかもしれない。わたしはキング・コングで彼女たちは優しくしなやかだ。わたしはセックスに溺れながら死をも忘れてしまおうとしていたのか？　若い娘たちと一緒にいることによって、身も心も老いないことを願っていたのか？　わたしは醜く歳を取りたくはなかった。ただ消え去るというか、死が訪れる前に息を引き取っていたかった。

ミンディの飛行機が着陸して滑走してきた。わたしは危機にさらされていた。女たちはわたしのことを前もって知っている。わたしの本を読んでいるからだ。わたしは自分自身をさらけ出していた（I had exposed myself.）。ところがわたしは彼女たちのことを何ひとつとして知らない。わたしは正真正銘のギャンブラーだった。殺されたとしても、きんたまを切り落とされたとしてもおかしくない。玉のないチナスキー。『宦官の愛の詩』。（七四–七五）

「キング・コング」という男性的なセルフ・イメージは、次の段落では、「宦官」という、男性性喪失のイメージへと転換しており、その媒介となるのが、「わたしは自分自身をさらけ出していた」という、無防備の感覚である。書くことによって自分をさらけ出す、という露出の感覚は、一義的には、空港にいる不特定多数の匿名的な群衆の存在を前提にしている。みずからの読者が、群衆に紛れてこちらを見ている、という感覚が、そこで生まれる。それはいいかえると、逆説めいたいい方になるが、実はここで彼は、自分を知らない群衆、自分の読者ではない群衆を前にしている、という事実を強く意識している、ということでもある。つまり空港というパブリックな空間において、「マイナー」な作家である彼はちっとも、さらけ出されてはいない。行き交う人々のなかの一人が、彼を知っているだけなのだ。

そこで彼がみずからを「さらけ出している」相手は、ミンディという読者である以上に、わたしたち読者だろう。彼の饒舌さは小説の読者に向けられているほかはなく、その饒舌さにおいて、彼は不能の作家を装う。わたしたちは、パブリックな空間において、「宦官」にみずからをたとえる彼自身の秘密の声を聞ける、特権的な立場にあり、そのことをチナスキーは熟知しながら語っているというべきだ。そこで「さらけ出されている」彼の内面の声は、群衆の存在を前提とした、パブリックな場におけるパフォーマンスと解するほかない。チナスキーの内面の声の演技性が、ここではあえて前景化されているといってもいい。

孤独な作家の夢想

チナスキーの内面の声は、それ自体が演技的に形成されるので、空港の場面で強調される男性性の喪失そのものが、一種のパフォーマンスとして、換骨奪胎されるような印象を読者は受ける。そのような意味での、チナスキーの内面というパフォーマンスに亀裂を入れ、男性性の喪失を現実のほうへと引き戻すのが、女性という読者である。

再びオーサーシップの問題に戻ろう。あくまでオーサーシップはみずからに帰属すると、そう信じるチナスキーは、朗読会のような場において観客の前で詩を読むことと、書くことは違うと主張する。観客の反応が良かったときの喜びを語る知り合いのミュージシャンに対して、チナスキーは、書くことは「ひとりでする」から、「生の観客とは何の関係もない」のだという（二七三）。

しかしチナスキーは、そのような主張を簡単には実践できない。リディアの故郷であるユタ州の森で、彼女とキャンプする際に、彼が迷ってしまう場面を想起しよう。滝を流れる水の美しさに恍惚としつつ、ときおり、ノートに詩を書きながら、彼は森のなかを歩く。人と離れて行動する、そもそも珍しい場面において彼は、自然と向き合いながら、孤独に瞑想的な詩を書くという、紋切型のロマン主義的な詩人を演じるのだが、そこで道に迷ったことに気づく。

四方八方どこまでもヴァンス〔リディアの姓〕・パスチャーズが広がっている。わたしは赤いノートを投げ捨てた。何たる作家の死に方よ！　新聞にこう載るのが目に浮かぶ。

〈マイナー詩人ヘンリー・チナスキー、ユタの森で死体で発見〉

郵便局員から作家となったヘンリー・チナスキーの腐乱死体が、昨日の午後、森林警備隊員のW・K・ブルックス・ジュニアによって発見された。遺体の近くで小さな赤いノートも発見された。チナスキー氏の遺作の詩が記されていることはまず間違いない。（八四）

道に迷うと、みずからの死の「新聞」での流通を、チナスキーは思い浮かべる。他者から切り離された孤独な作者、という幻想に浸っていた彼が、本当に他者から切り離されてしまったと思ったとき、詩人としての自分に関するパブリックなイメージの流通を想像する、という皮肉がコミカルなかたちで露呈している。彼は貯水池を見つけると「映画で見たことがあるよう」なやり方で水を飲み（八六）、電話が入っていそうな箱が施錠されているのがわかると、ヘミングウェイやジャック・ロンドンといった作家ならどうしただろうと考える（八六）。要するに、自然に孤独に対峙する男性的な作家のイメージを引き合いに出しながら、徹底して演劇的に考え、行動しようとする。彼の孤独な執筆は、そのようなマッチョなロマン主義の模倣であることが、確認される。

迷ったチナスキーは「リディア！」と何度も叫びながら助けを求め、結局小さな女の子を発見して、すぐさま、リディアと出会い、エピソード全体が一種の茶番劇として終わるのだが、注目すべきは、そのユタの山自体が、「ヴァンス・パスチャー」という、リディア姉妹によって所有された空間である、ということだろう。つまりここでは、男性的で孤独な創作というイメージの、紋切型的な虚構性が暴かれるだけではなく、そのような幻想と、彼の演劇性そのものが、女性によって所有された空間でくり広げられる茶番劇だ、ということが描かれている。「あなたの赤いノートを見つけたわ。腹を立てたからわざと迷ったのね」、とリディアがいうとき、チナスキーのオーサーシップ（「赤いノート」）は、リディアによって支えられていることが、明らかになる（八七）。

女（たち）とパフォーマンス

しかしながら以上のような場面において、チナスキーの道化的かつ喜劇的な行動は、去勢された姿をすらパフォーマンスとして提示するような、「余裕」を相変わらず感じさせるのも、事実だろう。そこでわたしたちは、この小説の主題である実際の女性たちとの関係が、チナスキーのセルフ・イメージやオーサーシップにどのような影響をもたらすかを検証しなければならない。

ある意味では、二〇人近くあらわれる、チナスキーの読者である女たちは、彼が作家であり、詩人であることを証明してくれる存在であるといえる。また、それぞれの女性と刹那的で希薄な関係しか持たない彼の女性との接し方は、その場限りの空間の共有をくり返す、朗読会での彼と観客との関係に通じるところがある。女性「たち」という集団性と匿名性もまたこの、女性と観客というアナロジーを強めているといえるだろう。

そのアナロジーは、結果的には、女性たちが集団的に彼のオーサーシップの動揺を導くことも示唆している。小説の最後で、知らない若い女性から電話がかかってきて、「あなたはほんとうにヘンリー・チナスキーなの、作家の？」と訊かれ、チナスキーは、「確かにそうだけど」と答える（二九二）。小説で何度か生じるこのようなやりとりそのものが、チナスキーについてのイメージの先行と、彼の返答の根拠のなさを感じさせる。女性とかかわるたびに、作家であることを確認するということは、オーサーシップがパフォーマンスであることを、そのたびに確認しなければならないということでもあるだろう。

しかしこのような読み方だけでは、この小説の肝心の部分を取り逃がしてしまう。抽象的かつ互いに似たような、ほとんど区別がつかないような存在として女性が描かれ、反復的な疲弊感が深まるのは、もっぱら小説の後半である。むしろ前半で際だっているのは、リディアやタミーといった個人、とりわけリディアの圧倒的な存在感であり、一〇四章で構成されている小説のうちの、冒頭から四六章までは、彼女との関係が続く、ということだけを見ても、彼女の特権的な位置は明らかだ。後半の反復感が強まり、女性「たち」、という匿名性と抽象的集団性が目立ってくるにつれてなおさら、この女性の前半での存在感は高まってくるといえよう。小説の題名にも示唆される一般化・複数性への意志は、それゆえにかえって女性たちという抽象性に還元されない、個々の何人かの女性の存在を浮き彫りにする。彼女たちの強烈な個性が、女性全般を概括的に捉えようとする、チナスキーの意図を裏切る。

すでにここまでに言及もしているが、あらためて、リディアとはどのような女性だろうか。チナスキーが彼女と出会うのは、彼の最初の朗読会においてである。はじめての朗読会に彼は不安を感じるが、朗読の合間に彼女に見つめられたチナスキーは、「ふたりのあいだにヴァイブレーションが通い合った」と感じ、さらに、「彼女はわたしを見つめ、わたしも彼女を見返す」（八）。その後の会話はうまくいかないのだが、ここで朗読会の場は、個人的な場へと変化しているのがわかる。朗読会における匿名的な観客の一人でありながら、そこから外れたような存在としてのリディアの登場は、当初から、朗読会との微妙な緊張関係のうちに表象されるのだ。

朗読会の場をリディアが個人的な空間へと変える一方で、彼女はチナスキーの個人的な空間を朗読会的な、演劇的空間に変容させる。朗読会の行われた書店の経営者につれられて、チナスキーの部屋にやってきたリディアは、彼の前で自作の詩を朗読する。

リディアがコーヒー・テーブルに跳び乗った。［中略］彼女は詩を朗誦し始める。自作の詩だ。どうしようもないものだった。ピーターがやめさせようとした。「だめだ！　だめだ！　ヘンリー・チナスキーの家で詩を読むのはご法度だよ！」

「やらせてやれよ、ピーター！」

わたしは彼女の臀部を観察したかった。彼女は古びたコーヒー・テーブルの上に大股で上がったり下りたりした。そして踊った。腕を振り回す。詩はひどかったが、からだとその狂乱ぶりはひどくはない。（九）

リディアはここで、チナスキーの朗読会での、詩人と観客という構図を逆転させている。彼はリディアの詩を認めようとはしない、つまり彼女のオーサーシップを認めようとしないのだが、彼女の「臀部」を眺めるという欲望のために、それを否定しきれず、彼女が朗読する詩人として、そして彼が観客としてふるまうことを受けいれている。リディアを欲望することが、結果的には彼女のオーサーシップを観客として支えることに帰結しており、彼女もそれを承知の上で、「狂乱」を演じているように見える。演劇的であることが、ここでは虚構的であることを意味するよりは、現実的にチナスキーを従わせる力の源泉になっている。

リディアは性的にも過激で、女性について書きながら何も女性について知らない、とチナスキーを罵り、性行為の方法を教えるのだが、そこで彼は性行為とは、欲望というよりは訓練のたまものであることを体感し、いわれたとおりの役割を演じることだと学ぶ。彼が足を怪我しているときでもリディアはセックスを要求し、「リディア、セックスがすべてじゃないよ！ きみはセックスに取りつかれている」と、彼自身にあてはまるような言葉を、チナスキーに吐かせる（九一）。チナスキーの男性性など、はなから相手にしないような過激さを、彼女は備えている。

リディアによるオーサーシップの発揮は、彼女が彫刻家として、チナスキーの頭を彫刻する場面において、さらに展開される。この「頭」を彫刻する、という表現に、ブルーアーは性的ニュアンスを見出し、チナスキーの性的な教育者としてリディアが機能していることを鋭く指摘しているが[8]、この場面はさらに興味深い、オーサーシップをめぐる問題を提起している。

チナスキーはモデルとしてじっとしたまま、粘土の塊をあいだに挟むかたちで、リディアと向かい合って見つめ合う。

わたしは彼女と向かい合っていた。彼女は針金の輪が先っちょについた木の道具を使って粘土の山と取り組んでいる。彼女は粘土の山ごしに、道具をわたしに向けて振った。わたしは彼女をじっと見守った。彼女の目がわたしを見つめる。大きな目で濃い褐色をしている。左右がどこかちぐはぐでちゃんとしていない目だったが、素敵だった。わたしは見つめ返す。リディアは作業を続ける。時間が流れた。わたしは忘我の境にいた。（一一一一二）

チナスキーはここでリディアを観察しているが、同時に彼はリディアの視線の対象であり、さらに彼らのあいだには「作品」としてのチナスキーの頭が介在している。リディアはチナスキーを見ながらも、同時に彼のイミテーション、イメージを目の前に作り上げていき、むしろ彼を無視しているかのような印象を与える。作品のオーサーシップを女性のほうに放棄して、みずからが女性によって作られる存在になるとき、彼は「忘我（trance）」に陥り、自意識から解放されているように見える。

チナスキーはリディアと喧嘩をするたびにこの頭を彼女の家に持っていく。

彼女はわたしの頭部を彫刻し終え、仕上がった作品をわたしにくれた。ふたりが絶交すると、わたしはその頭部を車に運び込み、助手席に置いて彼女が住んでいる家まで走り、それを彼女の玄関の前のポーチへと捨て去った。そして電話ボックスに駆け込み、彼女に電話をかけて、「きみのくそったれ頭はドアの外にあるからな！」と叫ぶのだった。その頭は行ったり来たりした……。（三三二）

コミカルな描写だが、「きみのくそったれ頭」という表現の含みには、注意が必要だ。チナスキーは、作品をあくまでその作家に帰属させようとするが、この表現は明らかに、その頭はある意味では「わたしのくそったれ頭」、チナスキー自身の頭である、という皮肉を含んでいる。「作品」のこの宙づり状態、つまり、「きみの」頭であると同時に、「わたしの」頭である、という二重の性格ゆえに、その作品は二人のあいだを行き来するといえよう。絶交をくり返しながらも持続する二人の関係は、いわば作品としてのチナスキーの虚像が、リディアにもチナスキーにも固定的に帰属せずに、二人のあいだを行き来する、そのような往復運動によって不安定になると同時に、支えられてもいる。

作品の作家への帰属を信じるチナスキーと、そのような考えを相対化するリディア、という構図は、彼らの関係の最終的な破綻を象徴的に示す場面において、劇的なかたちであらわれる。電話でチナスキーが、他の女性の話をしたのに激怒したリディアは、彼の留守中に部屋に入って、本やタイプライターを含め、いろいろなものを持ち出す。家のそばで彼女を発見したチナスキーが、「ねえ、わたしの本や絵を返してもらわなくちゃ。わたしのものだよ」というと、彼女は絵を引き裂き、本を辺りにばらまく（一一五）。

「これがあんたの絵よ！　これがあんたの本！　**あんたの女の話はしないで！　あんたの女の話なんか聞**

きたくもないわ！」

それからリディアはわたしの最新刊の『ヘンリー・チナスキー選集』一冊だけを手にしてわたしの敷地へと駆け込んだ。彼女は叫び続ける。「あんたの本を返してほしいの？ 自分の本を返してくれだって？ あんたのいまいましい本はこれよ！ **わたしにあんたの女の話はしないで！**」

彼女はわたしの玄関のドアのガラスを叩き割り始めた。『ヘンリー・チナスキー選集』でガラスを次から次へと叩き割りながら叫び続ける。「自分の本を返してくれだって？ あんたのいまいましい本ならここにあるわ！ **わたしにあんたの女の話なんかしないで！ あんたの女の話なんて聞きたくもないわ！**」（一一五）

ほとんど同一の表現が、数回くり返されて反復のリズムを生み出すこの彼女のふるまいは、それ自体、演劇的なものである。「あんたの（your）」という、チナスキーの作品、本につけられている所有格が「女」に結びつくとき、彼女は自分の作品、そして関係を有する女性がみずからに帰属すると信じるチナスキーの態度を攻撃しているといっていい。それは究極的には、自分が関係する女性についての小説を書く、現在のチナスキー自身をも射程に入れているだろう。リディアが去る前に取る最後の行動が、「タイプライター」の破壊であることも、彼女がチナスキーのオーサーシップを標的にしているものとして了解できる（一一六）。リディアの次に小説中で重要な女性といっていいタミーが、他の男性と関係を持ってチナスキーと別れる際に、わたしも作家になりたかったといって、タイプライターを無理やり買わせるのも偶然ではないだろう（一六一）。オーサーシップをチナスキーから奪い去るような格好で、二人の女性は彼のもとを去っていく。

リディアは過激に演劇的な仕草で、しかし確実に物を破壊し、現実的にチナスキーを従わせる。チナスキーが孤独な作家として道化的にふるまうとき、そこにはアイロニーを可能にする距離感が自己の内部に見られるとすれば、リディアが作るパフォーマンス空間においては、同時に二人は全人格的な関係を展開するだけに、そうした距離感を持つことが許されない。

もっともチナスキーは、タイプライターを破壊するという、リディアの行為と、彼女の、「他の女性たちのことを話すな」、という命令をまさに無視するようなかたちで、複数形の「女たち」について、タイプライターで小説を書いている。彼は、「女性による、みずからのオーサーシップの破壊の衝動」それ自体を描いてしまうことによって、そのような衝動をも包含するようなオーサーシップを模索している、ということができる。彼女の破壊行為に対して、それを受動的に、寡黙に眺め、冷静に観察するチナスキーは、やはりどこか、余裕を感じさせ、彼女を対象化することで、みずからのパフォーマンスを強化し更新しようとしているように思える。現実には、距離感を維持することが不可能な関係がリディアとのあいだで展開しているにもかかわらず、その場面を(回想的に)「語る／書く」という行為において、相手を観察し対象化するための距離が設定される、といってもいいかもしれない。「女たち」は、「知ることなしに小説化することはほとんど不可能に近かった」というチナスキーによる言葉は本当なのだろう(二二七)。しかし、「書くことはただの残滓にしかすぎない」、というのは、「偽り＝パフォーマンス」だといっていい(二二七)。彼はリディアを「書く」ことによって、統御しようとしている。

しかし以上に見てきたように、朗読会的な空間の焦点化や、孤独な作家像の失敗の描写によってパフォーマンスを重層的に描くことで、今述べたような、動揺する男性的オーサーシップを再構築するというチナスキーの意図そのものが透けて見えるように、ブコウスキーは小説を構成している。小説中、チナスキーはみずからをもっぱら詩人あるいは作家として定義し、小説家と呼ぶことはいっさいない。ブコウスキーにとって小説の可能性とは、男性的なオーサーシップを演じようとするチナスキーを嘲笑するリディアを、さらに対象化しようとするチナスキーその人を相対化できる、そのようなところにあったのかもしれない。

女同士のネットワーク

リディアという例外的な女性が最初に描かれることで、その後の「女たち」の反復的描写の惰性感が、際だつことになる。その反復感と同一性を際だたせるために、ブコウスキーはあえて最初にリディアを出したのだろう。では、そうした抽象的反復性こそが、女たちという集団性と複数性の実質なのだろうか。この問いについての検討をもって本章の括りとしたい。

リディアの、「**わたしにあんたの女の話はしないで!**」という叫びの射程は、意外なほど広い。というのも、チナスキーはたしかに、関係を持っている女性に、他の女性について話す、ということをくり返すからだ。キャサリンという女性が、リディアについて、チナスキーから聞かされたことを、彼に告げる場面を見ておこう。

「でも、ハンク、ガールフレンドはいないの？」

「いないよ、ひとりも。わたしは隠遁している」

「でもあなたの詩にはいつだって女の人が出てくるわ」

「それは昔の話。今は違うんだ」

「でもリディアはどうしたの？」

「リディア？」

「そうよ、彼女のことをすっかり教えてくれたじゃない」

「どんなこと言ったっけ？」

「彼女がどうやってふたりの女性をたたきのめしたのか教えてくれたわ。わたしのこともたたきのめさせちゃうの？　わたしってそんなに強くないのよ、わかっていると思うけど」（九二）

小説中でチナスキーが関係を持つのはみな、彼の読者として知り合う女性だが、女性について書くこと、そしてしゃべってしまうことによって、女性同士が互いに互いを知っている、という状況が生まれる。チナスキーが家でミンディといるところに、リディアがやってきたとき、二人の女性は互いに叫んで取っ組み合いを始める。

それからミンディの悲鳴。続いてリディアも金切り声をあげた。つかみ合い、うなり合い、走り回っている。家具がひっくり返る。ミンディの悲鳴がまた聞こえる。攻撃される者の悲鳴だ。リディアの金切り声。獲物

をしとめようとする虎のように狂暴な女。（七九）

自分（のペルソナの人物）のために争って、二人の女が激しい取っ組み合いをする、というのはブコウスキーのお気に入りの設定で、映画『バーフライ』の最後でも使われている。セクシスト的な描写は、ここでは問うまい。着目すべきは、争う二人の女は、チナスキーのために争っている、というよりは、ただ争うために争っていて、彼のことなど眼中にない、ということだ。

このチナスキーを、ほとんど脇に置いたような、女性同士の、非言語的なつながりとでも呼ぶべき奇妙な関係性は、小説の後半、サラ（ブコウスキーの再婚相手であるリンダがそのモデルである）との関係において、最も鮮明に前景化される。チナスキーはまず、サラ、キャシー、デブラという三人の女性と、朗読会の前に出会い、キャシー、デブラと関係を持ってから、サラにアプローチする。しかしサラに求愛する一方で、彼はデブラと、アイリスという二人の女性と、サンクスギビングの日に会う約束をしてしまう。そこで彼は、自分は窮地に追い込まれていることを、サラに電話で泣きながら相談すると、彼女とも同日に会う約束をしていたと告げられる（二三七）。「自分自身を守る固い殻」を失ったと感じ、「やましさと無防備さを抱き続けなければならないさだめ」に自分はあるのだという、そこでチナスキーを襲う安っぽい感傷は、それ自体演技的ではあるものの、彼を女性たちが取り囲んでいく様子を前提にするとき、抜き差しならない響きを帯びてくる（二三八–二三九）。

サラを介しながら、多くの女性が配置される、その運動が大団円を迎えるのが、クリスマスだ。当日にサラがターキーを用意していると、キャシーやデブラを含め、次々と女性から電話がかかってきて、そのストレスから、サラは叫んで、ターキーを食べずじまいになる。翌日には彼女の留守中に、タミーとアーリーンという女性がやってきてそれを食べてしまい、次の日に戻ってきたサラは、食い荒らされたターキーの残骸を見て再び叫び、ショックを受けつつ、その残骸をもとにスープをつくる。しかしさらにその翌日、再び、彼女の留守中に、タミーが現われて、そのスープも飲んで味を変えてしまい、それを知ったサラはすすり泣く。このやはり演劇的といえるスラップスティックにおいて、サラは、ほとんどタミーのためにターキーやスープを調理しているように思えるし、タミーもそれを前提にしているようにすら見える。非言語的なレベルで、互いが意識せずとも、彼女たちのあいだに、たしかに関係が生じている。

これはチナスキーの部屋で生じる出来事である。第3章において、ブコウスキーの短篇ではしばしば、語り手の部屋を次々と客が行き来して、そこに奇妙な開かれた空間ができることを確認した。それと同型のことが、ここでは生じている。客同士が互いを知っているわけではないが、語り手と、そして何よりも読者の認識において、彼らはパブリックでもプライヴェートでもない、その中間点にあるような、特異な集団性を作り上げることになる。朗読会の読者（crowd）のようにただ単に場を共有している、というのではなく、だからといって恋人同士や友人同士のように親密でもなく、しかし具体的にそこに生じていて、匿名ではない女性同士のネットワーク。チナスキーは、「ひとりの隠遁者として、わたしは頻繁な人の出入りには耐えられなかった（I couldn't bear traffic）」と述べるが（二二三）、まさに女たちの「交通（traffic）」を介したネットワークが、彼の部屋において形成される。チナスキーを媒介として形成されているが、しかし彼を必要としない、集団性。彼のジェンダーの動揺を視界におさめつつも、それを歯牙にもかけず放置しておくような、集団性である。このネットワークに例外はない。リディアがミンディと取っ組み合うとき、両者は同じ地平に立っているし、客観的には特権的な位置にいるかに見えるサラも、この民主主義的ネットワークのなかでは、その一部であり、しかしそれは、「一部」という抽象性には還元されないような、サラという個人として、その一部を構成する。チナスキーを無防備にするこのネットワークこそ、彼が女たちを「書く」という行為によって生じた、貴重な「残滓」なのかもしれない。

註

1　Michael Basinski, "Charles Bukowski," *Dictionary of Literary Biography* 169 (1996) 74.

2　Russell Harrison, *Against the American Dream: Essays on Charles Bukowski* (Santa Rosa, CA: Black Sparrow Press, 1994) 198.

3　Harrison 198.

4　Charles Bukowski, *Women* (New York: Ecco, 2007) 149. 以下、『女たち』からの引用はこの版に依拠し、本文中に頁数を括弧に入れて記す。なお、引用の訳はチャールズ・ブコウスキー『詩人と女たち』（中川五郎訳、河出文庫、一九九六年）を使用するが、議論の文脈に応じて適宜表現を変更している。

5　Peter Middleton, "The Contemporary Poetry Reading," *Close Listening: Poetry and the Performed Word*, ed. Charles Bernstein (New York: Oxford UP, 1998) 291.

6　Middleton 268.

7　Bukowski, *Portions from a Wine-Stained Notebook* 37.

8　Brewer 31.

第7章　奇妙な愛着——『ハム・オン・ライ』と損なわれた身体

『女たち』のように、無防備という主題を、パフォーマンスとの相関において捉えることは、その主題を重層化することに寄与する一方で、無防備という主題の切実さについて自問することを、ブコウスキーに強いたはずである。

これまで何度か指摘したように、パフォーマンスという概念は、一面において、無防備を否定するものである。ブコウスキーの無防備のスタイルの一つの要諦が、「究極の自然体」にあるとするならば、そのような「自然」は、反復による構築物にすぎないと主張するのが、パフォーマンスの要諦でもある。もっとも、無防備が、他者の視線の内面化の上に成り立つのだとすれば、それはつねにすでにパフォーマンスである、ということになる。事実、『女たち』より一〇年以上を経て発表される、『ハリウッド』において、チナスキーは、無防備に生きる自分を、文字どおり、「演じる」俳優の姿を目撃することになるだろう。

だがそのような地点に行く前に、『女たち』において、強迫神経症的な戯れの主題と化してしまいかねなくなった無防備を、より直接的で、かつ社会的現実に根ざした地点において捉え直そうと試みたのが、『ハム・オン・ライ』であったと思われる。

『ハム・オン・ライ』は自伝ではなく、やはり小説と呼ぶべきだが、しかしみずからの幼少期から青年期を回想して再構築するなかで、無防備という主題／方法（文体）の原点をブコウスキーが見定めようとしたことは、容易に想像できる。その原点とは、端的にいえば、身体における無防備の感覚である。その中心には、父に下着を脱がされて臀部を鞭で打たれる経験と、思春期の彼を襲った、顔面や背中を覆う痤瘡（腫れ物）がある。それすらも構築的あるいは言語的パフォーマンスだというには、あまりに現実的である、痛みと暴力の経験と、それに伴う恥辱の感覚。

折檻と痤瘡という二つの経験を中心に、物語全体を、脆く、傷つきやすく、ときに醜く損なわれた（disfigured）身体の物語として構成し、さらにその物語を、一九三〇年代の空気のなかに——ブコウスキーがしばしばノスタルジックに賛美する、タフさが要求される、恐慌と失業の時代の、危険な空気のなかに——組み込むことによって、『ハム・オン・ライ』は、たしかに「普通」ではあるものの、外連味のない、率直で力強い作品に仕上がったというべきだろう。

社会によって求められる「タフさ」を身につけるとは、高度にパフォーマンスの要素を含んでいるし、題名にもある「ハム（ham）」という語は、「大根役者」、あるいは「過剰に演劇的な役者」、「感傷的通俗性」といった意味も持つ。[1]『ハム・オン・ライ』におけるチナスキーの、少なからず演劇的なふるまいはときに滑稽ではあるものの、危険と暴力にさらされた身体の感覚は、物語の焦点を、現実（と記憶）の虚構性、構築性、演劇性から、そのような演劇的過剰さの現実性にシフトさせる。

何よりも、『ハム・オン・ライ』において、身体的脆さと、身体的恥辱は、具体的で現実的な権力構造に埋め込まれている。小説あるいはチナスキーの生きる空間全体を規定するヒエラルキーはもちろん、持つ者と持たざる者、金持ちと貧乏のそれだが、その空間がさらに、父―子、教師―学生、医者―患者、といった権力関係の網の目によって張りめぐらされ、その関係こそが、無防備で「恥ずべき身体」を生産する様子が、克明に描かれている。[2]

あらかじめ結論めいたことを述べるならば、右のような意味においてのみ、『ハム・オン・ライ』における身体とは、徹底して社会的構築物であり、そのような構築物を、「わたしの身体」として引き受けざるをえない、「わたしの身体」としてしか実感できない、そして「わたしの身体」として愛してしまう、という必然と逆説を、ブコウスキーは真摯に、愚直に描いた。その愚直さを、方法としての無防備といいかえてもよい。

父と食

『ハム・オン・ライ』の冒頭部は、小説全体にわたって重要となるテーマを凝縮している。

何かの下にいたというのがわたしの最初の記憶だ。何かというのはテーブルで、テーブルの脚や、家族みんなの脚、それに垂れ下がったテーブルクロスの一部分などが見える。テーブルの下は暗く、わたしはそこが気に入っていた。たしかドイツでのことで、一歳から二歳にかけての頃だった。一九二一年のことだ。テーブルの下にいると気分がよかった。わたしがいることに誰も気づいていないようだった。敷物やみんなの脚に日の光があたっている。わたしは日の光が好きだった。みんなの脚には興味がわかなかった。垂れ下がったテーブルクロスやテーブルの脚、それに日の光ほどには、心を引かれなかった。

それからしばらくは何の記憶もなく、次に登場してくるのがクリスマス・ツリーだ。そしてキャンドルと小鳥の飾り物。くちばしに小さな苺の小枝を挟んでいる小鳥たち。星が一つ。二人の大きな人間が喧嘩して、怒鳴りあっている。食事をしている人たち。みんなしょっちゅう食事をしている。わたしも食べていた。わたしのスプーンは曲がっていたので、食べたい時は右手でスプーンを持ち上げなければならなかった。左手で持ち上げると、スプーンは口の外に出てしまうのだ。わたしは左手でスプーンを持ちたかった。[3]

テーブルという、家族の団欒を思わせる場の陰にチナスキーは隠れ、そこで彼は誰にも気づかれずに、窃視にふける。家族に放置されているという感覚は、孤独というよりは、暗がりから見る「日の光」が強調されることで、むしろ静謐な充足感に満ちている。「日の光が好き」でありながら、なお、「暗がり」に隠れていること。「日の光」のなかには、身体を置かないこと。そこで見られる脚は、テーブルの「脚」の延長上に把握され、物のように分断された、部分的な身体だ。このような身体感覚は、続く段落における食事の描写にも垣間見える。食卓の場には、団欒とはかけ離れた争いの光景が広がっているが、それはどこか遠くの風景のようだ。チナスキーは、自己のなかにいる。曲がったスプーンと、それをまだ思い通りには動かせない、自分の手にいら立ちながら、食事をする。歪んだ道具が、身体のぎこちなさを、際だたせる。

窃視と隠れること、全体から切り離された「脚」、ぎこちない動きをする手、夫婦の不和、そういった要素が、ここではテーブルという食事の場において展開する。「みんなしょっちゅう食事をしている」とは、この場面にあてはまるだけではない。チナスキーの記憶のなかで家族の風景、特に父親をめぐる思い出は、食事と密接に結びついている。それは、彼が両親と時間をともにするのが食事の時間しかない、ということでもあり、ごく一般的な家族の風景の帰結でもある。小説だけではなく、詩でもしばしば、ブコウスキーは父親を食事と結びつけた。それは彼の作品を読めば誰でもわかる連関であるが、小説の題名もまた食を彷彿とさせるからには、ただ明白だからといってその連関を看過するわけにはいくまい。

小説における父親の人物像を決定づける、オレンジの窃盗のエピソードもまた、食をめぐって展開している。両親は日曜日にオレンジの果樹園をドライブするのを好み、「ウィニー・ソーセージとレバー・ソーセージとサラミのサンドイッチ、ポテト・チップスにバナナ」の入ったピクニック・バスケットを持参する（一一三）。しかしその日、バスケットは「空っぽ」なのに、父親は果樹園まで車を走らせ、オレンジをもぎ取ってバスケットに入れ続ける。散弾銃を振りかざす果樹園主に見つかった彼らは、その場でオレンジを放り出せと命令され、空のバスケットを持って引き返す（一一三―一一五）。ある批評家が指摘するように、「南カリフォルニアの楽園的な豊饒さ」をチナスキー一家が享受することは許されず、このエピソードは一家が閉じ込められた「領域的かつ社会的な限界」を示している。[4]

そういった、家族の置かれた惨めな状況や父親のいら立ちを、作者はピクニック・バスケットに象徴させている。ピクニックという、「食べる」ことをとおした、団欒の風景が変容し、瓦解する。そのことが、空っぽのバスケットにオレンジが盛られ、また空になるという運動によって示される。少年チナスキーの視線は、その運動のなかに、家族の置かれた状況を換喩的に把握している。

父親と食事の結びつきは、父親による最初の体罰を経験したチナスキーが、夕食の席につく場面において典型的に示される。食べたくないという彼を、父親は「自分の**食事**をちゃんと食べなさい！」といって叱りつける（四一）。

わたしは食べ始めた。ひどかった。あたかも彼らを、彼らが信じているものを、ありのままの彼らを食べているようだった。何一つ噛まず、とにかく目の前から消し去りたい一心で呑み込んでいた。父はといえば、どの料理もどんなにおいしいかということを話していた。世界中のほとんどの人たちが、このアメリカにおいてすら多くの人たちが、貧しくて飢えているというのに、自分たちがご馳走にありつけてどんなに幸運かということを、さかんにまくしたてていたのだ。

「デザートは何かな？」と父が尋ねる。

彼はぞっとするほどいやらしい顔をしていて、突き出された唇は、脂でぎとぎと光り、満腹感にぬめっていた。何ごともなかったかのように、わたしを殴ったことなどなかったかのように、振る舞っている。（四一―四二）

実際にチナスキーが食べているのは、「にんじんにえんどう豆にロースト・ビーフ」であり、「マッシュ・ポテトのグレイビーソースがけ」といったものである（四一）。しかし、ここで食べるという行為は、疎ましい両親を体内に直接「呑み込み」、みずからの一部として取り込むような行為として、強烈な嫌悪感とともに描かれている。必ずしも母親が好意的に描かれるわけではないことは右の引用からも見てとれる。けれども、チナスキーの嫌悪の矛先の中心が父にあることは明らかだ。

チナスキーがしばしば「吐き気」を催すことは、以上のような、食に込められた意味との関連で考えるべきだろう。チナスキーの吐き気あるいは嘔吐は、この小説に限ったことではない。『女たち』などにおいても、彼が吐く様子は頻繁に描かれており、それぞれの吐く描写や動機に明白な共通点があるわけではないが、『ハム・オン・ライ』において、幼年期から彼が「吐き気」を感じることは、父親との関係に、「吐く」というモチーフの源流をブコウスキーが捉えようとしていることのあらわれだろう。「呑み込んだ」両親を、吐くこと。食べ物を体内の外部に出そうとする、チナスキーの衝動の背後には、父親の口元の影が見え隠れする。

その父親の口に、母がハエを入れる鮮烈な場面を思い出そう。物語の序盤、父の兄のジョンの家に滞在中、母がハエを素手でつかまえたという。信じようとしない父親に対し母は「口を開けてごらんなさい」という（二四）。

「いいとも」

母の丸めた手が、大きく開けられた父の口を覆った。父が跳び上がり、喉を掻き毟る。

「何てこった！」

父の口からハエが飛び出してきて、またテーブルのまわりを旋回し始めた。（二一四）

母親の行為が、抑圧的な夫に対する、無意識的な復讐心によるのかはさておき、それは語り手チナスキーにとっては、父親の「口」への代理的復讐として目に映っているのかもしれない。ハエは、ブコウスキーが好んだ主題でもあった。たとえば、「二匹のハエ」(一九六三)という詩の始まりはこうだ。「ハエは／人生の怒れる破片／どうしてそんなに怒るのか？／より多くを欲し／あたかも／自分がハエであることに／怒っているようだ」。[6]新聞を読むのを執拗に邪魔するハエを語り手は一匹殺し、もう一匹は逃げる。そのハエを見ながら語り手は、こう締めくくる。「わたしたちはともに空気のなかに／生活のなかに／絡め取られている／わたしたち両方にとって／時遅しだ」。[7]『ハム・オン・ライ』において、「父はいつも何かに腹を立てていた」とチナスキーは述べる(二六)。チナスキーの「食べること＝体内化」という公式に従うならば、母の手によってであるにせよ、口のなかにハエを含む父親はそのとき、チナスキーの視線においては、ハエと同化しているように思える。そこにあるのはおそらく、嫌悪するのでもまた同情するのでもない、ともに生活のなかに絡め取られてしまった父親と自分を見据えるチナスキーの、温かくもなければしかし冷たいわけでもない、曖昧な視線だ。

最後に、少年チナスキーがおいしそうに食事をする場面があることに、触れておきたい。彼の最初の友人と呼べるデイヴィッドとの交流は、食をとおして始まる。

「やあ、ぼくはデイヴィッドっていうんだ」

わたしは返事をしなかった。

彼は自分のランチ・バッグを開ける。「ぼくはピーナッツ・バター・サンドイッチだよ」と彼が言う。「きみのは何だい？」

「ピーナッツ・バター・サンドイッチ」

「ぼくはバナナもあるよ。それにポテト・チップスもね。ポテト・チップス欲しいかい？」

少しもらった。彼はポテト・チップスをたくさん持っていて、カリカリとしてしょっぱく、そこに日の光があたっている。おいしかった。（二九）

作品中でチナスキーが何かを食べて「おいしい」という、唯一の場面といっていい。チナスキーは「わたしは彼が気に入らなかった」と述べるものの、「日の光」という特権的なメタファーはそのようなシャイな言葉を裏切っている（二九）。父親との関係で食べることがきわめて否定的に描かれているからこそ、このポテト・チップスを食べるという些細な行為が際だつ。父親とは対照的に、食を可能にする他者として、友人という存在は浮かび上がってくる。

見えすぎる身体

食べるという行為は、小説全体を貫く身体への関心の、一つのあらわれとして捉えることもできる。牛乳配達人として働く父親につれられて、荷馬車を引く馬に角砂糖を食べさせる場面がある。砂糖を手のひらの上に置いて馬に与える見本を見せて、父はまねをするようにいうが、チナスキーは「馬が自分の手を食いちぎってしまうのではないか」とおそれる（二一六）。「馬の頭が下りてくる。鼻孔が見え、唇が捲れ上がる。馬の歯と舌が見えたかと思うと、手のひらの上の角砂糖はなくなっていた」（二一六―二一七）。少年の目に映る馬は、「馬」というよりは、その「頭」であり、「鼻孔」であり、「唇」、「歯」、「舌」であって、それぞれが独自の存在感を持つ部位の、めくるめく動きである。その動きのうちに、手品のように、「食べる」という行為は完了している。自分の「手」が「食べられる」のではないか、という無防備の感覚は、動物の「食べる」行為の圧倒的な身体性、かつ分断された身体性への意識と、地続きになっている。

これから見ていくように、この小説においては身体的不安や不具、畸形のイメージが氾濫しており、それが「食べる」という主題とも呼応しているのだろう。そういったイメージは、チナスキーが生きる日常に浸透している偏在的な暴力というテーマと連動しつつ、「タフ」であることの要請におのずと伴う影として描かれている。身体的損傷の問題が最も前景化されるのは、彼の痤瘡をめぐる挿話だが、そのエピソードは単独で成り立っているわけではなく、その他の身体的不安や不具にまつわる叙述との相互関係において、その輪郭が明確になる。そういった叙述のなかで、まず想起されるのは、近所に引っ越してきて仲良くなる義手の少年レッドとの関係を描く章だろう。

レッドは左手に障害を抱えながら、チナスキーとフットボールの練習を苦もなくこなし、他の少年に襲われたときには、義手を武器として用いて相手を蹴散らす。障害をものともせずに「健常」な少年以上のタフさを見せ、チナスキーに知らせることもなく、家族とともに引っ越していく。この孤独をも平然と受けいれるかに見える少年は、チナスキーに、厳しい環境を切り抜ける生き方の模範を示すといえる。

しかしレッドの登場する第一五章のかなめとなっているのは、そのような彼のタフさではなく、義手を外したレッドとチナスキーが泳ぐ、プールでのエピソードである。

半分までしかないレッドの腕のことが気になって、どうしてもそこに目がいってしまう。彼が何かに気を取られていると思える時だけ目をやるように心がけた。左手は肘のところまでしかなく、先は丸くなっていて、小さな指も見ることができた。じっと見つめるつもりはなかったが、指は三本か四本しかないようで、やたらと小さく、縮こまっていた。まさに赤い色をしていて、それぞれの小さな指には小さな爪も生えている。今後大きくなるような気配はまるでなく、すべて成長しきっている。彼の手のことはもうそれ以上考えたくはなかった。わたしは水中に潜る。レッドをびっくりさせようと思っていた。後ろから忍び寄って彼の脚を摑もうとした。何か柔らかいものにぶつかった。目の前に何かがある。太った女の尻だった。その女に髪の毛を摑まれ、水の外へと引っ張り上げられた。彼女は青い水泳帽を被っていて、きつく縛られたその紐が、顎の肉にぴっちりと食い込んでいる。前歯は銀歯で、にんにくの口臭がした。

「このガキの変態め！　ただで触るつもりかい、そうだろう?」（六三―六四）

水中にもぐり、相手から見られずにレッドの「脚」を探すチナスキーの姿は、テーブルの下に隠れて家族の脚を見つめる冒頭のチナスキーの姿と呼応する。ここで「水中」にもぐることは、レッド（Red）をレッドたらしめる、「成長」を阻まれた「赤い」指から目をそらし、人が同一性、「その人であること」を剝ぎとられた、あるいはそのような同一性から解放された、「脚」でしかない空間への逃避を指すだろう。おそらくチナスキーにとってのテーブルの下も、そのような空間だったのだ。家庭の食卓の「下」にいながら、家族が「脚」としてしか認識されない空間。

しかしチナスキーは水中で「何か柔らかいもの」にぶつかる。レッドの「脚」をつかもうとするチナスキーの衝動に、それとは自覚されない、ホモエロティックな欲望が透けて見えるとすれば、水のなかで、そのような欲望は、女の醜悪な「尻」に阻まれる。水の外へと無理やり出されるチナスキーの視線は、女の頭（「水泳帽」）から口元（「前歯」）へと動く。それは、手を食べられるのではないかとおそれながら、馬に砂糖をやるときの彼の視線の動きを反復しているといっていい。「あたいのおっぱいを吸いたいのかい?」、「あたいのうんこでも食べたいのかい?」、「あたいのおまんこに触ってみな」と女につめ寄られるとき（六四）、「水の外」は、「食べる／食べられる」という主題が、スカトロジックな響きとともに女性の性的身体への嫌悪と結びつく、危うい空間へと変容している。

だが興味深いことに、「あのでぶの女がぼくにおまんこを触られたと監視員に言いつけようとしているんだ!」とレッドに知らせるチナスキーは、「なんでそんなことをしたの?」と訊かれると、「どんな感触なのか知りたかったんだ」と答え、さらに「男には手を出さずにいられない時もあるのさ（A guy's got to get started sometime.）」と述べる（六四–六五）。その直後に、レッドが引っ越したという記述が続いて、この章は幕を閉じる。

このエピソードは、チナスキーが性の世界を引き受ける（get started）、そのプロセスを凝縮していると考えられる。レッドの「脚」をつかむという衝動は、レッドの畸形の腕への抗いがたい好奇の念とその罪悪感に端を発する。ここで無防備にさらけ出されているのは、レッドの身体である。だがそのような身体を前にして隠れるのは、チナスキーであって、見えすぎると感じるチナスキーのほうこそ、意識の上では無防備を感じている。おそらく彼が直面しているのは、身体の偶有性（contingency）の感覚ではないだろうか。すなわち、たまたま、しかし同時に宿命的に、それは、レッドの身体である、という二重の感覚。そのような二重性こそが、水中という、人々の身体が、単なる「脚」として同一性を失うところで、ほかならぬレッドの脚をつかもうとする、チナスキーの衝動を規定していると思える。しかしそのような衝動は、水中に隠されたままに葬り去られ、強制的に女性の身体への欲望へと転換される。

チナスキー＝ブコウスキーが、みずからの性的欲望へのイニシエーションを回想したとき、そこに、ホモエロティックな欲望の抑圧だけではなく、見えすぎる畸形の身体と、混乱する無防備の感覚を発見した。この発見はおそらく、レッドに続いて友人となったフランクという少年と、航空ショーを見にいくエピソードに受け継がれている。ヒッチハイクをして乗った車の運転手が同性愛者でかつ変質者であることがわかり、航空ショーの場所に着くとチナスキーとフランクは駆け出して観覧席の「下」に「隠れる」（七六）。そこにいた年上の少年たちが二人に、「あれがおまんこだ」と、観覧席に座る女性のスカートのなかを指す（七六）。そこから出た彼らは航空ショーを見るが、それは事故の連続で、飛行機から出された操縦士のなかには「一生不具の身となったか、あるいは命を落としてしまった」らしき者も複数いる（七八）。「飛行機レース」、「失敗したパラシュート降下」、「女性器」、そのどれが一番エキサイティングだったかわからない、そうチナスキーが述べてこの章は終わる（七九）。さ同性愛的な欲望からの逃避は、女性器との遭遇を導き、それは水中やテーブルの下を思わせる空間で生じる。

らにその空間から出た先には、男性の身体が脆く崩れ去るショーが待っているのだ。

痤瘡と創作

レッドのもはや成長しない小さく赤い指。その対照物とでも呼ぶべきものを、チナスキーは痤瘡の治療のために行った病院の待合室で目にする。

向かいには鼻がおかしくなってしまっている一人の男が座っている。鼻は真っ赤でぐじゅぐじゅになっていて、膨れて長く伸び、とても大きくなってしまっている。膨らんだ部分の上にまた別の膨らんだ部分ができているのがよくわかる。その男の鼻は何らかの刺激を受けて、どんどん膨らんでしまったのだ。その鼻を一目見て、それからは努めて見ないようにしようとした。わたしも彼に見つめられたくはなかった。彼がどんな気持ちでいるのかもよくわかる。（一三二）

歪んだ身体は、ここでも、見えすぎる身体としてチナスキーに知覚される。見ているのはこちらであるのに、相手のほうから見せてくるように思え、こちらこそがさらけ出されているようで恥ずかしくなる、奇妙な感覚。しかしいまや、そのような身体をさらけ出しているのは、チナスキー自身でもある。最後の一文は、この男の鼻の描写が、実はチナスキー自身の「信じられないほど大きくなってしまった」腫れ物にもあてはまるのであって、男がみずからの鏡像である、という認識を示しているだろう（一二五）。

身体的欠損を背負うチナスキーを襲うのは、ほかならぬ自分の身体がそのような状態に陥るという、宿命の感覚である。

　みんながじっと見つめるのも無理はない。みんながひどい言葉をかけるのも無理はない。単なる十代のにきびどころの話ではなかった。赤く腫れあがって、手のつけようがなく、大きくて、膿がいっぱい詰まっているおできだ。こんなふうになるべくわたしに白羽の矢が立てられ、わざわざ選び抜かれているような気がした。（一三七）

同じ章で、この「選ばれている」という思いは、「神に見捨てられた」という感覚へと直結する。「彼のからだから悪魔を追い払いたまえ、神様！」といいながら「十字架」を自分の背中に突き立てる祖母と母親を、チナスキーは追い払う（一四〇）。腫れ物という試練を神が与えるならば、こちらから神に試練を与えてやるから出てこい、そう思いながら眠って起きてみると、脚にかかった毛布の山から黒い「二つの眼」がこちらを見ている（一四一）。部屋のなかにいるのに、それでもチナスキーは、毛布のなかから、見られている。無防備の意識を文字どおりに体現するような二つの眼。その意味を探るべく、彼が、かつて祖母から渡された、聖書からの引用が書かれた巻紙のたくさん入った箱から一つを選ぶと、そこには「**神は汝を見放された**」と書かれている（一四一－四二）。チナスキー自身述べるように、この「あまりに単純すぎるし、あまりにも直接的すぎる」展開は、彼のその自覚ゆえにかえって注目に値する（一四二）。
基本的には、一貫してリアリスティックなモードで、日常的感覚に立脚しながら書かれているこの作品のあり方を動揺させるようなかたちで、身体的欠損を「悪魔」と結びつける祖母の想像は、チナスキーの前に現実化する。そこでチナスキーの語りは唐突に、幻想の領域に入り込んで、虚構性を増すことになる。このことと、彼が腫れ物で療養しているあいだに、「物語」を書くことに目覚める、という事実は、無関係ではありえない。大酒を飲みながらもヒロイックに敵を蹴散らすドイツの飛行士フォン・ヒムレン男爵の活躍、という、チナスキーが創造する物語自体は、少年の他愛もない空想の域を出ない。戦闘で右手を吹き飛ばされながらも、鉄製の「義手」をはめて戦う、「顔に傷痕のある醜い」男爵に、チナスキー自身が投影されていることは明らかだ（一四六－四七）。

男爵の魔法のような振る舞いは途絶えることはなかった。ノートの半分がフォン・ヒムレン男爵の話で埋まってしまう。男爵のことを書くのは気分がよかった。人には誰か相手が必要だ。自分のまわりに誰もいないのなら、誰かをでっちあげて、あたかも実在する人物のようにしてしまえばいい。それはまやかしでもなければ、ごまかしでもない。むしろその反対のほうが、まやかしでごまかしだ。彼のような男が身近にいることもなく、人生を生きていくことのほうが。（一四八）

チナスキーが書く最初の物語の主人公は、不具の英雄でなければならなかった。むろん、それは、身体が腫れ物に覆われて、家に閉じこもる少年の「ごまかし」でしかないことを彼は知っている。しかしそのようなごまかしによって、現実をごまかしながら生きられるとき、それはすでにごまかしではない。虚構は現実に彼の生を支えるのだ。チナスキーその人にしかわかりえない痛みと苦しみの経験、選ばれてしまったという、身体をめぐる偶有性と宿命の意識、さらに、その苦しみに表現を与え言語化する、というよりは、その不条理をごまかして現実を生きのびること、そこにチナスキーの創作の原点があった。このような解釈は、感傷的に響くかもしれない。しかし、それを指摘しておかなければ、それは結局のところ、「ごまかし」にすぎなくなる、そう思わせる率直さが、ここにはある。

さらされる窃視者

ベッドの上で不気味な眼によって見られている、というチナスキーの恐怖は、彼の痤瘡をめぐる意識のあり方を典型的に示している。小さな指をさらけ出しても平気に見えるレッドとは対照的に、思春期を生きるチナスキーは、深い恥の意識に苛まれる。肌をさらけ出すことを嫌って彼は学校で体育の授業ではなくてROTC（予備役将校訓練部隊）を選択する。休学措置が取られて、家にいるときに友人が来ると、「クローゼット」のなかに身を隠す（一三八）。

そのような行動は、タフであることを要求する社会に順応しようとしていた、チナスキーの世界とのかかわり方に、大きな影響を及ぼす。

顔中、背中、首のいたるところに、それに胸にもいくつか、にきびやおできができている。でき始めた時期はわたしがみんなから手ごわいやつだと思われ、リーダー扱いされだした頃と一致していた。わたしがタフなことに変わりはなかったが、もはや以前と同じようではいられなかった。引き下がるしかなかった。遠く離れてみんなを見守るだけで、まるで芝居の舞台を見ているようだった。舞台に出ているのはみんなで、わたしはその芝居を見ている観客だ。（一一二）

「引き下がる」ことによって生じる世界との距離感は、同時に自分が「観客」として向き合うその世界が「芝居」であるという、虚構への意識を伴っており、その意識が、前節で論じたような、彼の創作の衝動へと帰結するのだろう。

チナスキーの腫れ物が治るのが、包帯を巻くというありふれた方法によってであるという、その事実の持つ意義を、ブコウスキーは明確に示す。

わたしの顔は包帯でぐるぐる巻きにされている。真っ白になった顔の中に、目と口と耳だけが見えていて、頭のてっぺんからは一房の髪の毛が飛び出している。わたしは覆い隠されてしまったのだ（I was *hidden*）。素晴らしいではないか。（一四四）

その状態で、チナスキーは町を歩く。

一人の女性が通りをわたしのほうに歩いてきた。きれいな脚をしている。まずは彼女の目をじっと見つめ、それから脚に目を遣り、すれ違った時は尻を見て、つい見惚れてしまった。彼女の尻や絹のストッキングの縫い目をこの目にしっかりと焼きつける。

包帯でぐるぐる巻きにされていなければ、そんなことは絶対にできなかったはずだ。（一四四―四五）

むろんここには自嘲があるものの、包帯に隠れるということは、日常が窃視の空間へと変容することである、というブコウスキーの明白なメッセージを無視すべきではない。レッドの指を見ないように、彼の「脚」をつかむべく、プールのなかにもぐり、女性の尻を誤ってつかんでしまう、その場面を、ねじれたかたちで反復するかのように、チナスキーは痤瘡によって覆われたみずからの身体を見えなくすることによって、性的な窃視の世界に入る。見えなくする、というよりは、医者や看護師によって強制的に、見えすぎる身体を包帯で覆われることによって、というべきであろう。*I was hidden.* という一見すると平明な受動態の使用において、*hidden* という語が強調されていることの意味はここにあるだろう。

窃視の世界としての日常とは、彼が好んで入る世界ではなく、「悪魔」が宿った畸形の身体を、矯正され、不可視化され、何者かすらわからないような状態になることによって、やっと社会のほうへと（参加できないままに）帰っていく、その帰り方にほかならない。そしてもちろんこの窃視のアイロニーは、チナスキーはまったく、「覆い隠されて」いない、という点にある。彼の身体は、「包帯で覆い隠されている」という異様さで、世界に対してさらけ出されている。自分が誰であるかだけが隠されていて、彼の視線は隠されていないのだから、その観察は窃視ですらない。「さらされる窃視」という不可能を生きることを、チナスキーは余儀なくされる。

ここでのチナスキーの哀愁を感じさせる性的な視線は、病院で彼を担当する看護師、アッカーマンへの視線と対比されている。彼をやさしく介抱するアッカーマンを、チナスキーは「こっそりと盗み見」るが、彼女には「あたたかみ」が感じられる（一三六）。「わたしがこの八年の間に逢った人たちの中でいちばん親切な人物だった」という彼女にチナスキーは恋心を抱くが（一三六）、その気持ちは「性的なものではなかった」と述べる（一四二）。およそチナスキーらしくなければ、小説そのものを弱くしかねない感傷性を承知の上で、なおアッカーマンとの関係を記述するブコウスキー＝チナスキーの意図を、わたしたちは正確に把握する必要がある。

アッカーマンの前で、チナスキーはその腫れ物だらけの裸体をさらけ出し、彼女は穿孔と圧搾をとおして、その治癒を試みる。そのような、少なくとも彼にとって全人格的とでも呼べる関係、隠れることが許されなければ、またその必要もない関係においては、性的なものが入り込む余地はなく、そこではじめて彼は母親的存在と向き合う。この小説中で唯一、彼が恋に落ちるアッカーマンは、ブコウスキーのこれまでの小説には一度も登場することのなかったタイプの人物である。しかしまさにそのアッカーマンの手によって彼は「包帯」を巻かれ、そうすることで腫れ物は治癒して、性と窃視の世界へと戻っていき、彼女と二度と会うことはない。畸形の身体が矯正されてしまうこと、もちろんチナスキーはそれを望んでいたのだが、それが同時に深い喪失を意味することを、ブコウスキーは隠さない。女性の脚を覗き見るという、チナスキーのふるまいの一つの基本的なモードの背後には、これだけの諦めや喪失があるかもしれないということを、ブコウスキーは読者の前にさらけ出すのだ。

奇妙な愛着

腫れ物に関するエピソードを中心として、身体的な脆さや畸形と、それを明るみに出す危険で暴力的な世界というイメージが、この小説ではいたるところにちりばめられている。チナスキーの父親の手には、小さい頃に伯母が「鉛筆」で刺した傷痕が残り（一六）、最初の友人のデイヴィッドは斜視である。チナスキーが、小学校の体育の時間に何もしないで突っ立っていると、教師に「おまえは何か障害があるのか？」と訊かれる（四七）。学校の帰り道、セックスについて考えながら歩いていると自動車に轢かれて入院し、その病院のエレベーターを操縦する「小人」は、入院患者を罵る父親を非難する（五九）。

「エンジン」の仕組みを教わる学校の授業では、同級生が拳全体を擦りむいて血を流す（九九）。思えば痤瘡で苦しむチナスキーもまた、治療のたびに「電気針」で「ドリル」され（一三四）、「ゴーグル」をつけさせられて「紫外線の機械」の下に置かれるといった具合に（一四三）、ケアという名のもとに、機械によって身体を傷つけられていた。機械におびやかされる身体とは、工場労働を描く『ファクトウタム』でも頻出する主題だが、工場に行かずとも、学校や病院という、本来であれば機械から人を守ることを要請されているような場所で、そのような危険は体感される。

こうして全体として、チナスキーが生きる空間は、身体を現実的な危険にさらし、その無防備さを実感させる空間だといえるが、そのような危険を知らずに生きていると彼が感じるのが、裕福な人間である。デパートで在庫係として働いている彼を見つけて嘲笑する、高校時代の同級生と殴り合いをする場面が、想起されるだろう。

高校のフットボールでも活躍した相手の男の身体は、畸形的な身体の対極にある。

太陽の光に映えるきれいな黄金色の髪をしている。クラスの太陽、あるいは眩い光といった存在だった。太くて逞しい首をしていて、その上に偉大な彫刻家が作りあげたかのような完璧な青年の顔がある。鼻も額も顎も、何もかもが理想のかたちをしている。芸術作品だ。からだつきにしても、同じように文句のつけようがない（And the body likewise, perfectly formed）。（二一二）

「彼らのからだつきは、どこか女のからだを思わせるところがあった」とチナスキーは述べるものの（二一二）、それは虚勢にしか響かず、彼はこのジミーという男を殴り合いの末に倒すのだが、つまりみずからが、その男に対して身体的危険としての役割を果たすようにふるまってみせるのだが、結果的にはデパートを解雇され、勝利の余韻はすぐにかき消される。

現実社会において成功している者は、結局のところ、ジミーのように見た目に美しい肉体を有する者である、というような考えはしかしながら、当時のアメリカという国の政治的中枢において否定されているという事実を、ブコウスキーは小説の終わり近くで読者に想起させる。いうまでもなく、フランクリン・ローズヴェルトのことである。大恐慌下で貧困対策を実施したこのリベラルとされる大統領を、チナスキーは気に入っており、「［ある大学の先生のような］素敵な脚をしていなかったが、彼には素晴らしい脳みそがある」と書くとき、彼がこの要人を、作品に一貫する畸形と不具の主題のなかに位置づけようとしているのは明らかだ（二六六）。

身体的不具と社会的周縁性との結びつきを、攪乱するようなベクトルをそこに見出しているからこそ、チナスキーがこの大統領に言及するのは確かだろう。しかしあらゆる権力者を拒むチナスキーは、ローズヴェルト大統領を特権化しない。自分たちを「戦争に駆り立て」ようとする大統領を、「ほかの国なら、彼は権力を恣にする独裁者となれたことだろう」と述べるチナスキーは、この権力者の理想化を拒んでいる（二六六）。

この意味で、小説が太平洋戦争の始まりとともに終わるのは、重要である。真珠湾の攻撃が知らされ、日本との戦争へと突き進むなか、海兵隊員である友人のベッカーを基地へと送り出すチナスキーは、戦争に加担する姿勢を見せようとしない。ベッカーに海兵隊に入って「男になれ」といわれても、「男になるっていうことにまったく興味が持てないんだ」と返す（二七八）。ベッカーがいい返すように、「いつだって誰かをひどく殴りつけてばかりいる」チナスキーのその発言には嘘があるだろう（二七八）。チナスキーは戦争という大きな物語と、巨大な暴力装置をとおして「男」になることを拒んでいる。不具の大統領は、頼もしくはあるものの遠い存在でしかない。あくまで彼は、生活の半径において闘うことを選ぶ。

そしてそのための根拠となるのは、やはり、身体である。最終章で、自殺を考えるチナスキーが思いとどまるのは、「自分のからだや自分の人生に対する奇妙な愛着を感じて」いたからだという（二七四）。「傷ついていたけれども、からだも人生もわたしのものだった」（二七四）。偶有的であり、畸形的であるからこそ、「わたしのもの」として感じられる身体。それは父親に、医者に、機械に、ROTCでの指導者に、翻弄され、制御され、規律される身体であることを、チナスキーはもちろん熟知している。それこそが作品の主題でもあるのだから。しかしそれでもその身体が「わたしのもの」として感じられ、そこに「奇妙な愛着」を感じ、それを生と創作の根拠とすることに、何一つ奇妙なところはない。それがたとえ、少なからず、彼の身体を飼いならそうとするシステムを肯定することになってしまっても、その愛着に、不自然なところはない。偶有性とは、宿命の謂いだからだ。

小説の終わり、ベッカーと別れたチナスキーは、ペニー・アーケードで、小さな人形を操作するボクシング・ゲームを見つけ、近くにいたメキシコ人の少年に声をかけて試合を始める。少年が選んだボクサーの人形は、「左腕が壊れていて、半分までしか上がらない」(二八二)。しかしその人形は、チナスキーの操るボクサーを二度打ち負かし、チナスキーが歩き去るところで、小説は終わる。チナスキーが操る身体は、損なわれた身体に負けるのだ。

チナスキーの闘いの卑小さと惨めさは、不具のボクサーを操る移民の少年によって負ける、というその負け方において救われている。少年の勝利もまた卑小な勝利にはちがいない。壊れた「ゲーム」のなかの勝敗は、同じ展開を決して可能にしない、現実を浮き彫りにする。本気でゲームをして不具のボクサーを操る少年に負けること。それはチナスキーにとって、本気で闘い、負けることが許される稀有な瞬間でもあったはずだ。

註

1 「ハム・オン・ライ（ham on rye）」とは、ライ麦パンにハムをはさんだサンドイッチのことだが、カロンは、この題名について、サリンジャーの『ライ麦畑でつかまえて（*The Catcher in the Rye*）』へのオマージュ、「コメディアン」の意である ham と、ライウイスキーを意味する rye という洒落、さらにはライ麦パンにはさまれるハムのように、両親にはさまれる少年のイメージを見出している（Calonne, *Charles Bukowski* 144）。

2 以下の論は、次の引用によって要約されうる思想家のマウリツィオ・ラッツァラートによる（フェリックス・ガタリをめぐる）議論に示唆を得ている。「資本主義社会における個体化された主体は、生まれながらに「個体化された身体」「裸の身体」を持っている。この「恥ずべき身体」は家政的経済と社会的経済の一部とならねばならない。裸の身体、恥ずべき身体は、言語と同じように、それじたいの内部に閉ざされており、自律的であり、独立しており、自らを構成する動的編成の多様性から切り離されている。この恥ずべき身体は、産業社会の力によって、「自然な」身体に作りあげられる」（マウリツィオ・ラッツァラート『記号と機械——反資本主義新論』［杉村昌昭・松田正貴訳、共和国、二〇一五年］九九）。

3 Charles Bukowski, *Ham on Rye* (New York: Ecco, 2007) 9. 以下、『ハム・オン・ライ』からの引用はこの版に依拠し、本文中に頁数を括弧に入れて記す。なお、引用の訳はチャールズ・ブコウスキー『くそったれ！ 少年時代』（中川五郎訳、河出文庫、一九九九年）を使用するが、議論の文脈に応じて適宜表現を変更している。

4 Ernest Fontana, "Bukowski's *Ham on Rye* and the Los Angeles Novel," *The Review of Contemporary Fiction* 5.3 (1985) 5.

5 出版はされなかったが、一九七九年頃に書かれ、朗読会で披露されたものとして、文字どおり「父を食べること」という詩をブコウスキーは書いている。父親とその娘夫婦が飛行機事故に遭い雪のなかに閉じ込められ、娘夫婦は死んだ父親を食べて生き残り、笑顔で新聞に載る。その新聞を見た語り手はこう述べる。「わたしでも同じことを／しただろう／神に訊くことすらせず。／しかしどうせなら／父親の残骸の写真のほうが／よかっただろう。／サンクスギビングのあとの／ターキー／のような」。本作品の草稿は bukowski.net で確認できる。

6 Bukowski, *Play the Piano Drunk* 33.

7 Bukowski, *Play the Piano Drunk* 35.

第8章　無防備の彼方へ――『ハリウッド』とアルコール

無防備という主題から捉えたとき、『ハム・オン・ライ』と『ハリウッド』のあいだには、あまりに大きな落差があるように感じられる。『ハム・オン・ライ』は、チナスキーの無防備の感覚を、その起源に遡行するように書かれているのに対し、『ハリウッド』は、チナスキーが、無防備の喪失を深々と認めて肯定し、その先を見つめようとする小説として読める。『女たち』においては「マイナー詩人」であったチナスキー＝ブコウスキーは、『ハリウッド』において、ドイツを中心とするヨーロッパに多くの読者を抱える文字どおりの「有名人」になっており、ついに、ハリウッドで撮影される映画のために、脚本を書く仕事まで引き受ける。

もっとも、有名で裕福になったなら、人は無防備でなくなるわけではない。本作品で無防備な登場人物といえる、映画監督やその友人は、貧乏で生活に窮しているわけではない。重要なのは、この小説において、チナスキーは、映画制作者たちを観察する立場に退き、みずからの主人公性をなかば放棄し、彼らこそを無防備として描き、一方で、みずからの家の購入などを描くことで、「安全」な世界に退いていく自分の姿を、彼らと対照的に描いた、という事実そのものである。

つまり『ハリウッド』において、意識的にブコウスキーは、無防備の喪失を、主題化した。そしてこの作品をもって、チナスキーはブコウスキーの小説の語り手としての役目を終えることになる。『ハム・オン・ライ』と

『ハリウッド』のあいだに、いったい何があったのだろうか。

一方では、七年の歳月が流れたのだ、ということができる。そのあいだにブコウスキーは裕福になり、結婚をし、バーベット・シュローダーが監督をし、ミッキー・ロークがチナスキー＝ブコウスキーを演じ、フェイ・ダナウェイがジェイン（映画のなかでは「ワンダ」と呼ばれる）をヒロインとして演じた、『バーフライ』という映画のために脚本を書きもした。「スキッド・ロウ（どや街）の作家」を標榜し、私小説を書く作家にとって、それは決して小さな変化ではない。彼は成功者になったのだ。

だが他方で、何も変わってなどいないのだ、ということもできる。『ハム・オン・ライ』はある意味で、「無防備」なチナスキーは、過去と回想のうちにしか存在しないことを明示した作品だといえるし、そもそも、これまでの小説において、チナスキー＝ブコウスキーが、語る現在において無防備であったことなど、一度もなかったのだと、そこまでいってしまってもいい。『ポスト・オフィス』には、安定を得ることで無防備を失ってしまった、という感覚が底流にあり、次の『ファクトウタム』は、過去に遡行した。語り手の現在に最も近い過去を回想した『女たち』では、無防備はパフォーマンスと接している。小説というジャンルは、ブコウスキーにとって、無防備の喪失と不可能性を体現するものであったと、そう結論するのは、あながち性急とはいえないのかもしれない。そうすると、『ハリウッド』の特殊さとは、無防備を失ったのだと認めるその告白の率直さにあるということになる。

しかし本当にブコウスキーは率直だろうか。本当に彼は無防備を喪失したのだろうか。むしろここで考えるべきは、彼が、チナスキーの無防備の喪失を意識的に主題化した、ということの含蓄だろう。ブコウスキーは、そうすることで、何かをいおうとした。問題は、その何かのほうであって、無防備の喪失そのものではない。なぜなら、その何かによってこそ、無防備という主題は、チナスキーの意図を超えた、広がりと深さを獲得するからにほかならない。

映画とオーサーシップ

第6章で論じたように、『女たち』はオーサーシップ、作家であることについての意識を大きなテーマとしており、そこでは流通するみずからのイメージを演じるチナスキーの姿が描かれ、パフォーマンスや観客といった概念が、重要な意味を帯びていた。

映画のシナリオを書くチナスキーを描く、というだけではなく、同じ「チナスキー」という名の男が主人公として登場する自伝的な映画の制作から公開までを描く『ハリウッド』において、作家のイメージやパフォーマンスをめぐる問題が再び焦点化されるのは、自然な流れだったといえる。『バーフライ』という映画の制作にかかわったことが、そういったテーマの考察を深める上で格好の材料を、ブコウスキーに与えたのだろう。

『ハリウッド』において一貫して強調されるのは、映画の制作における、作家／脚本家と書くことの位置という問題である。配給会社によって催されるパーティで、脚光を浴びる俳優とは対照的な存在としての作家に、チナスキーは思いをめぐらす。

ああ、それに比べて脚本家はどうだ？　俳優の血となり骨となり頭となるのは（そしてそれらをなくしてしまうのも）脚本家だ。脚本家は奴らの心臓を鼓動させ、話す言葉を与え、奴らを生かしも殺しもし、やりたい放題できる。でも脚本家の場所はどこにある？　誰が脚本家の写真をわざわざ撮る？　誰が拍手喝采する？　いやでもそれでいいんだ、それでいいにきまっている。脚本家は自分がいるべきところにいる。暗い片隅で、じっと観察してるんだ。

と思ったら、見てみろ！　フランシーン・バウワーズがわたしたちの席に近づいてくるじゃないか。セアラとジョンに微笑んだあと、わたしに話しかけてくる。「わたしの脚の場面はもう書いてくれた？」[1]

脚本家の重要性をめぐるチナスキーの主張は、フランシーンとの会話によって証明されると同時に、相対化されてもいる。フランシーンが彼に、自分の魅力的な脚を映す場面を書いてほしいというのは、依頼であるのと同程度に、命令でもある。チナスキーを演じるジャック・ブレッドソー（＝ミッキー・ローク）が、鏡の前で詩を読む場面や、サングラスをかける場面を入れるよう要求し、チナスキーが応じることを想起してもよい。他者の要求に従って書く、というこれまでのどの小説にも見られなかったような、執筆という作業における主体性の放棄を、チナスキーは経験する。

このことは、映画において、書くという行為が、どれだけ共同的な性質を有しているかを端的に物語っている。たとえチナスキーが一人でシナリオの執筆を担当するにせよ、その事情が変わることはない。映画の制作過程全体は、いうまでもなく複数の主体によって行われる集団的な行為だといえようが、そのなかで書くという行為だけが、独立した、孤独な行為であることは許されていない。チナスキー自身が述べるように、シナリオの執筆にはいくつもの「妥協」が必要であり、「つねにカメラの眼をとおして考えなければならない」(一九二)。そして自分の書くものを「観客」が理解できるのかを、気にしなければならない(一九二)。

『女たち』での朗読会の描写が、詩のオーサーシップがいかに詩人と観客(読者)とのあいだに共同的に成立するかを示す、ということはすでに論じたが、少なくともそこで彼はあらかじめ書かれた自分の詩を読む以上、観客の反応を考慮して詩を書く、ということはなかった。『ハリウッド』ではそういった意味でのオーサーシップの発揮も許されず、観客の反応はあらかじめ執筆行為に織り込まれている。「小説や短篇」の読者は作品を読んで「怒ったり侮辱されたり」するのを「喜ぶ」が、映画の観客は、ただ、「怒り侮辱される」(一九二)。チナスキーの作者としてのふるまいを喜ぶための、余裕と距離感が、映画の観客には欠けているのだ。

この観客の近さの感覚は、『ハリウッド』においてチナスキーを取り巻く人物のほとんどがブコウスキーの読者である、という事実とも無関係ではないだろう。『女たち』においてもまた彼が関係する女性は彼の読者ばかりであったが、『ハリウッド』では、映画監督のジョン・ピンショ(=バーベット・シュローダー)をはじめとして、『ジム・ビームのダンス』(=『バーフライ』)という映画の制作者の多くがチナスキーの熱心な読者であり、その意味でこの映画は文字どおり、チナスキーとその読者の共同作業によって可能になるといえる。

『ジム・ビームのダンス』という映画の制作とはいわば、チナスキーと、彼の読者である監督や俳優やその他諸々のスタッフが共同して、飲んだくれ=バーフライとしての「チナスキー」というイメージ(神話)を作り上げる過程でもある。アンドルー・J.マディガンは、この点を指摘しながら、映画をとおしてチナスキーのイメージあるいはパブリックな自己が拡大することによって、彼の「芸術的な自己」が消えかけてしまう、と論じている。[2]その議論全体をとおして、マディガンは映画におけるようなパブリックで共同的に構成されるオーサーシップとは対立するべきものとして、作家のあるべき創造性や自己を捉えようとし、ブコウスキーもまたそのような見方をしていることを、前提としている。

これは基本的には同意しうる見方だが、『ハリウッド』という小説が、「芸術的な自己」というようなものを、映画によって規定される自己とは別に想定しているかについては、慎重な考察が必要である。そのことを考えるには、マディガン自身が、以上の議論の延長上において指摘する、「演技」と「書くこと」との対比を検討することが、有効かもしれない。チナスキーは小説中、俳優という仕事の独特さについて、自分ではない誰かの「ふり」をし続けることによって、「自分自身が何者かを思い出すのが難しくなる」と、否定的に述べている（一九二―九三）。マディガンはこの点を取り上げ、自己を失い「他人」になることを目的とする「演技」とは対照的に、ブコウスキーにとって「書くこと」とは、「自己の探求」であると論じた上で、『ハリウッド』では、ますます書くことによる自己の探求が難しくなるさまが描かれているとする。[3]

だが、演技と、書くことによる自己探求を、ブコウスキーが背反的に描いているかは微妙である。最初に映画の撮影の様子を見たチナスキーの反応を思い出したい。ジャック・ブレッドソー演じるチナスキーが、再現された自分の汚い部屋に入ってくるのを見たチナスキーは、「何てこった、あれは若きチナスキーだ！　あれはわたしだ！」と思い、「ひりひりする疼き（tender aching）」を感じる（一四八）。映画と過去の表象についてはあとで詳しく論じる。ここで確認すべきは、この場面でチナスキーが、「チナスキー」という自己をジャックの演技に見出している、という事実そのものだ。

むろん、ある意味でそれは、アイロニカルな認識である。過去の無防備な自己は、もはや他者によるパフォーマンスのなかにしか存在しないことを、その認識は明白に物語っている。チナスキー自身、右の叙述に続いて、「若者よ、この野郎、おまえはどこへ行ってしまったのだ?　わたしはもう一度若い飲んだくれに戻りたかった。わたしはジャック・ブレッドソーになりたかった。でもわたしは隅っこでビールをすすっている、ただの老いぼれだった」と述べる（一四八）。無防備な自分は、もはやいないのだ。

しかし、ノスタルジックな無防備の喪失の感覚だけが、この場面を支配しているわけではない。「あれは自分なのだ」と感じるブコウスキーを襲う「疼き」の迫真性は、少なくともチナスキーが脚本を書いているときの描写には見られないものである。書いているときに記憶は鮮明によみがえってくるが、それは「わたしの記憶」なので、「あれはわたしだ!」という啓示を感じるものではない。

チナスキーの「疼き」が示すのは、自己は、書くことによって見つけられるものではなく、書かれたものを前提とした、他者による演技のうちにこそ発見されるものである、という事実だ。それは、彼のアイデンティティが、他者によって作られるイメージに支配される、といったポストモダンな認識とは、さしあたって無縁である。むしろその発見は、ブコウスキー＝チナスキー的な無防備の詩学とでも呼ぶべきものが、ここで鮮やかに体現されることに起因するだろう。ジャックの演技力と、チナスキーの過去の汚い部屋を模したロケーションによって、現実的、社会的な意味で、無防備だった頃の彼が再現される。さらに決定的なことに、他者が見るように自分を見る、という（ブコウスキー的）無防備の核心が、ここでは文字どおりに視覚化される。自分を含めた、多数の人々の視線の前にさらけ出されているからこそ、ジャック＝チナスキーは「わたし」として発見されるのだ。チナスキー＝ブコウスキーの小説における無防備の中心的な二つの相がここで一気に体現されるからこそ、彼の、自己発見の認識は、「ひりひりする疼き」を伴うのだといえよう。

この映画の場面は、部屋に入ってきたジャック＝チナスキーが、鉛筆で紙に「書き始める」ところで「フェードアウト」して終わる（一四八）。この孤独な書き手は、チナスキーを含む大勢の前で演じられることによってこそ、孤独であり無防備でありうる、というブコウスキー的逆説を、鮮やかに示す場面だといえる。『女たち』ですでに予見されていた、孤独なオーサーシップの幻想性が、ここでは文字どおりに視覚化されている。

おそらくここで当然出てくる疑問は、（『女たち』についての章でも問うたように）この『ハリウッド』という小説を書くチナスキー＝ブコウスキーのオーサーシップは、彼に帰属しているのではないか、というものだろう。つまり、「集団的なオーサーシップを体現するような、書くという経験をしたこと」を主題とする『ハリウッド』という小説そのものは、「小説のオーサーシップは映画（の脚本）とは違うのだ」、ということを示すべく書かれたのではないか、という問いである。『ハリウッド』という「小説」を書くブコウスキーは、自己を探求しているのではないか。

ある意味ではそうなのかもしれない。映画に比べたとき、小説の執筆、またそれを読むことも、一人の作者という前提の上に深く成り立っていることはいうまでもない。だが、ほとんどの章がジョンからの電話によって幕を開けるこの小説において、物語の主導権はつねに監督の側にあることに注意したい。その監督もまた、制作会社に振りまわされ、制作会社は資本に振りまわされる、といった入れ子構造はあるのだが、物語の展開に関してチナスキーはいつも受け身の姿勢で、ジョンの電話を待ち、彼の言葉に従う。映画の話をもちかけるほどに熱烈な、チナスキーの読者が、チナスキーの語る小説のプロットを動かしていく。

しかしそれ以上に重要なのは、この小説の大部分が、「わたしたち」という語り手によって語られることであり、その原因である、チナスキー＝ブコウスキーが、結婚している、という事実である。だがこの問題を考えるには、いくつか迂回をしなければならない。というのも、小説における結婚の意義を理解するには、本作品におけるジェインの位置を検討することが不可欠だからである。

死の欲動

前節で検討したような自己発見が、いかに痛切な「疼き」を伴っていようとも、それが深い矛盾を孕んでいることは、いうまでもない。すなわち、俳優による演技は、多くのスタッフと多額の資本の動員の上に成り立っており、現実的な意味での無防備からは、かけ離れたものである。「飲んだくれ（barfly）」という「底辺の人々」についての映画を、多額の投資によって、裕福な者が制作し、演じること。前節で引用したロケの場面においても、ジャックは「ロールスロイス」に乗って現場に到着する（一四六）。

しかし『ハリウッド』という小説の重点は、このアイロニーにあるのではなく、アイロニカルな状況を前提としつつも、映画産業の住人のなかに、「バーフライ＝飲んだくれ」のそれと似た、無防備をチナスキーが見出してしまう、という実感のほうにある。その無防備は、さしあたり、死への意志、と呼んで差支えないようなものである。

小説の冒頭、マリナ・デル・レイに住む映画監督のジョンの場所を訪れたチナスキーはそこを、「死の前哨地」と呼ぶが、ジョンと、彼と同居する友人で俳優のフランソワ・ラシーヌは深く死への衝動と結びつけられている(九)。

アフリカの独裁者を扱ったドキュメンタリーを撮っており、「あいつは死とファックするのが大好きなんだ」とチナスキーによって評されるジョンの死への衝動は、死そのものを求めるというよりは、死をもおそれず行動する、無鉄砲さとしてあらわれる(一〇二)。それはロサンゼルスの危険なスラムにフランソワとともに移り住む、といった行動にも見られるが、読者の印象に残るのは、強権的な制作会社と交渉するために「ハンガーストライキ」を起こす場面であろう。チェーンソーを購入して、要求に応じなければ自分の身体の一部を切り落として毎日送りつける、というジョンの脅しが必ずしも冗談ではないことを、チナスキーは彼の口調から察する(一二六)。監督という立場にありながら、スラムに住みストライキを起こすジョンは、安全圏にいる者が興味半分で労働者的な行動を実践している、という風には描かれていない。むしろ彼は、システムとは外れたところで行動し、それを攪乱するトリックスター的な人物として描かれ、だからこそ、チナスキー=ブコウスキーは物語の主導権を、彼に委ねることができる。チナスキーの言葉を借りれば、「彼はハリウッドによって希釈されていない」のだ(一〇三)。

他方でフランソワは、より純粋に死と破滅を志向する者として描かれている。ルーレットの練習をしながらも、実際のカジノでは自分のシステムに逆らって損をする彼は、「死の願望(Death Wish)に屈してしまうんだ」という（一四）。スラムに移り住んでからも、黒人による脅迫や暴力に、臆さずに立ち向かう彼について、ジョンは、「いかれすぎて」自分が殺されかねない状況にいることがわからないのだと述べる（一一九）。チナスキーが「現在起こっていることに比べれば、わたしの過去の人生なんてほとんど奇妙でも放埓でも狂気じみてもいないようだった」と感じるのは主にフランソワに起因する（八七）。

フランソワとジョンが、映画関係者における死との接近を代表するとすれば、「飲んだくれ」のなかで死への欲動を体現するのは、いうまでもなく、ジェインである。ジェインにとってアルコールとは「緩やかな自殺」であったのだとチナスキーは述べ（一八一）、彼女を演じる女優にも、トウモロコシを盗みながらも、そこには「死が近づいている」ことがわかるような演技を要求する（一七四）。

およそかけ離れた人間に見える、「バーフライ＝飲んだくれ」たちと、映画制作者は、死への接近の度合いにおいて、近接する。そう考えているのでなければ、「みんな死んでしまった」とチナスキーが述べる（一八一）、彼が昔ともに飲んだ仲間たちを、映画のなかに復活させるという作業を、チナスキーがジョンに任せることはなかっただろう。ジョンの狂気とバーフライの狂気の共鳴のようなものを、チナスキーは期待したのだと考えられる。

ジョン、フランソワ、ジェインといった人物に比して、チナスキーは、死からは遠い場所にいるように思える。彼は家を買い、ＢＭＷに乗り、安全な場所にいるのだ。チャールズ・マンソンによる殺人が行われた家をチナスキーが買いそうになって、妻のセアラがそれを写真で見た家だと思い出してやめる挿話が想起されるかもしれない。チナスキーは巧みに死を回避する。彼は人々の狂気と無防備を「観察」する。小説中、インタヴューのなかで、「映画の意味するところ」を訊かれたチナスキーは、「おそらく、死のケツを覗き見ることだ」と答える（一七三）。この発言は、そのまま受け取っていいのだろう。つまり死は、彼にとってあくまで、窃視の対象なのだ。

アルコールとロマンス

ジョンやフランソワに比べて、死からの距離も遠く見えるチナスキー。それは、攪乱的で自己破壊的なジョンやフランソワに比べて、むしろチナスキーのほうが、映画産業というシステムと親和性があることを示している。チナスキーの映画産業への包摂は、「ヘンリー・チナスキーというキャラクターへの権利」を彼がある監督にすでに売っていた、というメタフィクション的なジョークによって端的に示される（一三五）。その監督は、チナスキーという「キャラクターそのものを所有している」というジョンの説明は、いうまでもなく、『ハリウッド』の語り手であるチナスキーその人にも暗示的に言及している（一三五）。彼は単に、「持つ者」になっただけではない。ハリウッドという産業によって所有され売買される「商品＝虚構」となったのだ。

ここでわたしたちが考えるべきは、ブコウスキー＝チナスキーが、みずからの、ハリウッドというシステムへの吸収を認める、そのあからさまさであり、ジョンやフランソワと自分の違いを認める過剰な潔さである。思うに、資本を土台として成り立つ映画という、表象＝虚構空間のなかに、自己を発見したと認めるチナスキーのふるまいは、「それでもその空間に包摂されえない無防備の存在がある」、という彼の主張の説得力を高めるための、戦略的ふるまいでもあるのではないだろうか。そう考えたとき、みずからの包摂を語るその過剰な率直さが、説明可能となる。その無防備の存在こそ、ジェィンにほかならない。

『ハリウッド』という小説において、主要なすべての登場人物が、モデルとなる人物の名前と異なっているのに対して、つまり他のすべての人物が虚構化されているのに対して、ジェインだけが唯一、ジェインという「現実」の名前で言及される、ということの意味は大きい。実際には小説に登場せず、チナスキーの記憶においてのみ生きており、彼が書くシナリオにおいて描かれ、俳優によって演じられるジェインだけが、「本当」の名前を与えられた、この小説の不在の中心となっている。チナスキーが述べるように、『ジム・ビームのダンス』の脚本は、彼がジェィンについて書いたものである（一六四）。

この小説は、チナスキーがジェィンを、映画をとおしてよみがえらせようとする衝動のみならず、その根本的な不可能性を徐々に強調するようになる。ジェィンの表象不可能性に深くかかわっているのが、アルコールである。本書は、「酔いどれ」といわれる作家について論じながら、ほとんど酒の問題を扱ってこなかったが、これまでの彼の小説において、酒は重大な役割を果たしていないからである。アルコールの意義を、ブコウスキーがまともに主題化したのは、映画『バーフライ』、そして小説では『ハリウッド』のみだといっていい。そしておそらく必然的に、その主題化は、「アルコールの主題化の不可能性」とでも呼べる事態をめぐることになる。

この小説のなかで、全体的に制作中の映画に関してあまり注文をつけないチナスキーが、激しく怒る場面がある。編集中の映像を見ていると、チナスキーがジェィンと出会う場面で、ビールを半分瓶に残したまま、「これでおしまい」、といってバーテンダーのほうに戻す（二〇〇）。この映像を見たチナスキーは、酒飲みは絶対にこんなことはしない、「最後の一滴まで飲んでから、「これでおしまい」というんだ」、こんな映画を「アル中」に見られたら嘲笑されてしまう、と怒り、「アル中でない監督に映画を撮らせて、酒が嫌いな俳優に演じさせる」とこんなことになってしまうのだ、と記す（二〇〇）。

アル中のことはアル中にしか理解できない、という凡庸ともいえる論理はしかし、ジェインを媒介するとき、チナスキー自身にはね返ってくる可能性を秘めているがゆえに、危険な論理である。彼女がトウモロコシを盗む場面の撮影をチナスキーが見学する場面を思い出そう。

しかしフランシーンが、「トウモロコシがほしいのよ！」と叫ぶと、いらいらしているような響きがし、愚痴をいっているようなところがあり、飲んだくれの投げやりな声ではなかった。たしかに悪くはないしそれなりにいいのだが、やはりちがう。

フランシーンがトウモロコシを引きちぎり始めたとき、やはり同じではない、同じだなんてことはありえないのだとわかった。フランシーンは女優だ。ジェインは狂った飲んだくれだった。完全に決定的に狂っていた。しかし演技に完璧さを求めるのも無理な話だ。よくできた模倣で間に合わせるしかない。（一七一）

この場面でアルコールは二重の役割を果たしている。一方で、アル中のことはアル中にしか理解できない、という事実は、映画をとおしてジェインをよみがえらせることができる、というナイーヴでロマンティックな陶酔を、いまさらながら冷ますような、酔い覚まし的なリマインダーとして、チナスキーには機能している。

しかし他方で、ここにおける、ジェインの模倣、再現の不可能性とは、それ自体「ロマンティック」な発想ともいえる。チナスキーの、過去の反復への期待を、「感傷的」という言葉で表現しうるなら、この再現不可能性という幻想こそ「ロマンティック」と呼べるかもしれない。ジェインという存在は完全に再現することは不可能であり、そのときそこにいた自分にしか、同じアル中である自分にしか理解できない、そう彼は思っている。ある経験の反復不可能性と、ジェインとのあいだの、他者には理解不可能なつながりが、ここではアルコールによって保証されているように見える。

だが、見逃してはならないのは、アルコールを介して、自分とジェインは再現不可能なかたちでつながっているのだ、自分だけが彼女を理解できるのだ、というチナスキーの想定もまた、この小説では相対化されている、ということだ。

というのも、彼らを結びつけもするアルコールによって、チナスキーはジェインを失っている。彼の回想によれば、彼がジェインと別れてしばらくしてから、再び彼女のもとを訪れると、棚に二〇本近くのワインのボトルがあり、それを飲むなと忠告するのだが、一週間後に行ってみると、すべて飲み干されていて、アルコールの過剰摂取による昏睡状態で、彼女は病院に運ばれており、まもなく死んでしまった（一八七-八八）。ジェインに忠告する際にチナスキーは、「その酒をぜんぶ飲んだら、いやきっと飲むだろうが、そしたら死んでしまうぞ!」と叫ぶ（一八八）。ここの「死んでしまうぞ（it will kill you）」という表現は、小説の最初における、「（フィッツジェラルドは）酒をやめた。それで死んでしまったんだ（That killed him）」、という発言に呼応している（一四）。フィッツジェラルドは酒をやめたから死んだ、というチナスキーの発言が、いかにもマッチョな酔いどれ的ポーズによって成立しているならば、ジェインという女性を前にして、ブコウスキー＝チナスキーという「飲んだくれ」は、常識的な、アル中の男性をいさめる素面の恋人のようにふるまってしまう。

いわゆるブコウスキー的な、アウトローの飲んだくれという一種のポーズとも捉えられるアル中、そういうアル中を骨抜きにするようなアル中として、ジェインは彼の前に立ちはだかる。つまりアルコールをとおして死へと突き進む彼女の前では、程度の差を超えて、質的な問題として、彼はアル中と名乗ることを許されないような立場に置かれる。そこでアルコールはいってみれば、死の、理解不可能性とつながっている。チナスキーには、あくまで死の「尻」を「覗く」ことしかできないのだ。

このことはある意味ですでに、「『ハリウッド』の場合でも、本当に恐ろしい人間はチナスキーではなく、もちろんジェインという狂った女の方である。真の狂気は文学の領域外に存在する。その限界に文学の境界線というものを引いてやれば、やはりブコウスキーも文学の中に取り込まれてしまうことになろう」という、若島正の啓発的な評によって簡潔に説明されている。[4] ここでは単に、ジェインという女性の表象不可能性は、アルコールの表象不可能性も示唆しうる、ということを付け加えたいだけだ。

ジェインは表象不可能である、という意味でのロマンティシズムに対しては、ブコウスキーはアイロニカルな視線を向けることはないだろう。だがそのジェインと、アルコールを介して連帯しようとするチナスキーに対しては、そうではない。そのような連帯の幻想性を、ブコウスキーは容赦なく指摘する。そこを周到に指摘するからこそ、ジェインの表象不可能性の信憑が、ひいては、ハリウッドの表象空間の「外部」の信憑が、高まる。そのブコウスキーのふるまいは、十分にロマンティックと呼んでいい。

夫婦の位相

しかしながら、アルコールを介して、ジェインと連帯しようとする、その試みに含まれる嘘とアイロニーに、チナスキーがまったく無自覚であると結論するのは、早急だろう。ジェインという女を理解できないように、アルコールを、チナスキーは、理解できない。そのことについての彼の自覚を示す挿話がこの小説には含まれている。

浴槽のなかで横たわるフランシーンと、そばに座るジャックが会話をする、「バスタブの場面」は、偶然、チナスキーが、過去に、実際にジェインと住んだことのある建物で撮影される。部屋の狭さのため、チナスキー夫妻は撮影風景を見学できずに他の部屋で待っていると、監督のジョンが入ってきて、フランシーンが、胸が浴槽の湯から露出するのをおそれて演技ができず、次が、彼にとっても前代未聞の、一九回目のテイクになると知らせる（一六六）。

それを聞いたチナスキーの妻セアラは、「彼女には酒が必要なのよ」といって、フランシーンをベッドルームにつれていく（一六六）。セアラは「スコッチ、ウォッカ、ウィスキー、ジン」のあるキッチンで「何かを混ぜて」飲み物を作り、フランシーンに渡す（一六六）。寝室から出てきたフランシーンは、次のテイクで演技を成功させ、喜ぶジョンに対してチナスキーは、「セアラをほめてくれ。彼女は魔法のドリンクの作り方を知っているんだ」と告げる（一六七）。

ここでセアラが、セクシスト的な映画の撮影に加担している、と批判するのは可能だろう。だがそれよりも、セアラが、アルコールという理解不可能な「魔法」を操って、フランシーンに無防備を演じることを可能にさせている、ということの意義のほうが、ここでは大きいというべきだろう。しかもそれは、セアラとフランシーンが、そのドリンクを手に二人だけで「寝室」にいるという、チナスキーには観察できない、女だけの空間ができ上がることで、可能になる。

要するにここで、セアラとフランシーンは、ジェインの側にいて、しかも互いに連帯し、そうすることで、チナスキーとジェインという連帯の嘘をも暴いている。ジェイン、フランシーン、セアラ。一九回目のテイクが撮影されるあいだ、チナスキーは回想にふけって、「ここは、わたしがある夜、三人の女をつれ込んだせいで、部屋から追い出された、まさにその建物だった」と記す（一六七）。「下着姿」で「自分がどれだけ偉大か」を話していたが、それを信じていたのは「わたしだけ」で、女たちは、「どうでもいい！　酒をもっとつげ！」と叫んでいた、そうチナスキーは回想する（一六七）。「わたし」という道化のまわりで、「わたし」を無視して連帯する女たち。チナスキーは、自分とジェインの連帯の欺瞞に、気づいているといっていいだろう。

撮影が最も難航するところを救うセアラは、『ジム・ビームのダンス』という作品のオーサーシップの、重大な担い手だといっていい。もっぱら一人称で語られてきたブコウスキーの小説においてはじめて、『ハリウッド』では、語りの大部分が、チナスキー夫妻を指す「わたしたち（we）」という主語を取っている。それだけ一貫して、セアラとチナスキーは行動をともにしている、ということでもある。ジェインについての映画を、セアラとともに見ること、つまり、夫の昔の恋人についての映画を、夫婦で一緒に見る、というような行為は、どこか倒錯した行為でもあるはずだが、セアラという女性は、そのようなことを意に介さないように見える。それどころか、ためらっているチナスキーに、「脚本を書くべきなのかもしれないわ」と促すのが、セアラである（一四）。チナスキーにとって、映画の脚本を書くことが、ジェインをよみがえらせるための手段であったとするならば、「わたしたち」という、複数形の語りを実践するこの小説は、その映画をともに見る、セアラと自分を描く試みであったようにも思える。

しかしそのような解釈は、「わたしたち」という夫婦としてのユニットの連帯性を、過大評価しているかもしれない。ジェイン、フランシーン、セアラが、一体となるようなかたちで、無防備の場面の演出に成功するとき、チナスキーがくり返す「わたしたち」は、女たちの連帯感によって凌駕されている。そのとき、チナスキーは、「彼女たち」を眺める孤独な「わたし」と化すほかない。チナスキーの「わたしたち」とは、「わたし」と「彼女たち」の緊張のなかで、夫婦という連帯を無根拠に信じようとするチナスキーのふるまいのあらわれにほかならない。孤独なオーサーシップが、もはや幻想ではなく、彼がひそかにおそれる現実と化したとき、チナスキーという語り手は、小説から退場する。

註

1 Charles Bukowski, *Hollywood* (New York: Ecco, 2002) 156. 以下、『ハリウッド』からの引用はこの版に依拠し、本文中に頁数を括弧に入れて記す。

2 Andrew J. Madigan, "What Fame Is: Bukowski's Exploration of Self," *Journal of American Studies* 30.3 (1996) 456.

3 Madigan, "What Fame Is" 457.

4 若島 二四七。

終章　一抹の崇高さ――『パルプ』と作家の倫理

ここまでブコウスキーの作品を検討してきたわたしたちは、いまや、彼の遺作となった『パルプ』を読む準備を整えた。よりふさわしい表現を使うならば、『パルプ』を「読まない」準備を整えたといえる。ブコウスキーと無防備をめぐる、本書の実質的な議論は、ヘンリー・チナスキーが登場する最後の作品となった、『ハリウッド』をめぐる考察で終えている。というより、本書の議論は、そこで終わるべきである。ニック・ビレーンという、ブコウスキーの最後のペルソナについて、ここで論じることはほとんど何もない。本書がここまで、しかめ面をしながら検討してきた、無防備をめぐる問題が、『パルプ』では完膚なきまでに笑い飛ばされているからだ。『パルプ』を読むとは、ここまでの議論に、何も深い意味などなかったのだと、ブコウスキーを解釈するなど、やはり「烏滸《おこ》の沙汰」なのだと、ブコウスキー自身によって伝えられる経験である。それはすがすがしい経験であると同時に、暗くなる経験でもある。ここまで、ブコウスキーを読むために費やしてきた時間、その時間は無駄だったのだと知らされる経験。

そのときわたしたちにできることは、「無駄ではない時間に何の魅力があるのか」、とブコウスキー的に開き直ることくらいだ。そう、わたしたちは、本書の出発点であり、本書がそこから遠く離れたと思っていた、現実に無防備なブコウスキーに、戻ってきた。すべての議論は、無用だったのだ。

ざら紙を使った三文雑誌を意味する題名が示すとおり、『パルプ』は「文学的」な「高尚さ」を隅々までけずり落とした小説である。ブコウスキー自身が、この作品を「悪文（bad writing）」に捧げ、「わたしにもし文学的名声があるとすれば、この小説はすぐさまそんなものを消し去るだろう」と述べ、さらに「それこそがこの小説を書いた理由の一つなんだ」と加えた。[1]

柴田元幸が簡潔に述べるように、クエンティン・タランティーノの『パルプ・フィクション』が「安手の素材を洗練された作品に昇華させた」とすれば、ブコウスキーの『パルプ』は「安手の素材をあくまで安手のまま再現している感がある」。[2] そこでは「とりあえず酒場に入り、とりあえず競馬場に出かけるといったふうに、小便がたまったからトイレに行くのとさして変わらない無根拠な必然とともに、同じような行為がのんべんだらりとくり返される」。[3]

ある評者が正しく指摘するように、本作品は、ハードボイルド小説のパロディとしても「中途半端」だといえるが、[4] それは欠点というよりは、みずからに「パロディ」という意味を持たせることすら拒む、本作品の一貫した姿勢によるものだといえる。再び柴田の的確な言葉を借りれば、『パルプ』は「世界を意味ある場所だと考えるための「よりどころ」を徹底的に剥ぎとる」。[5] そうして意味を剥ぎとるターゲットを、ブコウスキーは作品の「文学的価値」にまで及ぼし、「悪文に捧ぐ」という献辞を文字どおりに実践してしまう。「稀代の悪文家による支離滅裂な駄作のお手本のような作品」であるという本作についての若島正の評価は正しく、もちろんだからこそ「捨てがたい」というひねりを若島は加えるわけだが、どれだけ意識的に「駄作」が書かれているとはいえ、それが「駄作」であることにかわりはない。[6]

ではこれまでの作品は「駄作」ではなかったのか、といわれると、それもまた嘘になるだろう。本書で、ブコウスキーの無防備についての自意識をここまで検討してきたが、程度の差はあれ、それぞれの小説はやはり、「駄作」で、「率直」で、「意味づけ」がなされていないのであり、本来であれば、各章においてわたしたちはそのような客観的無防備へと戻っていかなければならないところを、ここまで引きのばしながら、何とかブコウスキーについての解釈のようなものを紡いできた、というのが実情である。それは多くのブコウスキー読者にとって、過剰な解釈だと思われたかもしれないが、そうではなく、ブコウスキー作品の半面だけを扱ってきたわたしたちには、過剰さが足りなかったのだ。すべての作品は無用なパルプだったのだ。各章で提示する解釈を、各章で否定するだけの度量と根気が、本書になかったということにすぎない。

たしかに『パルプ』には、わたしたちがブコウスキー的無防備の主題のエッセンスとして取り出してきたものが、凝縮されているのだ。

俺はオフィスにいた。オフィスの契約期限はもう切れていて、マッケルヴィーは追い立ての手続きをはじめていた。馬鹿みたいに暑い日で、エアコンは壊れていた。ハエが一匹、机の上を這っていく。俺は手のひらを広げてつき出し、そいつをあの世へ送り込んだ。ズボンの右脚で手を拭いていると、電話が鳴った。

俺は受話器を取った。「はい、もしもし」

「あんた、セリーヌは読む?」女の声が訊いた。えらくセクシーな声だった。俺はしばらく前から女っ気がなかった。もう何十年も。

「セリーヌねえ」俺は言った。「ふむ……」

「セリーヌをつかまえてほしいのよ」女は言った。「セリーヌが欲しいのよ」

すごくセクシーな声だ。こりゃたまらない。

「セリーヌ?」俺は言った。「少し事情をお聞かせ願えますかね。話してください。話をつづけて……」

「ジッパーを閉めなさい」女は言った。

俺は下を見下ろした。

「どうしてわかったの?」俺は言った。

「どうだっていいわよ。セリーヌをつかまえて」

「セリーヌは死にましたよ」

「死んじゃいないわよ。見つけてほしいのよ。セリーヌをつかまえて」7

小説の冒頭である。賃料を払えず、大家によって部屋を追い出されそうになること、ハエを殺す仕草、そうしながら依頼人が来るのを、あるいは潜在的な依頼人からの「電話」を「待つ」こと、そうして物語の主導権は、他者に委ねられていること、マスターベーションを見抜く女性と、見抜かれることによる無防備の感覚、そして(ハエとセリーヌの)死。ビレーンの行為だけではない。読者に向かって放たれる彼の内面の声は、いつも「死の貴婦人」にもさらされていて、彼が長ったらしいモノローグを述べていると、電話が鳴って、「あんた、哲学もだめね」といわれる(一〇四)。「死の貴婦人」は、読者という他者なのだ。

「この小説は、ハードボイルド小説のパロディであることは明らかだが、明らかなのでそれはポイントではない」、といえるならば、話は簡単である。しかしむしろ、ここで本書が直面するのは、これまで本書が構築を試みた無防備のスタイルとは、ハードボイルド小説の詩学をチープに模倣したものにすぎなかったのだ、という、憂鬱な事実である。

本来であれば、人目にさらされることなく、ひそかに他者を観察しなければならない「私立探偵（private eye）」のビレーンだが、その無能さゆえに、カメラを持ってクライアントの家に侵入して、みずからが追跡する相手に姿を何度もさらしてしまう。まさに彼は、「さらされる窃視者」である。そこで茶化されているのは、暴力的な世界のなかで、孤独に世界と向き合う無防備で、少なからずマッチョな「スーパー探偵＝特大ペニス（super dick）」だ（三九）。「私立＝プライヴェート」探偵の「オフィス」は、つねにオープンで、次々と、ビレーンが不在のときにすら人がやってきて、客が閉じ込められ取り残されることもある。そこでは奇妙な公共空間が形成される。「ここに住んでることを、いろんな人間に知られすぎてる」（一九四）——探偵のはずの彼はいわば、「さらされた有名人」なのだ。彼が相手にする女性は、「死の貴婦人」と宇宙人の「ジーニー・ナイトロ」という、他者。ファム・ファタール、というような神秘的なものではなくて、（名前の）文字どおり、死の欲動を体現する他者、そして宇宙人。どこにでも死があり、グローヴァーズというクライアントが営む葬儀店では、棺桶のなかに無防備な裸の女性の死体だけではなく、自分の死体を発見する（九三–九六）。ビレーンの最後の大仕事は、「赤い雀」を探すことで、その過程では、「鳩の死骸」を「赤い雀」といわれて見せられることもあれば（六八）、「カナリア」をつかまされて、その「素敵な鳥」に彼は「見られ」もする（一九四）。動物の死骸がビレーンの前にさらされ、彼は動物の視線にさらされるのだ。探偵の仕事は、一見「無用な細部」と思えるものが、実は重要であると認識することだとすると、『パルプ』では「無用な細部」はそのままに放置されるどころか、ビレーンの行為全体が余計な細部で成り立っていて、事件はほとんど他者が勝手に解決してくれる。「死の貴婦人」に助けられ、事件は他者や偶然が勝手に解決してくれるにもかかわらず、彼はそれで、「なんとなく自分がほんとにプロフェッショナルになった気がしてきた」と無根拠な自信を抱く（一二四）。物語＝事件のオーサーシップは「彼ら」にあるのに、自分にあると思い込むビレーン。そして物語の最後には、彼は「赤い雀」に「食べられ」て、動物と彼の距離はゼロになる。「くちばしの内部に、とてつもなく大きな黄色い渦があった。太陽よりもっと迫力がある。信じられない」（二〇二）と口にするビレーンの間近さの感覚のリアリティは、その抽象性ゆえに読者には伝わることのない、「遠い間近さ」だ。そうして孤独な死のなかに飲まれていくビレーンを見守る読者は、「取り残された観察者」となる……。

ブコウスキーは、無防備を取り巻くブコウスキー的主題が何たるかを熟知していて、それがすべて、ハードボイルド小説の枠組みだけではなく、駄作のパルプの枠組みにはまってしまうことを証明して、そこには意味などありはしないといって笑い飛ばす。ブコウスキー的主題の大団円は、まったく主題として深まることなく、ただ寄り集まって、幕を閉じる。それを「セルフ・パロディ」と呼べば高尚じみるかもしれないが、この作品を読んで、「くだらないけど、そのくだらなさがたまらない」と思ったとき、それはそのまま、みずからの議論にあてはまるかもしれない不吉な感想であることを、彼の作品をここまで「読んで」きてしまった者は、痛感しなければ嘘になる。本書の議論を読むくらいなら、たとえばハードボイルド小説についての高尚な議論を読むほうがよほど有益な時間の過ごし方なのだと、そう『パルプ』はいってくる。まさにその遺作において、ブコウスキーを精読しようなどと試みる者に、無防備どころではない、周到で徹底した攻撃を彼は仕掛けたというべきだ。すべての解釈は、「解釈の不可能性」のためにあったのだと、ようやくわたしたちはここで認識する。ブコウスキーはやはり、現実に無防備な作家だったのだ。

そういうわけで、『パルプ』は読まないほうがいい。それを読んで楽しいと思えば思うほど、本書は無防備に傷つくことにもなるのだから。

しかしそのような傷などすぐに癒えるほどに、この小説は、読んでいて、楽しいし、くだらない。しばしば指摘されるように、いくらか厭世的なところはあるものの、ブコウスキーの作品はつねにどこか厭世的であるので、最後に主人公が死んでしまうからといって、質的に変わるとはいえない。むしろ不吉なのは、みずからの主題の大団円という方法が、「終わり」をにおわせる、ということだが、そのような不吉さをも楽しさとくだらなさに変えている。

この楽しさ＝くだらなさの根拠は、パロディ的要素よりも、まずは、読者がビレーンとともに「冒険」をする、というところに見定められるべきだろう。死の貴婦人、宇宙人からセリーヌまで相手にして、競馬に通いながら、次々と問題が勝手に解決されていく探偵小説が、楽しくないわけはなく、くだらなくないわけもない。

ブコウスキーは、『パルプ』の執筆について、「わたしは彼［探偵］をほとんど解決できそうもない困難な状況（almost impossible situations）の中に追い込み続けている。それからわたしは何とか彼をうまく切り抜けさせなければならないのだ」と述べた。[8]「不可能な状況（impossible situations）」という表現は、本書の読者に、『ポスト・

オフィス』の前半における郵便配達の仕事を想起させるはずだ。「オフィス」の外で配達人のチナスキーが冒険したように、ビレーンもまた、「オフィス」という空間から外に出て、ピンチを味わう。小説の冒頭近くで、本屋のレッドに、「ついいままで、飲んだくれのチナスキーがいたんだ。買ったばかりのペルーズの郵便秤をさんざ自慢してったよ」といわれる自己言及的ジョークは、ブコウスキーが、『ポスト・オフィス』のチナスキーを喚起していると解されるし（一六）、ビレーンの厄介な隣人が「郵便屋（mailman）」であることもまた、同様の文脈において理解できる。

「赤い雀」をめぐるプロットは、ブコウスキーが、遺作において、『ポスト・オフィス』に戻ってきたことを端的に示すものでもある。「赤い雀」の捜索を依頼するジョン・バートンは、ブコウスキーの才能を信頼してブラック・スパロウ・プレスを立ち上げ、彼の作品を独占的に出版し続けたジョン・マーティンを下敷きにしている。[9]

すでに触れたように、ブコウスキーがそれまで長年勤めていた郵便局を辞め、専業作家に転身することを可能にしたのは、ジョン・マーティンであった。マーティンはみずからの月収の四分の一にあたる百ドルを毎月支払い続けることをブコウスキーに約束し、フルタイムの作家になるよう決断させたのだ。[10] そうして専業作家になったブコウスキーは、マーティンに促されて、『ポスト・オフィス』を書いた。この百ドルという数字は、『パルプ』における、「赤い雀が見つかったら、一生ずっと、毎月百ドルずつあげよう」というバートンの提案に反映されている（一五）。

（警察組織や探偵組織から独立した）私立探偵と（脱サラをして社会的に無防備になった）作家という職業の

アナロジーは、それ自体、ハードボイルド小説の一つのコンヴェンションとでも呼べるもので、ブコウスキーはそのアナロジーをもパロディの対象としている、ということはできよう。しかしバートンの、自分への無根拠な信頼に応えるべく「赤い雀」を探そうと必死になるビレーンの姿は、マーティンの期待に応えるべく『ポスト・オフィス』を書くブコウスキーの姿と容易に重なるだろう。「赤い雀」を探すことを「なんだかキリストの聖杯を探してるみたいだ。ちょっと俺には奥が深すぎるかもしれん。それに熱すぎるかも」とビレーンがいうとき、彼は単に小説の最後を滑稽に予見しているだけではなくて、書くことのロマンスについてしゃべっているといっていい（一五三）。郵便局という組織を抜け出して、専業作家として書くことによって生計を立てるという「熱すぎる」ロマンスは、二〇年以上経ってもまだ続いていたのだ。

『パルプ』を解釈することのナンセンスは承知だが、右に述べたこととの関連で、もう一点だけ触れておきたい。『ポスト・オフィス』と異なり、基本的にはプロット上の冒険は最後まで持続し、それと連動して構成上の「めちゃくちゃ」さが際だつ『パルプ』だが、ビレーンの仕事と職業をめぐる意識の前景化、という点においては、意外なほど一貫している。もっとも、それは前述のとおりパロディの一環として言及されるわけだが、小説が進むにつれてその重要性は増してくる。

その言及には、明白な展開がある。まずは、ビレーンが、自分にはするべき仕事があると何度もいいきかせる。それが、物語の中盤あたりから、自分の職業の選択は間違えていたのではないか、という自問と、自分はプロフェッショナルだ、という自負をくり返すようになる。

それは明白なパロディから始まる。ビレーンは「さあ、仕事だ（I had work to do）」といって「殺すべきハエ」

を探し（二一）、「仕事に行く時間だ」といって「私設馬券屋」に電話をし（二八）、「腕ききの探偵はいつだって仕事を抱えている（A good dick always has things to do）。映画で見るのと同じさ」（三三）という。そして「俺には仕事がある（I had work to do）。俺はＬＡとハリウッド両方で一番の私立探偵」といきまく（三七）。

　外に出て、俺はスモッグを物ともせず、ずんずん歩いていった。俺の目は青く、靴は古く、誰も俺を愛していない。だけど俺にはすべきことがある（But I had things to do）。
　俺はニッキー・ビレーン、私立探偵だ。（I was Nicky Belane, private detective.）（二五）

仕事や「すること（doing）」は、『ポスト・オフィス』や『ファクトゥタム』でも重要な主題であり、ビレーンが「すること」を忌避するのは、『ファクトゥタム』におけるチナスキーが過酷な「すること」にとどまるのと対照をなす、という意味でも興味深いが、ここでは、ジャンルの問題として捉えるのが有効だろう。ハードボイルド小説をめぐる研究書において、ジョン・T・アーウィンは、そこで描かれる私立探偵にとっては、仕事という「doing（すること）」こそが、彼らの「being（であること）」に転化することを指摘している。[11] 仕事の実践が、探偵のアイデンティティを規定する。これはブコウスキーが、作家は、書いていないときは作家ではないと、たびたび強調したことと通底している。[12] 自身の職業倫理も念頭に置きながら、探偵の倫理を右の引用でブコウスキーがパロディの対象としていることは明らかだ。ビレーンは、実際に「する」のではなくて、「することがある」ことによって、立派な私立探偵「である」と主張する。「することがある」とはもちろん、まだ「していない」ということだ。実際仕事を「する」段階になると、ほとんどうまくいかないわけだから、「していない」段階において、「する」から「である」への変換をするほかないわけだ。

現実には「していない」ことによって「である」を規定しようとするビレーンは、正しく無防備なブコウスキー的存在になっていく。ビレーンは仕事をしても全然うまくいかない、ということもあって、小説が進むにつれて、「仕事がある」という言明はなくなって、代わりに「職業を選び違えたんだろうか?」という自問が始まる(七五)。このような動きと並行して、徐々に深まっていく彼の厭世的な思考が語られるわけだが、それは「仕事」と「である」が意外なかたちで出会うことでもある。たとえば、セリーヌと「死の貴婦人」をバーで待つ場面。

> 俺は自分の酒を一気に飲んだ。どうも妙な気分だ。なんだか、何もかもどうでもいいみたいに思える。死の貴婦人。死。あるいはセリーヌ。こんなゲームにくたびれてきた。元気が失せてきた。生きることは不条理だとかいうけど、それだけじゃない、掛け値なしの重労働だ(Existence was not only absurd, it was plain hard work)。一生で何回下着を着るか、考えてみるがいい。げっそりしてくる。うんざりしてくる。アホらしくなる。(一〇八)

職業についての自問が始まり、「である」が揺らぐとき、「である(being)=アイデンティティ」は、「ある(being)=存在(existence)」へと横滑りして、「存在」自体が、「すること」(「下着を着る」)の反復として立ちあらわれ、それこそが仕事であると感じられる。このビレーンにとっての新たな認識は、ブコウスキーの読者にとっては目新しいものではない。ブコウスキー的な「最底辺における存在とは、ただあることである」とし、[13]「「する」の底辺には、「しない」があるのではなく、「ある」という欠伸が巨大な口を開けているのだ。存在は欠伸なのである。なるでもなく、するでもなく、あること」[14]という澤野の説明は、右の引用を的確にいい当てているといってよく、ビレーンは、「ある（existence）」ことはすでに「する」ことなのだと、よりいっそう過激な地点にまで降りていったといえる。探偵の仕事が「できない」ことによって、かえってビレーンは、ブコウスキー的仕事としての「ある」を発見する。

　しかし、ポイントはその先にある。作家であるブコウスキーと探偵ビレーンの職業倫理のアナロジーが重要なのは、まさに、これらのことを「書く」という、ブコウスキーの行為がそこで暗示されるからにほかならない。つまり、「だけど俺にはすべきことがある」と、ビレーンが、「まだしてない」ということを、ブコウスキーは書いている。「存在」は「掛け値なしの重労働だ」とブコウスキーは、書いている。そしてそれを書いている限りにおいて、ブコウスキーは「仕事」をしていて、彼は作家「である」。観察をめぐる詩において考察した、無為と書くことの重なりが、ここでは作家の倫理の問題として提示されている。

　ビレーンとブコウスキーの差異を指摘したいわけではない。ビレーン＝ブコウスキーであるならば、彼は、探偵の仕事をしないで、「無為＝存在＝あること＝仕事＝すること」という、「最底辺」の倫理を実践している、まさにそのあいだにも、「すること＝書くこと＝作家であること＝探偵であること」という、ハードボイルド的職業倫理を実践しているといえる。探偵「である」というビレーンの「ジョーク」が、「真実」となる位相が、ここにはある。そのような二重の実践を際だたせるためにこそ、作家＝探偵という仕事についての倫理が前景化されているといってもいい。序章で述べたように、倫理をとおして、ブコウスキー的無防備の、主観的位相と客観的位相は、反転的に接続する。

このような接続は、「赤い雀」のプロットにおいてすでに体現されているのかもしれない。「赤い雀」を見つけるとは、ある意味では、職業作家として書き続けることだろう。それは、見つけてしまえば死を意味するような、究極の目標であり、まさに作家としての倫理が生まれる場所である。他方でこの「赤い雀」は、ハメットの『マルタの鷹』のように、その所有が目指されるのではなくて、「ある」ことの確認が目指される。バートンに依頼されたビレーンが、見つけたらどうすればいいのか、鳥かごに捕まえればいいのか、と訊くと、「いや、それが存在するっていう、ちゃんとした証拠をあげてくれればいい。わたしの気が済めばそれでいいんだ」とバートンは答える（一四五）。作家として書くことの倫理の起源と目的には、ただの「ある」があるのだ。「スズメ」が、「ある」のだ。

逆説的に、あるいは当然というべきか、「赤い雀」が「ある」という証拠を、ブコウスキー＝ビレーンは、それについて「書く」という、その行為において提示する。ビレーンは「赤い雀」に飲まれて死んでしまうが、それについて書く彼が、仕事を成し遂げていることはいうまでもない。それを証拠としてわたしたち読者が認めるのは、わたしたちがビレーンの言葉を信じるからである。

ビレーンはバートンに無根拠に信頼されている一方で、ビレーンもまた、「赤い雀」はあるというバートンの言葉を無根拠に信じる。それはバートンへの信頼であると同時に、言葉そのものへの信頼にも見える。ビレーンが証拠を見せないままに、トラブルは終わった、というのを無根拠に最終的には信じるジャック・バスや、グローヴァーズの姿を想起してもいい。それはまた、あれはセリーヌだといわれればそうかと思い、宇宙人といわれればそうかと思う、読者の、ブコウスキーの言葉への無根拠な信頼とも通底している感覚だろう。小説の結末の死の場面においてすら、ビレーンの見るものを共有できないと読者が感じるとき、ビレーン自身が放つ「信じられない」という言葉を、読者も共有しているのであって、そういう否定的なかたちで――「わたしも…ない」というブコウスキー的連帯をとおして――ビレーンの言葉を信じてしまっている。

だが、おそらくその信頼は無根拠ではないのだ。バートンが、そして読者が、ビレーン＝ブコウスキーの言葉を信じてしまうのは、その「めちゃくちゃ」な仕事っぷりのなかで、彼が作家＝探偵としての倫理を、「見せかけ」も、「盾」もなく、孤高に、自然に貫いていることを直観しているからだろう。ブコウスキーはビレーンについて、「一抹の崇高さ」を備えた「愚か者」だとしている。[15] ビレーンの「崇高さ」とは、このような倫理の実践にあるのではないだろうか。それはブコウスキー自身の崇高さでもあるだろう。そうしてスタイルとしての無防備を実践するブコウスキーをわたしたちが直観する限り、彼の作品は、おそらく『パルプ』ですら、解釈へと開かれているにちがいない。

註

1 Bukowski, *Reach for the Sun* 271.

2 柴田元幸「訳者あとがき」『パルプ』（柴田元幸訳、ちくま文庫、二〇一六年）三〇七。

3 柴田「訳者あとがき」三〇七。

4 George Stade, "Death Comes for the Detective," *New York Times Book Review*, 5 June 1994.

5 柴田元幸「ちくま文庫版あとがき」『パルプ』三一五。

6 若島正「ブコウスキー主要作品解題――『パルプ』」『ユリイカ』（一九九五年五月号）一五七。

7 Charles Bukowski, *Pulp* (New York: Ecco, 2002) 9. 以下、『パルプ』からの引用はこの版に依拠し、本文中に頁数を括弧に入れて記す。なお、引用の訳は柴田元幸訳を使用するが、議論の文脈に応じて適宜表現を変更している。

8 Charles Bukowski, *The Captain Is Out to Lunch and the Sailors Have Taken Over the Ship* (New York: Ecco, 2002) 107. また執筆中に書かれた手紙でも、「探偵をありえないピンチ（impossible jams）に陥れては、脳みそをほじくって、何とか彼を出してやる」とブコウスキーは述べている（Bukowski, *Reach for the Sun* 271）。

9 「サッカーフィッシュ」（一九八一）という詩でも、マーティンは「バートン」として言及される。「バートンはわたしのアメリカでの編集者で、彼に出版を／断られた詩人はみな／彼はクソ野郎だとわたしにいう。／そのクソ野郎のバートンは／ニューヨークの出版者がディレッタントたちとむだな時間を過ごすあいだ／わたしを出版してくれた」（Charles Bukowski, *Dangling in the Tournefortia* [New York: Ecco, 2002] 188-89）。

10 Sounes 101-02.

11 John T. Irwin, *Unless the Threat of Death Is behind Them: Hard-Boiled Fiction and Film Noir* (Baltimore: Johns Hopkins UP, 2006) 273.

12 一例として「知られることについて」（一九八三）という詩の一節を挙げておこう。「実は、書いてないとき／人は作家ではない」（Bukowski, *War All the Time* 256）。

13 澤野 九〇。

14 澤野 八七。

15 Bukowski, *Reach for the Sun* 244.

あとがき

飲んだくれ、アウトロー、パンク、カルト作家。そういった一般的に知られるイメージとは大きく異なり、自己と他者、動物、労働やジェンダー、身体といった主題に取り組んだ、ある意味では普通の、真面目ですらある作家としてのブコウスキー像を本書は提示することになった。ブコウスキーを脱神話化する、という意図があったわけではなく、私の関心と、方法論的な限界のために、そのような格好になってしまった、というのが実情である。

ブコウスキーのような作家を論じるには、澤野雅樹のブコウスキー論によって代表されるような哲学的思想的な言語、あるいは、印象批評を厭わずにその作家の核心をつくような、いわゆる文芸批評的な言語で語るのがふさわしいように思われたが、そのような言語を一朝一夕に習得できるはずもなく、結局、私がこれまでに培ってきた、というよりは、それしか培ってこなかった、ただ作品をテーマ批評的に愚直に読んでいくという、いまどき文学研究でもめったに通用しないアプローチに落ち着かざるをえなかった。

そうしたアプローチは、「作品」という枠組みの有効性、さらには、その作品が解釈を要請し、分析に値するものであることを前提としつつ、実践をとおしてその前提の正しさを立証しようとするものだが、ブコウスキーの本質はまさに、そのような前提を宙づりにするところにあるともいえる。酔いどれ、カルト、パンク、といった形容が、ある意味ではそういった挑戦的な資質をいいかえたものであるならば、本書は偶像を破壊するどころか、偶像の場所にたどりつくことすらかなわなかったのかもしれない。

しかしながら、本書でこれだけ長々と「作品」について議論しておきながら、いまさら敗北を認めることによって、ブコウスキーを再偶像化／ロマン化しようというのは、あまりに潔さに欠けるというものだろう。あるレベルではたしかに「めちゃくちゃ」で「でたらめ」であり、それこそが魅力だともいえるブコウスキーの作品は、しかし同時に、精読や解釈に耐えうる強度と一貫した主題を有している、ということを証明するのが、図らずもブコウスキーについての本邦初の「研究書」となる本書の目論見であり、その目的を達成できたかどうかは読者のご判断に委ねるほかないが、最低限の「学術性」を保ちながら、ブコウスキーを丁寧に読むことの、一つの実践のかたちを提示できたのではないかと思う。

ブコウスキーはどう考えても、文学史に残るキャノン（名作）を書いた「偉大」な作家ではないし、それで誰が困るというわけでもなく、ことさら研究者によって取り上げられずとも、（私を含め）日々の生活を苦労しながら生きる市井の読者によって彼の作品はこれからも読まれ、支えられ続けるのだろう。しかしそうはいっても、彼が一部のファンによって読まれるカルト作家として認知されるにとどまり、その作品がアカデミックな現場で精読され解釈されないままだとすれば、それはそれで（一般の読者にとっても、文学研究にとっても）不幸な事態だといえるだろう。文学研究（者）と一般読者との隔たりが（良くも悪くも）大きい米国においては、ブコウスキーがこれからアカデミズムの場において活発な議論の対象となり、再評価されるというようなことは現実的に期待できない。けれども、文芸批評的な言説の豊かさとも連動して、研究者と「ファン」の境界がいい意味で曖昧であり、（本書の序論で示したように）ブコウスキーのような作家について、一流の文学者による卓越した評が数多く存在する、という米国では考えられないような事態が起きる日本においては、今後さらに彼の作品が広く深く読まれ、研究の対象となり、本国以上に、正当に評価されるための土壌が整っているように思える。幸いにして、定期的に突発する一過性の流行としてもてはやされ、捨て去られるには、ブコウスキーはあまりに多くの、消費しきれない数の作品を残した。いまだに全容が解明されないほどの多数の詩を含め、ブコウスキー作品の正確な輪郭の把握はまだ始まったばかりであり、本書がその一助となるならば、それにまさる喜びはない。

とはいえ実際には、本書での議論には、反省ばかりが残っている。本書で論じた、いわば「素面」のブコウスキーを、「酔いどれ」のブコウスキーに再接続すること、ブコウスキーという一匹狼を、ビートを含む、文学史的コンテクストのなかに正しく位置づけること、膨大な数の詩をより正確に、概括的に捉えること、手紙やエッセイ、追悼文の素晴らしさを伝えること……。まがりなりにも「研究」を名乗ろうとするならば、現地に赴いて詩の草稿を確認する、というような作業も必要であっただろう。私の力量不足、知識不足、怠惰のためにできなかったことはあまりに多く、今後の課題とするとともに、そのような作業を担う研究がこれから出てくることを願うほかない。

本書は書き下ろしだが、『ポスト・オフィス』と『ハリウッド』の章のもととなる原稿については、私が勤務する関西学院大学文学部英文専修での研究会や講演で、また、『女たち』の章の原型となる論考については、日本アメリカ文学会関西支部の例会で発表する機会を頂いた。その場で貴重なコメントや質問をくださった先生方、大学院生の方々、例会で司会をご担当くださり、発表後に多くの有益なフィードバックをくださった竹本憲昭先生に深く感謝申し上げる。

本書での引用の翻訳は、一部のエッセイを除き、注で特記していない限り原則として拙訳によるが、その場合も既訳があるものについては適宜参考にさせて頂いた。ヘンリー・チナスキー／ニック・ビレーンのそれを含む、作品における一人称については、拙訳では「わたし」を用いているが、既訳を用いる場合はそれに従った。議論の一貫性を重視して統一するよりは、「わたし」とも「俺」とも「おれ」とも捉えられるブコウスキー＝チナスキー＝ビレーンの声の揺れや潜在的な多様性をそのまま表現したほうが、本書の議論にも資すると判断したからである。小説の邦題については、原題の、過剰なまでに素っ気ない（＝自意識的な）シンプルさを優先させるほうが本書の議論にふさわしいと考え、既訳のものを変更させて頂いた。

ブコウスキーは私の直接の専門（フィッツジェラルドを中心とする二〇世紀前半のアメリカ小説）からは大きく外れるものの、本書は私の最初の単著であり、その方法と関心がこれまでの研究の延長上にあることはいうまでもなく、この場をお借りして感謝の気持ちを捧げるべき方々は多い。

東京大学大学院でご指導頂いた、柴田元幸先生、阿部公彦先生、平石貴樹先生に心から感謝申し上げる。法学部の学生だった私がアメリカ文学を志すきっかけとなったのは、他学部生として受講した柴田先生の授業であり、先生が訳された『パルプ』と大学院生のときに出会っていなければ、本書が書かれることはなかった。ブコウスキーはいまでも、私にとって何よりもまず柴田元幸訳の『パルプ』を書いた小説家であり、この思いは本書の端々に反映されているはずである。ブコウスキーについての本のあとがきで先生に謝辞を捧げられることを嬉しく思う。

指導教員としてお世話になった平石先生へのご恩と、先生から受けた影響は、はかりしれない。文学とは、小説とは、文学研究とは、人生とは――そういった根本的な（つまりは文学的な）問いを常に考えることを要請してくる先生の存在は、そのような問いへの「解答」そのものでもあったし、それはいまもこれからも変わりない。文学研究に携わるようになり、少しずつではあるが、先生から何を教わったのかが、わかってくる、わかってきたかと思えば、すぐに何もわかっていなかったと思い知らされる。「はかりしれない」とは、そういう意味においてである。

日本語で書かれた本書を読まれることはないが、留学中に指導教員としてお世話になった、リチャード・ゴドン先生とマイケル・ザレイ先生にも、格別の感謝の意を記さなければならない。とりわけ、本書が依拠する精読の方法が少しでも機能しているとすれば、それはゴドン先生の徹底したご指導のおかげ以外ではありえない。ブコウスキーの詩の解釈についての質問に、快く詳細に答えてくれた留学時代の友人、ブレンダン・シャピロにも感謝を表したい。

留学から帰国後に助教として二年間お世話になった立教大学文学部英文専修の先生方、また、物理的にも精神的にも、多岐にわたって、執筆中の私を支えて頂いた、関西学院大学文学部英文専修の同僚の先生方にも心から謝意を表したい。

法学部から人文系の院への進学という転換を快く応援してくれ、ここまで私を支えてきてくれた両親、本書を執筆中も私をあらゆる意味でサポートしてくれた妻、「ブコウスキー」のために何度となく遠出を我慢してきた二人の息子にも改めて感謝する。

最後に、ブコウスキーの専門家でもなければ現代作家を専攻するわけでもない私に、本書執筆のお声をかけてくださり、お会いするたびに激励してくださり、執筆の遅れをご寛恕くださり、一通り完成した拙稿に目を通して頂いて貴重なフィードバックをくださり、さらには校正でもご助力頂いた諏訪部浩一先生、そして、表現や校正に関して色々とご助言をくださるなど、本書の完成にご尽力くださり、本書(を含むシリーズ)の刊行という「ありえない冒険」を可能にしてくださった、三修社の永尾真理さんに最大限の感謝を捧げたい。

本当にありがとうございました。

坂根　隆広

二〇一九年三月

1983年　『ホット・ウォーター・ミュージック』（短篇集）刊。

1984年　『どんな時も戦争』（詩集）刊。

1985年　8月にリンダ・リー・ベイルと結婚。

1986年　『うんと寂しくなればわかることがある』（詩集）刊。

1987年　脚本を担当した映画『バーフライ』公開。

1988年　『安宿抒情短詩集』刊。

1989年　前年より健康が悪化し、結核の診断を受ける。『ハリウッド』刊。

1990年　『七〇代のシチュー』（詩集・短篇集）刊。

1992年　『俗界の詩の最後の夜』（詩集）刊。

1993年　白血病で入院する。『バルコニーからの悲鳴』（書簡集）刊。『追われし者と逃げる——ブコウスキー・リーダー』刊。

1994年　3月9日、白血病により死去。『パルプ』刊。

1968年　『恐怖通りと苦悶路地の角にて』（詩集）、『八階の窓から飛び下りる前に書かれた詩』（詩集）刊。

1969年　『ブコウスキー・ノート』刊。初版約2万8千部。『日々は丘を越えて駆けて行く野生の馬のように過ぎて行く』（詩集）刊。最初のポエトリー・リーディング。

1970年　1月に郵便局を退職。『ポスト・オフィス』を執筆。リンダ・キング（『女たち』におけるリディアのモデル）と出会う。

1971年　『ポスト・オフィス』刊。

1972年　『勃起、射精、露出とありきたりの狂気の物語』（短篇集）刊。『モノマネ鳥よ、おれの幸運を願え』（詩集）刊。

1973年　リンダ・キングと別れる。テイラー・ハックフォードによるドキュメンタリー、『ブコウスキー』がロサンゼルスのKCET-TVで放送される。『サウス・オブ・ノー・ノース』（短篇集）刊。

1974年　『水の中で燃え上がり、炎の中で溺れる』（詩集）刊。ドイツで翻訳出版された詩集が、5万部を売り上げる。

1975年　『ファクトウタム』刊。

1976年　リンダ・リー・ベイルと朗読会で出会う。

1977年　『愛は地獄からの一匹の犬』（詩集）刊。

1978年　ドイツを訪問。フランスを訪問。『女たち』刊。サンペドロに家を購入。

1979年　この頃映画監督のバーベット・シュローダーと脚本執筆の契約を結ぶ。『指がちょっと血を流し始めるまでパーカッション楽器のように酔っぱらったピアノを弾け』（詩集）刊。『ブコウスキーの酔いどれ紀行』（エッセイ）刊。

1980年　最後のポエトリー・リーディングをロサンゼルスで行う。

1981年　『トゥーネフォーシャの木にぶらさがって』（詩集）刊。

1982年　『ハム・オン・ライ』刊。

1958年　郵便仕分け人として郵便局で働き始める。フライと離婚。12月に父が死去。15,000ドルで家を売却。

1959年　この頃から多くのマイナー文芸誌（リトル・マガジン）で詩が掲載され始める。

1960年　最初の詩集（chapbook）、『花、拳、そして獣のようなうめき声』を出版。題名はD・H・ローレンスの詩集、『鳥と獣と花』に言及したもの。

1961年　『オケラの賭け手たちのための勝ち目のないポームス』（詩集）刊。ガス自殺を図る。

1962年　1月にジェインが死去。『追われし者と逃げる』（詩集）刊。8月にKPFKラジオで詩を朗読し、初の公の場での朗読となる。

1963年　フランシス・エリザベス・ディーンと出会う。詩集『我が心、その掌中に』がルージョン・プレスより出版される。64年に『ニューヨーク・タイムズ・ブック・レビュー』で高評価され、本詩集はブコウスキーのブレークスルーとなる。評者は「サンフランシスコ・ルネサンス」の先導者であるケネス・レックスロス。

1964年　9月にフランシスとのあいだにマリーナ・ルイーズ・ブコウスキー誕生。

1965年　詩集『死の手の中の十字架像』刊。「魂の箍がはずれすぎて、獣と暮らしてもなんともなくなった男の告白」（のちに『サウス・オブ・ノー・ノース』に収録）刊。本作品で「ヘンリー・チナスキー」がはじめて言及される。フランシスと別れる。

1966年　ジョン・マーティンと出会う。ブラック・スパロウ・プレスの創立。『死人はこんな愛し方をする』（小説）を書き始める（未完）。

1967年　アンダーグラウンド新聞『オープン・シティ』でコラム「ブコウスキー・ノート」連載開始。

略年譜

1920年　8月16日、ドイツのアンデルナッハで生まれる。同名の父は、アメリカ駐留軍の一員としてドイツに滞在していたアメリカ人で、母、カタリナ（キャサリン）・フェットはアンデルナッハでお針子として働いていたドイツ人。

1923-24年　米国に移住し、その後ロサンゼルスに居を構える。

1933-35年　マウント・ヴァァーノン中学校に通う。この時期、座瘡が発症。

1939年　ロサンゼルス高校を卒業。ロサンゼルス・シティ・カレッジに入学。ジャーナリズムと英文学（創作）を専攻。

1941年　ロサンゼルス・シティ・カレッジを中退。その後、「放浪」の時期が続き、サンフランシスコ、マイアミ、ニューヨーク、ニューオーリンズなど、各地で職を転々とする。

1944年　「長ったらしい断り状が引き起こした出来事の顛末」が『ストーリー』に掲載される。筆名としてチャールズ・ブコウスキーを採用。フィラデルフィアで徴兵忌避の疑いでFBIに逮捕され、モヤメンシング刑務所で数週間を過ごす。検査のあと、徴兵を免除される。

1946年　『マトリックス』に詩が掲載される。

1947-48年　この頃、ジェイン・クーニー・ベイカーと出会う。

1950年　12月に臨時補欠郵便配達人として二週間ほど働く。

1952年　フルタイムの補欠郵便配達人として働き始める。

1954-55年　過度のアルコール摂取による出血性潰瘍のため入院。55年に郵便配達の仕事を辞める。バーバラ・フライと結婚。

1956年　フライの提案で、ロサンゼルス・シティ・カレッジの芸術の夜間授業に数か月出席。『夜に眠る場所』という小説を書き始めるが挫折。12月に母が死去。

1957年　フライと『ハーレクィン』を共同編集。

いうことはない。「場所より自己に関心を持つ」彼の詩において、都市の描写は最低限しかなく、競馬場、レストラン、バー、病院、図書館、職場といった具体的な場所は、「ほとんど識別不可能な背景」に退いてしまう、というある論者の指摘は、少なからず小説にもあてはまる。ブコウスキーは、しばしばロサンゼルスを孤独と結びつけた。「男女問わず、作家でもそうでなくとも、ロサンゼルスでは、アイダホのボイシよりも孤立していられる。（中略）ロサンゼルスが便利なのは、のぞめば孤独でいられるし、のぞめば人ごみに混ざれることだ。こんな簡単に両方を選択できる都市は他にはない。特に作家にとっては、これはかなり素敵な奇跡だ」。あるいは、「ここロサンゼルスでは、人のことをほうっておいてくれる。5、6日くらい部屋で死んでいても、臭い出すか家賃を払うときが来るまでは、部屋から引きずり出されることはない」。

いう意味では最初の二人が卓越しているだろう。「歴史」のなかでは「文学史だけに意味があるように思える」と、ブコウスキーは述べた。

ヘンリー・チナスキー（Henry Chinaski）

ブコウスキーが、『ポスト・オフィス』から『ハリウッド』までの小説、また詩や短篇でも、みずからのペルソナとして登場させた人物の名。その名の原型が最初に言及されるのは、本書の冒頭において検討している「理由の背後にある理由」における「チェラスキー」だとされる。最初に「チナスキー」の名が登場するのは、1965年に出版され、その後、『サウス・オブ・ノー・ノース』に再録された、「魂の箍がはずれすぎて、獣と暮らしてもなんともなくなった男の告白」においてである。「チナスキー（Chinaski）」の“Chin”は、「恐ろしいパンチを吸収できる」自身のあごに由来するとブコウスキーは説明している。また as は「ケツ（ass）」を含んでいるというカロンの読みは正しいだろう。

ポエトリー・リーディング（poetry reading）

専業作家になる以前は、公衆の前での朗読にきわめて否定的だったブコウスキーだが、郵便局の退職を決めたのとちょうど同時期の、1969年12月19日に、ハリウッド大通りにある「ブリッジ」という本屋で最初に行ったのをきっかけに、生活の必要から、断続的にポエトリー・リーディングを行うようになる。実際、80年代に入って経済的必要がなくなると、彼は朗読をやめた。彼はポエトリー・リーディングについて複数の詩を残し、基本的には否定的な見方を表明することが多かったものの、あるエッセイでは次のように書いた。「時々、何もかもが言うことなしの魔法のような聴衆と詩人が出会えることもある。どうすればそんなことになるのかわたしには説明することができない。とても奇妙で——あたかも詩人が聴衆で、聴衆が詩人のようになってしまうのだ。何もかもすべてが巡って行く」。

ロサンゼルス（Los Angeles）

ブコウスキーが3歳から過ごし、放浪の時期を除いて生涯を過ごしたロサンゼルスは、彼のほとんどの作品の舞台であるわけだが、その都市の風景が作品をとおして写実的に浮かび上がってくる、と

ている。ブコウスキーは78年にドイツを訪れ、ハンブルクでは千人を超える聴衆を前に朗読を行い、翌年に旅行記（『ブコウスキーの酔いどれ紀行』）を発表した。

ビート（the Beats）

ブコウスキーはインタヴューで自分は「ビート（beat）」作家ではなく、「打ちのめされた（beaten）」作家だと述べた。世代的にはケルアックやギンズバーグ、バロウズといったいわゆるビート作家と近いブコウスキーだったが、作家としてのデビューが遅く、孤高の詩人というスタンスを守り続けた彼は自分をビート作家とみなす見方を否定した。ブコウスキーとビート作家の関係については、ジュールズ・スミスが簡潔に整理している。スミスによると、社会からの疎外、アカデミアの批判、道化じみたユーモア、アウトサイダーや狂人への共感、子供の無垢さへの信頼を強調する点において、ブコウスキーはたしかにビート作家と共通している。しかしビート作家が社交的な社会活動家でありグループだったのに対し、ブコウスキーは一匹狼で、集団性より主観的経験と個人主義に重きを置き、ビート作家が信奉する、ジャズ、バイセクシュアリティ、ドラッグ、貧困と狂気によって規定されるライフスタイルを拒み、ビートが模索するスピリチュアルな哲学や「ヴィジョン（幻視）」にも興味を示さなかった。ブコウスキーとビート作家の差異は、一匹狼の聖域であるロサンゼルスと、コスモポリタンな社交性を特徴とするサンフランシスコという、それぞれが主な活動の場として選んだ都市の差異でもある。以上のスミスの見解は説得的だが、「ビート」は「打ちのめされた（beaten）」も含意していたとしながら、ブコウスキーは「ビートの美学」を一部のビート作家以上に純粋に体現しているという見方もあり、それはそれで正しいといえよう。

文学（literature）

ブコウスキーは、彼が愛し、影響を受けた作家にくり返し詩やエッセイで言及した。ヘミングウェイ、ジョン・ファンテ、D・H・ローレンス、セリーヌ、サローヤン、シャーウッド・アンダーソン、ロビンソン・ジェファーズ、クヌート・ハムスン、パウンド、マッカラーズ、サリンジャー、ドストエフスキー、ツルゲーネフ、ジェームズ・サーバー、E・E・カミングス、オーデン、コンラッド・エイキン、ボッカチオ、ホイットマン、李白……。影響の大きさと

タイプライター（typewriter）

ブコウスキーにとって書くこととは、タイプライターを打つことと同義だった。ブコウスキーはタイプライターを「マシンガン」と呼んだが、ある詩では、彼はタイプライターを「バンと打ち　バンと打ち」、「死よ、わたしはおまえの腕と脚と頭を／切り落とした」という。ブコウスキーにとって、タイプライターは、電話と対比されるべきメディアであった。「心が考えていることを、タイプライターが伝えられるほどには、電話の声は伝えられ」ず、電話では「思考が心からおりてきて声として出されるあいだのどこかで、思考は分散され、歪曲される」と彼は述べる。ブコウスキーは1990年に、コンピュータ（マッキントッシュIIsi）を妻と娘にプレゼントされ、スムーズに（電動のIBMセレクトリック）タイプライターからコンピュータへと、執筆の媒体を移行した。コンピュータによって彼は「もっと書けるようになった」、「キーボードはホットな音を立てて歌って笑い、気分に合わせて字体を変えることさえできる」と、興奮気味に記している。

ドイツ（Germany）

ドイツ系移民を両親に持つアメリカ人の父親と、ドイツ人の母親のもと、ドイツに生まれたブコウスキーは、幼少期に「ハイニー（Heinie）」と侮蔑的に遊び仲間に呼ばれたと述懐している。生まれ故郷であるドイツに若くから深い関心を寄せていたブコウスキーは、『ハム・オン・ライ』でも触れられるように、学生時代にはナチズムに共感を寄せ、ファシズムを擁護する集会に参加し、ヒトラーを支持する旨の手紙をロサンゼルスの右翼系新聞に出したともいわれる。アメリカでは1970年頃までに「アンダーグラウンド」の作家として認知されていたブコウスキーだが、彼はドイツにおいて、メジャーな作家として発見され、74年にドイツで翻訳出版された詩集は、5万部を売り上げた。ドイツでの印税収入こそがブコウスキーを成功者にしたといってよく、その中心的役割を担ったのが、翻訳者のカール・ワイズナーである。学生時代からブコウスキーと文通していたワイズナーは、その後30冊近くのブコウスキー作品の翻訳を手がけ、ブコウスキーが死ぬまで深い親交を続けた。ドイツでブコウスキーが成功した理由について、ワイズナーは、敗戦後のドイツで「すべてが左に政治化されていた」風土において、特定のイデオロギーに加担しないブコウスキーの姿勢は魅力的だったとし痛飲するようになり、その頃、ブコウスキーは彼女と、ハリウッドのバーで出会う。スーンズによる伝記でも、これ以降のことについてはブコウスキーの証言に基づいた説明になっており、信憑性は定かではない。『ポスト・オフィス』のベティ、『バーフライ』のワンダなどはジェインをモデルにしていると考えられるが、小説では『ハリウッド』において唯一、「ジェイン」という実名で言及される。

ジョン・マーティン（John Martin）

1970年以降に発表されたブコウスキーの作品の大部分を出版したブラック・スパロウ・プレスの創設者であり、編集者でもある。事務用品を扱う会社を経営していたが、文芸雑誌『アウトサイダー』に掲載されたブコウスキーの作品に魅せられ、自身が収集していた文学作品の初版本をカリフォルニア大学サンタバーバラ校に売り払い、66年、ブコウスキーの作品を出版すべく、ブラック・スパロウ・プレスを立ち上げる。社名の「スパロウ（雀）」は、ウィリアム・カーロス・ウィリアムズによる雀についての詩に由来するらしい。ブコウスキーが書く膨大な数の詩を、そのままマーティンに渡し、そこからマーティンが目ぼしいものを選択、編集して、出版する、というサイクルがこうして始まる。2002年に引退したマーティンは、ブコウスキーの作品の権利をハーパーコリンズの傘下であるエッコ（Ecco）に売却した。

セックス（sex）

『アダム』、『ナイト』、『フリング』、『ハスラー』といった男性向け（ポルノ）雑誌に多くの作品を寄稿したという事情も手伝って、ブコウスキーには短篇を中心にセックスを主題とした作品が多く、強姦、屍姦、獣姦、乱交、スカトロジーなど、何でもありである。ただし、ブコウスキーの描写はつねに即物的で行為の次元にとどまり、エロティシズムやフェティシズムを感じさせない。ブコウスキー自身は、セックスを「悲喜劇（tragicomedy）」だとしてその演劇的要素を強調し、ある手紙では次のように述べている。「セックスはとても悲劇的であると同時に、とても滑稽な題材だ——ボッカチオの『デカメロン』を見ればわかるだろう。わたしたちはみんなみじめな性器を持って、このうえなく滑稽で情けない」。

キリストや礫のイメージは短篇や詩でも頻出する。

競馬（horse racing）

ブコウスキーは日課のように競馬場（racetrack）――ロサンゼルス近郊のハリウッドパークとサンタアニタ、サンディエゴの北のデルマー――に通った。競馬についての詩をブコウスキーはいくつも書き、小説でもチナスキーは暇さえあれば競馬場へ出かける。彼に競馬を教えたのはジェインだとされる。ブコウスキーとっての競馬は何よりもまず、「競馬新聞（Racing Form）」に掲載されたオッズとの格闘を意味する。ブコウスキーの競馬についての文章はしばしば、独自の確率論的な「システム」をめぐるもので、彼の競馬への関心が「数学的」なものであることは彼自身認めており、数あるシステムの共通項は、「大衆は必ず負ける」というものである。競馬について書かれた詩は、競馬場に来る、「見捨てられた」人々をスケッチしたものが多い。

酒（alcohol）

ブコウスキー＝酔いどれ、というイメージは、少なからずブコウスキー自身が意識的に流布したイメージであり、彼自身がそれを認めているものの、彼が酒（ビール、ウィスキー、後年は高級ワイン）を愛し、また酒を飲んでは知人や客に対して卑劣なふるまいをくり返し、しばしば投獄されたことは、伝記でも克明に記録されている。「酒は狂気からわたしを救ってくれた」というブコウスキーには、F・スコット・フィッツジェラルドのような「アル中作家」に典型的な、悲劇的な響きはない。

ジェイン・クーニー・ベイカー（Jane Cooney Baker）

1947年（1948年という説もある）に出会い、62年に死去するまで、ブコウスキーが断続的に関係を持ったジェインについては、ハワード・スーンズの伝記に詳しい。「アイリッシュとインディアンのあいだに生まれた孤児で、両親に捨てられたあとは修道女に育てられ、裕福なコネチカットの法律家と結婚した」というブコウスキー自身による説明は「まったくの嘘」で、裕福な医者の家庭に10年に末娘として生まれニューメキシコ州で育ったジェインは、27年に高校を卒業するとすぐに妊娠し、相手の男性と翌年に結婚する。アル中だった夫は47年に事故死し、それを期にジェインも

キーワード解説

クラシック音楽（classical music）

ブコウスキーのブコウスキーらしからぬ一面といわれるのが、クラシック音楽への愛着と深い造詣である。自身の作品で、部屋に流れるクラシック音楽に言及するだけではなく、クラシック音楽や、作曲家そのものを主題とする詩をブコウスキーは多く残した。「クラシック音楽とわたし」という詩によると、少年ブコウスキーは、あるレコード店に入って、ユージン・オーマンディ指揮による交響曲を聴いたのをきっかけにのめり込み、放浪の時期になるとレコードを持ち歩けないので、ラジオでクラシックを聴く習慣を身につけたという。ある評者が、ブコウスキーによるクラシック音楽への言及を整理したところによると、ブコウスキーのトップ10は、「バッハ、ベートーヴェン、ブラームス、ヘンデル、マーラー、モーツァルト、ショスタコーヴィチ、シベリウス、チャイコフスキー、ワーグナー」と考えられ、言及の回数はベートーヴェンが最多で、ジャンルとしては交響曲を好み、とりわけロマン主義の音楽を愛した。

クリスマス（Christmas）

ブコウスキーの小説では、クリスマスがよく出てくる。『ポスト・オフィス』の冒頭では、「クリスマスの臨時配達人」としてチナスキーが最初に郵便の仕事をする。ベティとクリスマスをともに過ごして寝ていると、クリスマス・ツリーが倒れてきて電球で火傷をする、というエピソードもある。『ファクトウタム』では「クリスマス用品専門」の会社でチナスキーが働くこともあれば、勤め先で開かれるクリスマス・パーティに行かずに、ジャンと彼が過ごす場面もある。『女たち』でもクリスマスのドタバタが描かれる。「子供の頃わたしはクリスマスで楽しい思いを味わったことがない」とチナスキーは『女たち』で述べるが、少年時代を扱った『ハム・オン・ライ』の冒頭では、「クリスマス・ツリー」、「キャンドル」、「鳥の飾り物」、「星」と並んで二人の大人の「喧嘩」と食事の風景が、チナスキーの原風景として想起される。チナスキーを、「喜劇的なキリスト」、あるいは「聖なる愚者」として捉える解釈もあり、

ウスキー特集。

『ユリイカ』1995年5月号。ブコウスキー特集。多くの啓発的な論考を含み、作品解題、略年譜もきわめて有用。

■オンライン

https://bukowski.net/ そのカルト性もあり、一般のファンの投稿によって運営される、ブコウスキーのデータベースは非常に充実している。膨大な書誌、信頼性の高い詳細な年表、詩の草稿、詩集未収録の詩、詩集に収録される前に、マイナーな文芸雑誌に掲載されたヴァージョンの詩なども多数データベース化されており、ブコウスキー研究においては必須のツールである。

Duval, Jean-François. *Bukowski and the Beats: A Commentary on the Beat Generation*. Trans. Alison Ardron. Northville, MI: Sun Dog Press, 2002. スイス人の著者による、ブコウスキーとビート作家の関係をめぐるエッセイ風の本。1986 年に行われた著者自身によるブコウスキーへのインタヴューも収録されている。

Harrison, Russell. *Against the American Dream: Essays on Charles Bukowski*. Santa Rosa, CA: Black Sparrow Press, 1994. ブコウスキー作品に関する最初の本格的研究書。マルクス主義的なアプローチから、ブコウスキーを労働者階級の現実を描いたプロレタリアート作家であると捉える。

Hemmingson, Michael. *The Dirty Realism Duo: Charles Bukowski and Raymond Carver on the Aesthetics of the Ugly*. San Bernardino, CA: Borgo Press, 2008. ブコウスキーとレイモンド・カーヴァーについてのエッセイ風の本。いわゆる研究書ではないので注意。

Krumhansl, Aaron. *A Descriptive Bibliography of the Primary Publications of Charles Bukowski*. Santa Rosa, CA: Black Sparrow Press, 1999. 1999 年までに出版されたブコウスキー作品の書誌。

Marling, William. *Gatekeepers: The Emergence of World Literature and the 1960s*. New York: Oxford UP, 2016. ガルシア＝マルケス、ブコウスキー、ポール・オースター、村上春樹を取り上げ、彼らがどのようにグローバルな作家として認知されるに至ったかを翻訳者の役割などに焦点を当てながら考察した研究書。

Smith, Jules. *"Art, Survival and So Forth": The Poetry of Charles Bukowski*. East Yorkshire: Wrecking Ball Press, 2000. ブコウスキーの詩のみを扱った唯一の本格的研究書。

Sounes, Howard. *Bukowski in Pictures*. Edinburgh: Rebel, 2000. 著者が伝記執筆の過程で収集したブコウスキーやその家族の写真を多数収録したもの。

The Review of Contemporary Fiction 5.3 (Fall 1985). ブコウスキー、ミシェル・ビュトール特集。ブコウスキーについての短い論考を 13 編含む。

Sure, the Charles Bukowski Newsletter. 1991 年から 1994 年にかけて発行された薄いニューズレター。号によっては Russell Harrison による論考なども収録され、追悼特集となる最終号（10 号）は 100 頁におよぶ。

トーキングヘッズ叢書第 7 巻『ブコウスキーと町でいちばんの酔いどれ天使』（書苑新社、1995 年）。詩や短篇の邦訳を含むブコ

■知人による回想録

King, Linda. *Loving and Hating Charles Bukowski: A Memoir*. San Francisco: Kiss Kill Press, 2012.

Locklin, Gerald. *Charles Bukowski: A Sure Bet*. Sudbury, MA: Water Row Press, 1996.

Pleasants, Ben. *Visceral Bukowski: Inside the Sniper Landscape of L. A. Writers*. Northville, MI: Sun Dog Press, 2004.

Richmond, Steve. *Spinning Off Bukowski*. Northville, MI: Sun Dog Press, 1996.

Weizmann, Daniel, ed. *Drinking with Bukowski: Recollections of the Poet Laureate of Skid Row*. New York: Thunder's Mouth Press, 2000.

Winans, A. D. *The Holy Grail: Charles Bukowski and the Second Coming Revolution*. Paradise, CA: Dustbooks, 2002.

Wood, Pamela. *Charles Bukowski's Scarlet: A Memoir by Pamela "Cupcakes" Wood*. Northville, MI: Sun Dog Press, 2010.

■評論、その他

Brewer, Gay. *Charles Bukowski*. New York: Twayne Publishers, 1997.
Twayne Publishers シリーズは、本来は入門書的な位置づけだが、ブコウスキーについての研究書は非常に少ないこともあり、本書はブコウスキー研究において必読の書であらざるをえないというのが実情である。とはいえ、詩、エッセイ、短篇、長編と、ブコウスキーの作品について網羅的に扱っており、分析は全体として洞察的でバランスのとれた研究書だといえる。

Calonne, David Stephen. *Charles Bukowski*. London: Reaktion Books, 2012. ブコウスキーの未発表作品の編集者としても近年活躍する著者による評伝。

Clements, Paul. *Charles Bukowski, Outsider Literature, and the Beat Movement*. New York: Routledge, 2013. ブコウスキーを労働階級の代弁者として論じ、文化批評的な観点からビート文学やセレブリティ文化との関係などを考察した研究書。

Debritto, Abel. *Charles Bukowski, King of the Underground: From Obscurity to Literary Icon*. New York: Palgrave Macmillan, 2013. 初期のブコウスキーが、どのように小規模の文芸雑誌（リトル・マガジン）やアンダーグランド系メディアとかかわったかを多くの資料を駆使して検証した研究書。

Living on Luck: Selected Letters, 1960s-1970s, Volume 2. Ed. Seamus Cooney. Santa Rosa, CA: Black Sparrow Press, 1995.

Reach for the Sun: Selected Letters, 1978-1994, Volume 3. Ed. Seamus Cooney. Santa Rosa, CA: Black Sparrow Press, 1999.

Charles Bukowski: Laughing with the Gods: Interview. Northville, MI: Sun Dog Press, 2000.

Beerspit Night and Cursing: The Correspondence of Charles Bukowski and Sheri Martinelli, 1960-1967. Ed. Steven Moore. Santa Rosa, CA: Black Sparrow Press, 2001.

Charles Bukowski: Sunlight Here I Am: Interviews and Encounters, 1963-1993. Ed. David Stephen Calonne. Northville, MI: Sun Dog Press, 2003.

二次資料

■伝記

Cherkovski, Neeli. *Bukowski: A Life*. South Royalton, VT: Steerforth Press, 1997. ブコウスキーの知人による最初の伝記は、情報のソースが不明確なため、現在の研究ではあまり参照されない。

Christy, Jim. *The Buk Book: Musings on Charles Bukowski*. Toronto: ECW Press, 1997. 知人による回想という性格が強く研究には不向きだが、邦訳（『しゃぶりつくせ！　ブコウスキー・ブック』（ジム・クリスティ、山西治男訳、メディアファクトリー、1999年）に収録された角田光代によるエッセイは秀逸。

Malone, Aubrey. *The Hunchback of East Hollywood: A Biography of Charles Bukowski*. Manchester: Critical Vision, 2003. アイルランドの著者による作品の解釈も含む詳細な伝記だが、情報のソースが不明確で、研究での使用には不向き。

Miles, Barry. *Charles Bukowski*. London: Virgin, 2005. スーンズほどの情報量はないが、スーンズを補足する上で有用な伝記。

Sounes, Howard. *Charles Bukowski: Locked in the Arms of a Crazy Life*. Edinburgh: Rebel, 1998. 現在では最も信頼できる伝記。邦訳（ハワード・スーンズ『ブコウスキー伝――飲んで書いて愛して』［中川五郎訳、河出書房新社、2000年］）に付された中川五郎による参考文献リストも有用。

Press, 1973.
Shakespeare Never Did This. San Francisco: City Lights Books, 1979.
Hot Water Music. Santa Barbara, CA: Black Sparrow Press, 1983.
The Most Beautiful Woman in Town and Other Stories. Ed. Gail Chiarrello. San Francisco: City Lights Books, 1983.
Tales of Ordinary Madness. Ed. Gail Chiarrello. San Francisco: City Lights Books, 1983.
The Movie, "Barfly": An Original Screenplay. Santa Rosa, CA: Black Sparrow Press, 1987.
Run with the Hunted: A Charles Bukowski Reader. Ed. John Martin. New York: HarperCollins, 1993.
The Captain Is Out to Lunch and the Sailors Have Taken Over the Ship. Santa Rosa, CA: Black Sparrow Press, 1998.
Portions from a Wine-Stained Notebook: Uncollected Stories and Essays, 1944-1990. Ed. David Stephen Calonne. San Francisco: City Lights Books, 2008.
Absence of the Hero: Uncollected Stories and Essays, Volume 2: 1946-1992. Ed. David Stephen Calonne. San Francisco: City Lights Books, 2010.
More Notes of a Dirty Old Man: The Uncollected Columns. Ed. David Stephen Calonne. San Francisco: City Lights Books, 2011.
The Bell Tolls for No One: Stories by Charles Bukowski. Ed. David Stephen Calonne. San Francisco: City Lights Books, 2015.
On Writing. Ed. Abel Debritto. New York: Ecco, 2015.
On Cats. Ed. Abel Debritto. New York: Ecco, 2015.
On Love. Ed. Abel Debritto. New York: Ecco, 2016.
The Mathematics of the Breath and the Way: On Writers and Writing. Ed. David Stephen Calonne. San Francisco: City Lights Books, 2018.
On Drinking. Ed. Abel Debritto. New York: Ecco, 2019.

■インタヴュー・書簡集

The Bukowski/Purdy Letters: A Decade of Dialogue, 1964-1974. Sutton West, Ontario: Paget Press, 1983.
Screams from the Balcony: Selected Letters, 1960-1970. Ed. Seamus Cooney. Santa Rosa, CA: Black Sparrow Press, 1993.

1992.
Bone Palace Ballet: New Poems. Santa Rosa, CA: Black Sparrow Press, 1997.
What Matters Most Is How Well You Walk through the Fire. Santa Rosa, CA: Black Sparrow Press, 1999.
Open All Night: New Poems. Santa Rosa, CA: Black Sparrow Press, 2000.
The Night Torn Mad with Footsteps: New Poems. Santa Rosa, CA: Black Sparrow Press, 2001.
Sifting through the Madness for the Word, the Line, the Way: New Poems. New York: Ecco, 2003.
The Flash of Lightning behind the Mountain: New Poems. New York: Ecco, 2004.
Slouching toward Nirvana: New Poems. New York: Ecco, 2005.
Come On In!: New Poems. New York: Ecco, 2006.
The People Look like Flowers at Last: New Poems. New York: Ecco, 2007.
The Pleasures of the Damned: Poems, 1951-1993. Ed. John Martin. New York: Ecco, 2007.
The Continual Condition: Poems. New York: Ecco, 2009.
Essential Bukowski: Poetry. Ed. Abel Debritto. New York: Ecco, 2016.
Storm for the Living and the Dead: Uncollected and Unpublished Poems. Ed. Abel Debritto. New York: Ecco, 2017.

■詩と短篇

Septuagenarian Stew: Stories & Poems. Santa Rosa, CA: Black Sparrow Press, 1990.
Betting on the Muse: Poems & Stories. Santa Rosa, CA: Black Sparrow Press, 1996.

■短篇集、エッセイ、書評、映画脚本、その他

Notes of a Dirty Old Man. North Hollywood: Essex House, 1969.
Erections, Ejaculations, Exhibitions and General Tales of Ordinary Madness. Ed. Gail Chiarrello. San Francisco: City Lights Books, 1972.（のちに *The Most Beautiful Woman in Town and Other Stories* と *Tales of Ordinary Madness* に分冊）
South of No North: Stories of the Buried Life. Los Angeles: Black Sparrow

主要文献

1次資料（出版順）

■長編小説

Post Office. Los Angeles: Black Sparrow Press, 1971.
Factotum. Los Angeles: Black Sparrow Press, 1975.
Women. Santa Barbara, CA: Black Sparrow Press, 1978.
Ham on Rye. Santa Barbara, CA: Black Sparrow Press, 1982.
Hollywood. Santa Rosa, CA: Black Sparrow Press, 1989.
Pulp. Santa Rosa, CA: Black Sparrow Press, 1994.

■詩集

ブコウスキーの初期の詩集はプレミアがついており、現在入手は困難である。ここではAmazon.com等をとおして容易に入手可能な作品集のみ挙げる。

The Days Run Away like Wild Horses over the Hills. Los Angeles: Black Sparrow Press, 1969.
Mockingbird Wish Me Luck. Los Angeles: Black Sparrow Press, 1972.
Burning in Water, Drowning in Flame: Selected Poems 1955-1973. Los Angeles: Black Sparrow Press, 1974.
Love Is a Dog from Hell: Poems 1974-1977. Santa Barbara, CA: Black Sparrow Press, 1977.
Play the Piano Drunk like a Percussion Instrument Until the Fingers Begin to Bleed a Bit. Santa Barbara, CA: Black Sparrow Press, 1979.
Dangling in the Tournefortia. Santa Barbara, CA: Black Sparrow Press, 1981.
War All the Time: Poems 1981-1984. Santa Barbara, CA: Black Sparrow Press, 1984.
You Get So Alone at Times That It Just Makes Sense. Santa Rosa, CA: Black Sparrow Press, 1986.
The Roominghouse Madrigals: Early Selected Poems 1946-1966. Santa Rosa, CA: Black Sparrow Press, 1988.
The Last Night of the Earth Poems. Santa Rosa, CA: Black Sparrow Press,

ま

や

ら

わ

た

な

は

索引

著者略歴

坂根　隆広（さかね　たかひろ）

1981 年生まれ、京都府出身。東京大学法学部卒業。同、人文社会系研究科修士課程修了。カリフォルニア大学アーヴァイン校で博士号を取得（Ph.D.）。現在、関西学院大学文学部准教授。専攻はアメリカ文学。
共著に『フォークナー文学の水脈』（花岡秀監修、藤平育子・中良子編著、彩流社、2018 年）。主な論文に「フィッツジェラルド的モダニズムの地平：*This Side of Paradise* における階級、性、身体」『英文学研究』（第 93 号、2016 年）、“A Turmoil of Contradictory Feelings: Money, Women, and Body in Edith Wharton’s *The Age of Innocence*,” *Textual Practice* 29.1 (2015) など。

監修者略歴

諏訪部浩一（すわべ こういち）

1970 年生まれ。上智大学卒業。東京大学大学院修士課程、ニューヨーク州立大学バッファロー校大学院博士課程修了（Ph.D.）。現在、東京大学大学院人文社会系研究科・文学部准教授。
著書に『A Faulkner Bibliography』（2004 年、Center Working Papers）、『ウィリアム・フォークナーの詩学――一九三〇-一九三六』（2008 年、松柏社、アメリカ学会清水博賞受賞）、『『マルタの鷹』講義』（2012 年、研究社、日本推理作家協会賞受賞）、『ノワール文学講義』（2014 年、研究社）、『アメリカ小説をさがして』（2017 年、松柏社）、『アメリカ文学との邂逅　カート・ヴォネガット　トラウマの詩学』（2019 年、三修社）、編著書に『アメリカ文学入門』（2013 年、三修社）、訳書にウィリアム・フォークナー『八月の光』（2016 年、岩波文庫）など。

アメリカ文学《ぶんがく》との邂逅《かいこう》
チャールズ・ブコウスキー
スタイルとしての無防備《むぼうび》

二〇一九年七月三〇日　第一刷発行

著者　坂根隆広
監修　諏訪部浩一
発行者　前田俊秀
発行所　株式会社　三修社
〒150-0001　東京都渋谷区神宮前二-二-二二
電話　〇三-三四〇五-四五一一
FAX　〇三-三四〇五-四五二二
http://www.sanshusha.co.jp/
振替　〇〇一九〇-九-七二七五八
編集担当　永尾真理

印刷所　萩原印刷株式会社
製本所　加藤製本株式会社
装幀　宗利淳一

 ISBN978-4-384-05943-4 C3098